崇明故事

曹慧　主编

文化发展出版社
Cultural Development Press

图书在版编目（CIP）数据

崇明故事 / 曹慧主编 . — 北京：文化发展出版社，2021.1

ISBN 978-7-5142-3260-8

Ⅰ．①崇… Ⅱ．①曹… Ⅲ．①散文集－中国－当代 Ⅳ．① I267

中国版本图书馆 CIP 数据核字（2020）第 259540 号

崇明故事

曹慧　主编

责任编辑：孙　烨

出版发行：文化发展出版社（北京市翠微路 2 号　邮编：100036）

网　　址：www.wenhuafazhan.com

经　　销：各地新华书店

印　　刷：唐山楠萍印务有限公司

开　　本：710mm × 1000mm　1/16

字　　数：301 千字

印　　张：18.5

印　　次：2021 年 3 月第 1 版　　2021 年 3 月第 1 次印刷

定　　价：59.80 元

I S B N：978-7-5142-3260-8

编委会名单

主　编：曹　慧

副主编：赵背花　唐　婉　沈艳艳

编　辑：王振元　刘玉明　葛志华　俞正霞

毕秀兰　吴小秀　张静怡

序言1　崇明好声音

崇明小学创办至今已有十年，崇明故事也讲了十年。

崇明故事源于崇明人说身边的人，身边的事。教育的本质是促进人的全面而自由的发展。某种程度上来说，人的发展过程是由师生、家长、社会等教育互动产生的一件件具体生动的事情构成的。聆听这些事情，出自于我们对教育的企望，对人的发展的关切，对自己教育方式、教育行为的自省。崇明的这些故事，虽然并不能让我们对其所呈现的内容有着多么彻底的体会或掌握，但这些身边的不同的人，不同的事，让我们在听故事的时候会以文字和声音为眼，感同身受，身临其境，会有许多想法，会对故事形成自我的解读和更丰富的演绎。故事也由此有了意义和价值：使得我们的视野遍布到学校教育的更多维度，触及到教育的更多细节，也让我们通过他人他事来映照自己，促动我们对教育的思考，对职业生涯的探索，有了更多发现和选择的方向。正因为如此，崇明故事也逐步成为了我们崇明园教师群体的一种教育生活方式。

崇明故事不同于其他类型的创作故事。我们都知道，创作故事是对故事原材料进行艺术化的调整、加工，以艺术的方式进行表达，强调情节的生动性和连贯性等等。翻看这本《崇明故事》，你可以发现，我们的崇明故事，基本不具有创作故事的那种立足于现实生活又富于幻想的艺术特质，不具备创作故事的艺术化的表达方式和结构技巧。我们的崇明故事，是十年来崇明教育现场的情景再现，是我们对崇明发展历程的一种记忆行为，是一种教育的原生原貌的展现。通过对过去发生在崇明园的真实事件的记忆和讲述，告诉听众和读者，崇明园是什么样子的，崇明的教育是什么样子的，崇明人是如何在学校和教育中生活的，教育生活的目的是什么，如何找到真正的自我等等。崇明人的生活、行为、心理、理想、信仰等等，也由此通过故事的方式予以传播，或隐或现地体现着崇明人的精神文化和价值观念，成为一种“文化的存在”，建构着崇明园的学校文化样态。

习近平同志曾在全国宣传思想工作会议上指出，要讲好中国故事，传播好中国声音。在实现伟大中国梦的征程中，中国故事的主角和中国声音的表达者皆是我们每一个国人，躬身践行中华文化，讲述与时俱进的先进文化，我们义不容辞。作为教育的最小基层单位——学校，更应该讲好教育故事，传播教育好声音。教育故事的主角和教育声音的表达者，理所当然是我们每一位教育工作者。讲好教育故事，再现教育本质的面貌，让社会各界听闻到教育改革和发展中鲜活的教育生活画面，让千万家庭体悟到教育者的使命与担当，朴素而真挚的情怀，专业的智慧与素养，教书育人的仁爱之心，奉献自我的人生价值追求，这不仅是在传播学校独特的文化力，更是在传播教育的力量，传播千千万万的教育者们承继先辈教育理想，践行新时代教育使命的所发出的好声音，传播“办人民满意的教育”的好声音。

（曹慧，江苏省句容市崇明小学教育集团校长，江苏省特级教师，“江苏人民教育家培养工程”首批培养对象。）

序言2　教师需要具备一定的“故事力”

一日，网友小王老师向我吐槽：“杨老师，现在的学生越来越看不懂了，我怀疑和他们有严重的理解代沟。有一次，为了勉励他们要好好学习、天天向上，要懂得科学的学习方法，我就用了一句‘磨刀不误砍柴工’的俗语来激励他们，六年级的学生了，令人咂舌的是很多人都问我这句俗语是什么意思？”

听了她的诉说，我大体了解了整个过程。我追问道：“那你是怎么解释这句话的？”她答道：“六年级的学生了，这点理解能力都没有！我都被气坏了，还解释什么？”我只能给她这次集体教育的效果打不及格分。因为出现理解不畅的情况，就是考验教师教育智慧的关键时刻。教室不是人云亦云、不懂装懂的“鹦鹉学舌”的场所，教师不能为了教育教学的流畅度而堵上质疑的智慧之门。教室是一个允许学生疑惑或犯错的地方，教师应想方设法为学生多开一扇窗。

为什么学生会不理解？一是学生阅读和见识视野窄化所导致，每个班的学生具体情况各异，这是正常的现象。针对学生的不理解，教师要有“没有不好，只有不同”的教育情怀，要想方设法地讲透，以达到一定的教育效果。二是教师的“故事力”不强，也可以说教师的教育智慧能力不足。讲故事前，教师是否进行充分的备课，是否考虑到学生具体的学情，是否如教授学科一样有讲述故事过程、讲述注意事项和故事反思等。因此，如何借助故事把道理讲透、讲明白？教师需要具备一定的“故事力”，这是一个很重要的前提。

父亲在我小的时候经常用讲故事的形式教导我许多做人的道理。那时候我虽年龄小，但很喜欢听他讲故事，遇到不懂的地方及时提问，父亲总会旁征博引、浅显易懂地把故事讲透，使我记忆深刻，使我在温暖呵护中茁壮成长。

小时候家里经常用煤炉烧开水，在起煤炉的时候，父亲总是做很多准备，然后再开始点火：炉子里放一个蜂窝煤，下面留下空间，塞一些碎木刨花进去，然后将纸捻点着了烧碎木刨花，在一个蜂窝煤下烧。火势旺了之后扇火，直到煤球点着，再往上面放其他煤球。我就很不解，为什么父亲非要准备很多的碎木刨花，不好直接点煤球吗？父亲说："直接点煤球是点不着的，必须借助碎木刨花这一"帮手"，才能顺利地点着煤球，但是起火时，一个蜂窝煤之下不能塞满碎木刨花，要留下空隙火势才旺，才能快速点着煤球。"原来如此，为了达到点着煤球的目的，必须借助碎木刨花这一"媒介"。正如每个人的成长一样，都是经过岁月的历练，遵循生长规律成长着。如我们的成长都需要盐，我们不是一天直接吃定量的盐，而是把盐放在菜里，间接地通过吃菜来吸收盐，这样既美味又健康。我想，要是让一个人直接吃盐，绝对是令人反胃的，人吸收盐分是通过"菜"这一媒介来达到，在不知不觉享受美味中达到目的，何乐而不为呢？

"磨刀不误砍柴工"这句俗语其实不难理解，但为了起到教育大众的目的，我觉得可以让优秀的学生来讲一讲自己的"磨刀不误砍柴工"经验，通过身边的真实事例来讲述；也可以看一场《一把快刀和一把钝刀》的短影片来形象呈现；也可以开展一次班队会，进行正反方辩论赛，一定会起到思维的激辩作用；也可以延伸到学习要先想方法、再具体操作，不然会南辕北辙、效果不佳。假如一个人要去南京，他的路线搞错了——北京，那样会越努力，结果却会越糟糕！这对于那些天天很辛苦地学习，但不注重学习方法的人来说非常有效。这都是具有"故事力"的表现。

听了我的想法，小王老师说："这样铺开来讲的话，我的一节语文课就被浪费掉了。"我开导道："其实，少上一节课真的没什么！学生懂得道理后会采用更加科学合理的学习方法，那样会学得更轻松有效！"小王老师听了之后决定备好"故事课"，我想她的故事课一定更具有吸引力，学生一定会更加喜爱她！

具有一定"故事力"的老师，一定是一位舍得投入时间、同时备好"故事课"和积极反思类型的教师，善于借助一定的"媒介"，深入浅出、浅显易懂地把故事画面呈现在学生面前，最后凝练成一定的道理，让学生愉悦地享受其中的哲理。

老师们，你们具有一定的"故事力"吗？

（杨筱艳，著名儿童文学作家，曾获冰心文学奖、江阴国际儿童电影节金奖和第二十八届金鸡奖最佳编剧提名奖。）

目　录

第一辑　校长风采及手记

第二辑　工作回眸

第三辑　成长足迹

第四辑　温情你我

第五辑　润物无声

第一辑　校长风采及手记

崇明行：教育生命的唤醒与自觉

——记全国模范教师、句容市崇明小学校长曹慧

葛志华

我很重要——我们把传承文明的使命肩扛
　　在山重水复的教育旅途一路歌唱
　　使两袖清风的精神家园远离沧桑
让幼小生命蓬勃成长
我很重要——我们把造福社会的责任担当
　　用智慧和毅力架起现实与理想的桥梁
　　用生命和挚爱成就社会与家庭的梦想

【人物档案】曹慧，江苏省句容市崇明小学校长、党支部书记，教育硕士，中学高级教师，江苏省特级教师，“江苏人民教育家培养工程”首批培养对象，江苏省333工程中青年学术技术带头人，中共江苏省第十二次党代会代表。曾获“全国模范教师”“全国教育系统巾帼建功标兵”，镇江市“十大女杰”“镇江市有突出贡献的中青年专家”等荣誉称号。

教育格言：以教师为师，与学生同学。

2011年9月9日，句容市崇明小学体育馆里回荡着教师们的激情吟诵，一声声“我很重要”，不是宣誓，不是口号，而是老师们发自内心的吟唱，对教育的使命感，对学校的责任感！

这一天，是不寻常的一天；这一天，注定是崇明小学浓墨重彩的一天！体育馆内，由副市长主持的“崇明小学一周年庆典”活动正在进行中，市委常委、市委副书记开始致辞：“一年来，肩负着党和人民的重托，怀着对教育事业的无限忠诚，崇明小学的领导班子，带领广大师生员工，满怀豪情，励精图治，克难奋

进，锐意进取，用智慧和汗水，为全市教育事业的发展做出了贡献，向全市人民交了一份优秀的答卷，赢得了社会各界的厚爱和赞誉！”

一番话，让全体崇明人感受到了欣慰的喜悦，也让心潮澎湃的曹慧校长眼润泪光：回顾一年来的艰苦创业之路，我能给崇明小学历史的第一篇章画上一个圆满的句号了吗？

行向何方：教育原点上的自我唤醒

2010 年 8 月 20 日，骄阳似火，崇明小学工地上，机器轰鸣，尘土飞扬！遍地是建筑材料和垃圾，校门，未见模样；道路，未见成形；操场，黄土依旧……社区的居民和来往行人的心中有着这样的焦灼：崇明小学能如期开学吗？

曹慧站在堆满沙石的场地边，一边指挥和监督着工程进展，一边心里默默地念叨着：

紧锣密鼓之下，基建竣工势在必行。然而，5 天后，全体教师报到；10 天后，全体学生报名；12 天后，崇明小学正式开学……我，将带着他们如何在自己的人生和崇明小学的历史上点下第一个漂亮的逗号？

曹慧，你准备好了吗？

午夜，夏日的燥热渐渐散去，曹慧静静地坐在书桌前，调任谈话时的领导话语依然萦响在耳畔：“曹慧，你是特级教师，是全国模范教师，还是省人民教育家工程培养对象，你是一面旗帜，现在，把崇明小学的担子放在你的肩上，希望你把它办成一所新型的现代化学校，为推进教育均衡发展做出贡献。”

是的，自接受任命起，人生的拐向已让曹慧的角色发生巨大的转变。使命、责任之下，曹慧似乎又回到了教育生涯的原点：须以全新的视角来审视自己的角色，须以全新的航标来指向今后的教育归宿！

这一所新学校，要培养什么样的人？办什么样的学校？形成什么样的教育？如何在起点之时就能走在教育改革与发展的最前沿？

这要有鲜明的办学主张！

那么，我们的办学理念、办学目标是什么？我们的发展方向是什么？如何能在学校教育众说纷纭的嘈杂环境中不人云亦云？

溯源，溯源！

泰戈尔说过："教育的目的是应当向人类传送生命的气息。"文化教育家斯普朗格说："教育的最终目的不是传授已有的东西，而是要把人的创造力量诱导出来，将生命感、价值感'唤醒'。"再读先贤之语，曹慧心有洞然之感：

教育的原点是人，其价值在于促进人的全面而自由的发展。教育是以人为本的社会中最能体现生命关怀的事业，应与人的生命轨迹同步，让每一个人都能以自己的独特生命节律实现带有个性烙印的发展，让每个人活得有尊严和有价值。

想到这儿，曹慧心中不禁释然：从此意义上来说，教育，不正是唤醒吗？不就是唤醒沉淀在人的生命意识和潜意识中的生活经验、尊严感、道德感，使人产生求知、向善、创造的生命激情，引导人去追求生命存在的意义，激活"人"普遍具有的创造潜能，给予个体生命体现生命价值的能力吗？

于是，曹慧在笔记本上写下了这样一段话：学校教育就是唤醒师生的生命自觉，捍卫人的尊严，开发人的潜能，发现人的价值，践行人的生命成长，追求全体师生的和谐发展，使他们成为生活的幸福者、成功的学习者、快乐的创造者，让师生都成为创造幸福和幸福生活的人！

顾不及拨云见月之后的心境开阔，曹慧又有了新的思考：要想唤醒每一位师生的生命自觉，实现人生的价值，就必须要让每一位师生首先认识自我。那该怎么提出自己鲜明的办学主张，支撑起理念的脊梁，让每位师生都能重新认识自我呢？怎么才能让前行之路上，立起永照内心的航标呢？

该从哪里开始呢？

万事开头难。如何在崇明历史的开端就奠定学校发展的思想和灵魂的基调，曹慧反复斟酌之后，就有了如下的"三个一"：

——一次特殊的"课堂"：

第一次集会，意义不寻常。自到崇明之后，有人善意地提醒曹慧：你们这个队伍很优秀，但它是一个特殊群体，主体是由华阳一小和实验小学两部分构成，也有个别从其他学校调过来的。如果这个群体不能很好地融合，产生了内耗，那就不是 1+1=2 了，而是 1+1 ＜ 2，甚至是 1+1=0 的问题了。这个问题，曹慧也早考虑到了。新校的老师来自各个学校，如果能彼此尊重，团结一心，相互信任，互相借鉴，取长补短，将华阳一小百年老校敬业奉献的优良传统与实验小学朝气蓬勃、开拓向上的进取精神有机结合起来，就会达到 1+1 ＞ 2 的效果。

于是，曹慧做了精心准备，一定要开好第一次全体教师会，上好开学前的第一课。

2010年8月26日，这天阴雨连绵。曹慧心想，这大概是暗示我们创业的艰辛。但，雨过之后一定是晴天！

上午8时许，教职员工陆续走进会议室。他们第一眼看到的是墙上的红色条幅，上面写着“我们都是崇明人”。老师们心里开始明晰：是啊，现在我们就都是崇明人了。

平时端庄、内敛的曹慧满脸真诚的笑容：“我或多或少地了解到，有些人担心：现在学校的领导班子里绝大部分是实小过来的，其他学校来的教师会不会成为弱势群体？有这样的担心很正常，是可以理解的。但我可以告诉你们，这个担心是多余的。我们这支队伍就好像是一个组合班，我就相当于一个组合班的班主任。无论是一小的同志，实小的同志，还是其他学校的同志，现在对我来说，手心手背都是肉。今天开第一次全体教师大会，我将讲话的主题定为——我们都是崇明人，就是想告诉大家，如今，我们不再是一小人，也不再是实小人，而是崇明人了。”

一席发自肺腑的话赢来会场上雷鸣般的掌声。

接着，曹慧深情地讲起校名的来历：“句容早有南华阳、北崇明之称。早在一千多年前的唐朝时期，有一批句容人背井离乡，来到了长江口的沙洲上谋生。他们历经千辛万苦，在荒芜的江中小岛上开辟了自己的家园，这个岛现在就是上海的崇明岛。我们的祖先敢为人先、勇于开拓、不屈不挠的探索精神，在崇明岛上迈出了第一步，我们要继承先辈的传统，光大前辈的精神，在崇明小学的历史上迈出坚实的第一步！”

“有人说，崇明小学地处崇明路，但这个校名里没有“路”字。我却要说，那是因为我们的路无限宽广，处处都是路！我们正站在一个新的原点，放眼望去，似乎是没有一条可以依循照走的路，但只要我们自己大胆地迈出一步，那就有了自己的路！我们崇明人自己的新路！关键是，我们向什么方向迈出第一步；重要的是，我们怀着怎样的心情用什么样的举动迈出这第一步！”

一席振奋人心的话久久萦绕在崇明老师的耳畔。

——一次特殊的“作业”：

开学工作会议上，参加会议的每位教师都领到了一张白纸。在众人诧异之时，曹慧说，在我看来，我们的学校是一张白纸，我们刚进崇明的每个人也是一张白纸。如何在这张雪白的纸上画出最新最美的图画？这是我们每个人都要仔细考虑、慎重对待的事情。所以今天我要布置一项家庭作业，请你们用这张白纸“描绘”两幅图：一幅画学校，一幅画自己。

一画学校。你认为我们的学校如何构筑高品位的校园文化？我们的办学理念、办学目标是什么？我们的发展方向是什么？我们要办什么样的学校，培养什么样的学生，成为什么样的教师？我们要形成哪些共同遵守的制度？

二画自己。每个人自我介绍，定位准确。分析现状，我能干什么？明确目标，我想干什么？自己长期、中期、近期的目标如何去实现？

曹慧不无自豪地说，今天，摆在每位教师面前的一张白纸，我们将在崇明小学这张白纸上写下学校历史的第一个篇章，同样，也要在自己的职业生涯上掀开崭新的一页！

——一场特殊的“考试”：

在一次全体教师会上，曹慧给每位教师发了一张“考卷”，考卷上就只有这样一道题目：“你认为你是重要的吗？还是不重要？请说说理由。”让老师们做了回学生。一位教师思索之后，写下了这样的话语：

“我，作为一名老师，对学生、家长、学校来说，是重要的；我，作为一名妻子和母亲，对家庭来说，是重要的……”

曹慧事后翻看着所有老师的“答卷”，结果是100%的老师认为“我很重要”！

将“我很重要”作为校训、学校办学主张的切入口以及学校发展的精神动力的航标，是曹慧经过反复的广泛征询、遴选、比照、论证之后提出的。

“唤醒，就是让每个人在原有无意识之下的成长状态，通过外在的一种暗示，达到自我意识的觉醒。用‘我很重要’这句话让每一位教师在醍醐灌顶之后，重新认识自己，追问自己的价值所在。”论证会上，一位专家如是说。

曹慧也表达了自己当初的想法：开始提出“我很重要”之时，乍一看觉得这句话作为校训是否显得太张扬了，然而，“我是谁？我为什么重要？怎样才更重要？”在不停地追问当中，就可以发现，“我很重要”不是强调个人主义，不是唯我独尊，以我为中心。“我很重要”是对自己说的。实际上主体在说这句话、思考这个问题的时候，想到的是家人，是朋友，是集体，是国家，唯独没有他自己。随着问题的追问与回答，这个“小我”早已经隐退到后面去了，而所承担的“大我”之责浮现于前了。“我很重要”唤醒的是责任担当意识，强调的是自尊自信，自立自强。将“大我”放置于学校层面，“我很重要”就是对教师的师德修养、教育教学行为和自身专业发展负责，对学生的个性发展、全面发展和终身发展负责，努力为学生的人生幸福奠基；将“大我”放置于教师层面，“我很重要”就是要不断强化对教育事业的责任，对每一个学生自主学习、健康成长和终身发展负责，和对每一个家庭幸福负责的自觉意识，掌握履行责任的知识与技能，走上专业发展的幸福之路，进而创造美好未来的责任人生；“我很重要”对于学生来说，就是对自己的未来负责，学会做人，学会学习，学会合作，学会创造，学会生活，牢固树立完善自我、服务他人、回馈社会、造福人类的责任意识。

一位教师在《我对“我很重要”的个性解读》中写道：“我觉得‘我很重要’中的‘我’可以解读为三种‘我’：‘自我’‘他我’‘群我’。‘自我’的重要不言而喻。“他我”即除自身外的所有的独立个体。我重要，并不意味着为了实现自己的价值就可以去随意伤害、践踏其他的生命个体。因此，我们的教育要在引导孩子认识到自我重要性的前提下，学会正确地看待其他的生命个体，了解并尊重其独特性、独立性，并学会与他人友好交往。‘群我’就是自我所在的群体。要使我们的生命变得更加有意义，自我的价值得以最大化，最好的途径其实就是把自我融合到一个比自我更强大的群体中去。换句话说，如果没有群体的存在，自我本身是没有什么意义的。所以，引导孩子认识到‘群我’的重要性，其实就是帮助孩子在集体之中最大化地发挥自己的能量，更全面地实现自我的价值，给予他人幸福，成就自身幸福！”

就这样，曹慧用“三个一”完成了从群体之间的互相认同，到自我的认知，乃至对自我角色的责任唤醒的开端，用“我很重要”唤醒自己的同时，也邀约着崇明的开拓者们心怀责任和使命，携手前行。

与我同行：群体生命的责任自觉

学校文化，作为全体师生形成的价值观念、思维方式和行为习惯，是一所学校崛起于“众校之林”的核心要素。是催生教师专业成长和学生生命发展的深厚土壤，是学校人文传统和优良校风的根本之源。

如何围绕“我很重要”，赋予责任教育新的时代内涵，从而唤醒生命自觉，激活创造潜能，创造出走向明天的崇明文化蓝图，在曹慧看来，比学校文化的理念更为重要的是文化形成的过程。没有全体师生的认同与建设，就没有真正意义上的学校文化，师生作为学校文化建设的主体，他们是学校文化的创造者、实践者和传承者，离开了他们参与的学校文化将是没有生命力的文化，再好的文化理念也将得不到落实。

“今天，我要写下这一个个平常的故事。故事的主人公叫任玉清，或许有很多老师还不认识她，……”周一的教师会上，王舒老师娓娓道来，“一次，任老师家里有个亲戚去世了。她安排好课务、值日请假奔丧。第二天，我刚准备替她值日，她又突然出现了。我们都觉得诧异。她说，昨天晚上已经去过了。今天课多，还要值日，麻烦大家不好意思，能克服的困难我就克服了……任老师平时话不多，却用实际行动表达了最美的语言！她用实际行动告诉我们如何做一个崇明人！”

这是学校教师例会上的“崇明人说‘崇明故事’”固定栏目，每次例会由教师进行宣讲，以自己的所见所闻所感，说身边的人，说身边的故事，宣讲者有行政人员，也有普通教师，甚至食堂员工。虽没有什么惊天动地的故事，但大大小小的“崇明故事”逐渐丰盈着学校的文化叙事，在这类似家常话的故事里，让所有的教师感受到每个崇明人身上的责任感和使命感。一如王舒老师的故事结尾：“今天，我写下了任老师的故事，不是为了歌颂赞美谁，因为我知道，类似的故事每天都在你我的身边上演。或许，故事的主人公是张老师、赵老师、马老师……但是，他们都有一个共同的名字，他们都叫崇明人！”

学校后勤部有位戴相顺老师，6 年多前妻子因车祸成了植物人，当时，许多人劝他放弃。可戴相顺在花光了筹措的 20 多万元治疗费用后，毅然将妻子带回了家。从此，他一边陪着妻子，一边去教书。

他不离不弃，在 2400 多个日夜的精心呵护下，妻子身上没有生过褥疮，吸痰机也不用了，听觉逐渐敏感起来，嘴里发出的声音越来越高，头部转动也较以前自如了。

曹慧主动联系市县的媒体来校采访戴老师的事迹，通过记者们对当事人以及师生的采访，师生们才惊异地发现，戴老师从没因照顾自己的妻子而迟到早退过，在如此辛苦的情况下，他还先后获得省青少年科技活动优秀科技辅导员等 30 个奖项，还在全国以及省市刊物上发表了 20 多篇论文。戴老师的事迹见诸报刊及网络媒体后，反响热烈。曹慧将采访戴老师的视频在全校播放后，对全体教师这样说道：“作为教师，我们义不容辞地对学生、家长、学校负责，但我恳请每位教师，还要对自己的健康负责，对自己的家庭负责，不要因为事业而忽略了其他的责任，我相信，每位教师会处理好这些关系！”

年度“感动崇明·校园人物”评选，是曹慧在崇明园里推出的增强责任自觉的另一项举措，全体师生以年级部为单位，进行民主推选出身边的“情系崇明、自重当强”的师生员工典型人物。令人讶异的是，学校请来的一位钟点工也成为了首批 10 名“崇明人物”正式候选人之一。不少教师在推荐理由中这样写道：“这位钟点工阿姨，每天勤勤恳恳地打扫卫生不待多言，难能可贵的是，有位学生在洗手间摔倒了，她立刻上前把学生拉起来，并道歉：‘是我不好，我没有打扫好地面，让你摔倒了，这是我的责任。我保证以后再也不会出现这样的情况了。’她的身上，不正闪现着学校所提出的责任自觉精神吗？”

依照惯例，每学期末每位教师都要撰写个人工作小结。曹慧将此做了变革，如今，摆在教师案头的是《教师学期履责自我评价表》和《教师个人成长重要成绩与事件回顾记录》，让每位教师对自身所承担的教育教学岗位职责进行自我评价，记录下个人专业成长中的各种成绩和重要事件，化繁为简的同时，每一位教师更是在心路上将“责任担当”四字留下了或深或浅的印记。

曹慧认为，作为一名教师，要想仰望理想的天空，走稳现实的脚步，践行自己的责任，则必须提升教师专业履责的能力。她认为，或许无法激活每个人的成长内需，但可以创造促进教师发展的组织环境，用间接的办法去影响教师的工作动机。

读书，是教师专业成长的必然，而阅读视野往往决定着成长的高度。于是，每年教师节，崇明园都根据教师的学科特点，向每位教师赠送书籍。校园网上有个固定的栏目——“每周一读”，从《寻找教育的独特灵魂》《过一种饶有兴致的专业生活》，到《十年课改的深思与隐忧》《坐在路边鼓掌的人》，从人文读本到儿童诗歌，从专业生活到学术争鸣，一本一本的书籍，一篇一篇的佳文，晕染着老师们的心怀。

一般来说，学校往往会针对教师的阅读进行约束和监督，如写读后感、读书笔记等，规定相应的字数和篇数。然而往往会有教师“复制”他人的读后感，读书也往往流于形式，甚至负效。于是，曹慧又开展了“崇明书架”活动，活动形式为每周一教师例会上随机抽取 2—3 位教师，介绍最近自己阅读的某一本书籍或某一篇文章，进行文章、书籍推介，阐发自身读书感言，长篇大论也可，三言两语也行，无拘无束中反而给了教师更多的空间，更多的智慧，更多的精彩。

时下，各校在教师研修培训中，有不少热衷于邀请名家名师，大讲教育教学理论，颇有“你方唱罢我登场”之感。新鲜与热切之后，不少教师依旧停留在原有的教学层面，很有“听听感动，想想激动，过后一动不动”之势。曹慧认为，邀请名家指点教育教学理论前沿、拓展教师的视野固然必需，但如何让教师的教育教学生活不再虚空，在解决教学实际问题中获得职业幸福，在成长学生的同时发展教师自己？曹慧回顾自己的成长历程，认为自己能从一个普通的数学教师成长为特级教师，最大受益于众多前辈、同行给予的帮助、指导，“他们传承给我的，不仅仅是专业智慧与素养，更是一种为了教育而奉献自我的使命”。曹慧深情回忆着。她决定，要在学校内大力营造合作、分享的研修团队组织，让教师们将自己的点滴收获与大家共同分享，在合作中相互支持，在分享中共同成长。

于是“曹慧工作室”诞生了！身兼学校管理和数学教学研究双重任务的她带领着“曹慧工作室”这个团队一起出发，一起行走。

一位教师在参加工作室的活动，听了曹慧《让每一节课都有效》的讲座后，写下了自己的感受：

“你看她像个特级教师吗？”当曹慧校长坐上讲台时，同事跟我轻声嘀咕着。是啊，平凡的相貌，朴素的打扮，确实不太像我们想象中特级教师那光鲜耀眼的模样。不过常言道：行家一出手，就知有没有。她没有过多地寒暄，就直接进入了主题。先是无比精辟地点评了两节年轻教师的课“简单的课上的不简单”“复杂的课上的不复杂”。对课堂中的精彩之处，她给出了由衷的褒奖，对设计上的欠妥之处，她也给出了中肯的建议。

接着，进入了她的讲座《让每一节课都有效》。因为有效教学是个永恒的话题，所以各家都有各自的见解。曹慧先是阐述了关于“减负增效”的理解；接着分析她提炼的高效课堂的四个关键词：和谐温馨、自主学习、主动参与、朴实简易；最后她重点讲到如何使每一节课都有效。让我们知道了要想使一节课有效，需要提高教师的专业素养、要建立融洽的师生关系、要有精心独到的教学设计、要采用恰当的教学方式、要合理利用课程资源、要实施有效的课堂评价、要养成良好的学习习惯。

如果一个讲座，光是有专业高深的理论，那一定不能长时间地吸引听讲座人的注意力。曹慧在逐条阐释如何使每一节课有效的同时，举了很多她亲身实践的例子，比如“听开学第一课”“上开学第一课”“他究竟该得多少分？”“培养学生认真审题的测试”等，鲜活有趣而又意味深长。听的同时也被她的认真负责、风趣幽默、细致耐心、睿智巧妙深深地吸引了，起初那个很不像特级教师的形象在她娓娓道来的案例中渐渐清晰，渐渐高大了起来。

曹慧还长期聘请已退休的原实小校长、特级教师赵清正先生做教学顾问，每周二定时来校随机走入课堂听课，课堂诊断、问题剖析，导师引领、携手并进，由分享引发渴望，由赏识产生自信，由解难催发动力，一片专业成长的乐土由此培育而生。

学校的发展单靠一门学科的绽放毕竟不能桃李芬芳。在曹慧的引领下，以唐婉老师为组织者，一批有志于追求教育幸福的语文老师自觉、自愿地组成了一个团队——向日葵。取名为“向日葵”，首先是切合校名“崇明”和校花“向日葵”，立志向着光明，一生守候，也喻示着耿直做人、谦逊治学，团结合作、积极向上的团队氛围。

“曹慧工作室”和“向日葵”团队自成立以来，以“相互学习，共同切磋”为出发点，同行成长之路，同担成长艰辛，同享成长快乐。语文团队的“汉语拼音课堂教学研讨”“童话教学大讨论”“完整课时教学”“凤凰语文论坛集体研讨”等一系列丰富多彩的活动，以“一人上课，团队作战”的教研方式，让专业成长不再是“独立寒秋”式的孤军奋战，而是一群人的智慧共享。短短一年，学校先后有 5 人次受到省市级表彰，19 名教师在省、市教学技能比赛中获奖，其中一等奖达 12 人次；教师的论文在省级发表 20 余篇，市级发表 20 余篇；另有 60 余篇获省市级一、二等奖。

“垒石可以邀云，栽松可以迎风。”毋庸置疑，教师的专业成长所形成的履责能力，需要一定的平台展示。然而，外出展示的机遇往往垂青的是拔尖人才，尤其是青年教师。那么，中老年教师难道就是被遗忘的“弱势群体”吗？为激活课程开发意识，激发每一位教师的潜能，“崇明讲坛”应运而生：语文学科的经典导读，英语学科的中西差异，常识学科的生态养殖，老年教师“说三国”，青年才俊“向西游出发”，乃至优秀学生的学习秘诀，学生家长的亲子阅读、礼仪用餐、花卉栽培，均在“崇明讲坛”纷纷登场，可谓“老幼皆可、包容兼蓄、个性纷呈”的“百家讲坛”。

文化叙事下的责任自觉，榜样催生下的责任情怀，自我评价下的责任担当，加之读书成长、团队研修成长、构建平台展示成长下的履责能力的培植，“我很重要”，这个富有个性的学校文化主张，就在曹慧和崇明人的共同行动之中积淀着价值内核。

牵手携行：播撒责任的未来之种

“让未来建立在责任之上！”面对当下一些学生社会责任感缺失的倾向日益凸显的问题，曹慧在学习《国家中长期教育改革和发展规划纲要》心得体会里写了这样一句话。结合“我很重要”，曹慧提出了《基于个体生命价值提升的师生社会责任感培养的实践研究》这项课题（现已立项为江苏省“十二五”规划课题），将对自我、他人、集体、环境等责任意识融入学校全过程教育之中。

“今年，你免考了吗？”在句容市崇明小学，孩子们见面总爱这么问。“免考”成了学生无上的荣光。2011 年 1 月 11 日、12 日，句容市各小学举行期末考试，当别的孩子在考场内聚精会神地答卷时，崇明小学的一些免考学生正为自己享受到的“特权”而快乐着。崇明小学六（3）班的赵藤同学今年也获得了数学免考的待遇。不过，免考后的赵藤有一项比较重要的事情，就是配合老师当一名考场巡视员，备受同学羡慕：打开封条，分发试卷，宣讲考试纪律，考场巡视……但是“天下没有免费的午餐”，获得免考资格有这样的标准：有良好的学习习惯，上课专心听讲、积极发言；作业认真完成，书写工整，正确率高；对免考学科学习有浓厚的兴趣，具有较强的学习能力。如语文学科，完成每月课外必读书的阅读，参加语文学科竞赛获得优秀成绩，参加各级各类作文竞赛获奖或习作在各类报刊发表，学情考查成绩优秀。学校自实施“期末免考制”以来，有 9 名学生第一批享受了“优待”，在学生当中产生了良好的激励效益。后来，在三至六年级推行优秀学生期末免考制。由学科任课教师对照免考资格拟订学生期末免考细则，经家长同意，学生提出申请，班级公示入围学生，再经教导处审核，确定免考学生名单，一般在考试前两天公示。本次期末考试共有 53 名同学享受免考“待遇”。免考制度的推行在家长中也产生了很大的反响。家长们一边为孩子的免考而自豪，一边却忧虑免考带来的负面效应。对此，曹慧认为，这是一种评价方式多元化的体现，是考试制度的改革，是符合教育本原的好事。它不仅对教师的日常教学过程起到很好的监控，以求最后的成绩评定经得起家长的推敲，更重要的是激发了学生对自己学习成长的责任心，激发了学生主动学习、对自我负责的内驱力，唤起了学生的学习热情与探索的欲望。

学习的责任不囿于分数，更在于素养的发展。在曹慧的指导下，学校还制定学习小能人评价标准，设立了“小冰心奖”“小华罗庚奖”“小刘翔奖”“小梅兰芳奖”“小爱迪生奖”“小邹韬奋奖”等多个奖项，引导学生全面发展，个性发展。

如果说，曹慧所实施的评价激励将学习的责任自觉性，扎根在学生心中的话，那么，学校的日常活动更是从细末微节之处育养着孩子们的各种责任意识。

走进崇明小学每个教室，你都能感受到独特的班级文化。“我最棒”“百花园”“朵朵葵花向阳开”……展示着班级的文化和学生的成长足迹；“文明之星”“礼仪之星”“卫生志愿者服务之星”等一张张奖状、一张张“明星脸”的背后，唤醒的是学生的自我养成意识：一、二年级的学生，接受的是“文明就餐六要”展示、“文明礼仪规范”展示等活动训练，做文明礼仪之星；自三年级起，学生在班主任的指导下，自主参与班级的常规管理，做班级志愿者服务活动，做自主管理之星；六年级学生要参加“我与小树共成长，争做优秀毕业生”和“感恩母校、添彩崇明”两大固定主题活动，做为自己负责、对母校负责的学习之星……群“星”闪烁，责任其间！

如今，崇明园已形成了“责任意识”培养的几条主线：举行防震减灾应急演习、联合消防演练等活动，唤醒的是学生关爱自我生命的责任意识；开展情系格桑花活动，捐赠一本书、传递一份爱、成就一个梦，唤醒的是学生关爱他人的责任意识；开展“我的园地我做主”——绿地设计创意征集与评比、“崇明种植农场我当家”活动，唤醒的是学生参与学校建设的主人翁责任意识；通过“唱响国歌、向祖国献礼”、“星星火炬，代代相传”、悼念革命先烈、“我为党旗添光彩”等活动，唤醒的是学生拼搏争先、效力祖国的意识……各项活动不求轰轰烈烈，不走形式主义，只为责任意识为活动之先，责任素养寄予活动其中，责任情怀成为活动终极。

“我已经连续四次参加崇明的家长会了，每次都不一样：第一次是曹校长给我们家长推荐家庭教育书目；第二次是曹校长请了个心理专家讲如何关注孩子的心理健康；第三次最感动我，学校请我们家长参加学校开放日活动，我到孩子班上听了三节课，其中语文课讲的是父母的爱如茉莉一样，我听到最后，泪水都有点要出来了，孩子的老师太了不起了！第四次，曹校长请来彭成做了个感恩教育现场会，孩子回来就突然变得很乖，你说，有效果不？”一位高年级学生的家长谈起参加崇明家长会的感受如是说。

曹慧认为，唤醒家庭、社会同担教育的责任意识，给孩子一个完整的教育发展空间，方能全方位营造出“责任文化场”。除了以开放的校园、开放的课堂、开放的沟通方式来共建家校责任场之外，曹慧还与社区多家单位密切横向联系，成立了“气象科普实践基地”“地震科普实践基地”“农科所、农林学院实践基地”等多个社区实践基地，组织学生开展服务性社会实践活动，使学生在知与情、意与行中，通过考察、体验、探究、实践等一系列的活动发现和解决问题，体验和感受生活，在亲身实践和体验中增强责任感。

“雨露滋润禾苗壮。”一年多来，学校先后被评为“句容市文明单位”“镇江市绿色学校”，“江苏省平安校园”“江苏省少先队工作先进集体”、首批“江苏省青少年科学教育特色学校”“江苏省青少年科技活动五星级先进集体”，全校学生共有400余人次在省市各类学科竞赛中获得一、二等奖，共发表各类作品共200多篇；其中，1名学生代表句容市获第二十二届金钥匙科技竞赛省级团体决赛二等奖、省个人特等奖；40名学生在江苏省小数报比赛中获一等奖。学校文艺、科技、体育社团多次在市县级竞赛中获得佳绩。

面对成绩，曹慧在教代会上述职时这样说道：“我经常问自己，你是一个好校长吗？至今为止，我还没有答案，但我的心中却有着另一个明确的答案，那就是我们崇明有一群最好最棒的老师！因为是你们，和我一起担当起崇明建设与发展的责任，让一个人的教育梦想变成了一群人的教育梦想；是你们，把一个人的教育行动，变成了一群人的教育行动，让一个人的教育理想，变成了一群人的教育理想！”

曹慧，正在崇明的路上！

故事的力量

——记一次特别的国旗下讲话

曹慧

每周一的晨会是全校集中的时间，按惯例，校长要进行国旗下的讲话。最近，校园的环境卫生保持得不是很好，于是，我提前一周就决定晨会的主题就讲公共卫生。

可是，怎么讲呢？“说教式”“喊话式”“宣誓式”的教育方式早已经铺天盖地，看似用心良苦、耳提面命，学生也就是听听而已。再次重申学校关于环境卫生的规章制度？可是，即便规章面面俱到、巨细无遗，校长讲一遍，就能转化成师生的行动力吗？何况，以前也不是没有讲过。

思前想后，我决定来一次“剑走偏锋”的讲话。

周一晨会如期而至，我拿着一个装着早上从校园里捡的各种垃圾的盒子，走上主席台。

“今天早上，我在校园里捡了一些宝贝，是些什么呢？想看看吗？”我故作神秘，“我想请几个同学上来看看，然后告诉大家。”

“咦，明明是一盒垃圾呀，校长你怎么说是宝贝呢？”几个小朋友上台来，看了看，有一位小朋友还伸手到垃圾中掏了掏，看看是不是暗藏玄机。

“是呀，你们看到的是又脏又乱的垃圾，怎么会是宝贝呢？先听我给大家讲一个故事，听完你们就明白了。”一听说我要讲故事，操场上马上安静了。

于是，我语速迟缓地讲起了故事。

有一天，上学路上，小熊背着书包一边走，一边美美地吃着巧克力，突然听到后面有人喊：“小朋友，你的东西丢了！”小熊回头一看，羊阿姨正向自己走来。

“我没丢东西啊。”小熊很奇怪。

“真的没有吗？这可是一件很宝贵、很重要的东西噢，你再想想看？”羊阿姨说。

小熊下意识地摸了摸挂在脖子上自己家的钥匙，又摸了摸自己的口袋，疑惑地说：“阿姨，我真没丢东西，你搞错了吧？”

羊阿姨从地上捡起小熊刚刚丢下的巧克力包装纸：“这不是你丢的吗？”这时，小熊嘴里还有没吃完的巧克力呢！一下子啊，小熊就明白了是怎么一回事，脸“腾”地红了。

羊阿姨摸摸小熊的头说：“孩子，这不仅仅是一张包装纸，它身上还吸附着一样可贵的东西，那就是爱护环境的好品德。你扔的不仅仅是一张纸，同时你也把爱护环境的好品德从你身上给弄丢了。”

小熊不好意思地低下了头：“羊阿姨，我以后不乱扔垃圾了。”

羊阿姨满意地笑了:“好孩子，把它送回垃圾箱，美德就会回到你的身上了。”

小熊把巧克力纸扔进了垃圾箱。羊阿姨问：“感觉到好品德回到身上了吗？”——我还没接着讲，下面的小朋友纷纷接着说：“回来了，回来了！”哈哈！孩子们都进入故事的情境了！

我继续缓缓地讲故事。

小熊来到学校。走着走着，突然发现不远处有一个白色的东西，走近一看，原来是一张用过的餐巾纸。咦，谁丢的？小熊想起了刚才羊阿姨讲的一番话，他仿佛看见餐巾纸上写着大大的两个字——“文明”，于是他捡起餐巾纸，把它扔进了垃圾箱。

说到这里，全场鸦雀无声，孩子们个个专注地看着我，好像连老师们也听得特别认真。

我摇了摇主席台上装了垃圾的盒子：“现在知道，这里面为什么是宝贝了吧？”

学生纷纷点头附和。

“你们愿意像小熊一样把丢掉的宝贝找回来吗？”我趁热打铁。

“愿意！”孩子的回答整齐而高昂。

晨会讲话就这样结束了。

效果怎么样呢？事后几天，我特意观察学校的卫生保持状况，不知道是不是自己的错觉，感觉校园整洁多了。而老师们也反映，自从周一讲话后，孩子们就都以当小熊为荣呢！更重要的是，孩子们觉得当小熊，捡垃圾很好玩，很有趣。

没想到一个小小的故事，一个小熊的形象，却能对这些“熊孩子”产生这样的效力！这再次提醒我们，“教育”不能变成“叫育”，而是要采用潜入式的、和风细雨式的方式走进孩子的内心世界，引起他们感情上的共鸣，从而让孩子们乐于接受外在的标准并转化成行为。

故事，永远比说教更有魅力！

新的一周马上就要到来，我准备再给孩子们讲一个故事。

崇明的第一场雪

曹慧

下雪了，江南下雪并不常见，学生们很开心，老师们也高兴，但同时也有担忧：还没放假呢，马上要考试了，安全是个大问题。费师傅提醒说，是否要买些扫雪工具？对啊，如果今晚下雪，明天早上扫雪就没有工具，一大早哪有卖的呢？于是我立即派总务处去购买扫雪工具。下午连廊上都有不少雪了，即使今晚不下雪，也要把连廊上的雪扫掉。我去局里开会之前委托许校长布置此事。五点钟，会议还没结束，许校长发信息告诉我，各级部分工合作，连廊上的雪已全部扫完。从校园网上报道的扫雪图片得知，大家干得很欢。

当晚，我睡得不踏实。19 日一早起来发现白茫茫一片，果然，昨晚又下了。我立即打电话给门卫，准备通知他们先将门口扫出一条路来。可是几次都没人接。我想他们可能已经在扫了。于是我就急急忙忙往学校赶。我没敢开车，步行半个多小时才到校。这时我发现除了保安门卫在扫雪，还有葛挺明、孙红伟、范霞、胡圣国、许娟、李景生、罗庆英、吉玮、赵明、魏蓉等，陆续的，唐婉、赵背花、葛志华、葛华星……他们纷纷加入了扫雪队伍。在学生到校之前，通往教学区和食堂的路已经全部扫通了。

由于语数英老师要带学生复习，常识科老师组织起了一支“扫雪别动队”，他们不仅将连廊上的雪扫清，还全部堆成小山，以防积雪上冻给师生带来不便和安全隐患。

19 日晚上又下了一寸多厚的雪。

20 日，一、三、五年级的学生期末考试。我照旧一大早步行至学校。今天又有更多的人加入了扫雪的队伍，食堂的工人也来帮忙了。

崇明的第一场雪，带给我的是一串感动。从教师到工人，从干部到群众，从班主任到非班主任，所有人想到的是学生的安全。有的人手上都磨出血了，有的人累得直不起腰来，但从不叫一声苦。我要向积极参加扫雪的教职工表示衷心的感谢和崇高的敬意！

第一次家长会

曹慧

2010年11月23日，今天是崇明小学开第一次家长会。为了让大家有时间准备，晚上教师们在学校食堂用了工作餐。家长会晚上七点开始，六点半就有家长陆陆续续来了。我和赵校长一起在开始前每个教室都跑了一遍，看看大家准备的情况。发现每个班的准备都很充分，除了一块写字比赛的优秀作品展板，每个班黑板上都书写了标语，如“托起明天的太阳”“一切为了孩子”“架起沟通的桥梁”等。由于班班都有多媒体，教师们还做了非常漂亮的家长会的封面背景，不少教师还为自己的发言做了演示文稿，这不仅展示了我校高标准的硬件设施，也展示了教师运用信息技术的能力，并且发言的效果要远比单纯的讲述好得多，视听结合，可观可感。

七点钟，家长会准时开始，魏蓉广播主持，首先观看我们专门为这次家长会赶制的学校宣传片，片子虽然不长，只有七分钟，但效果很好，通过宣传片，家长对我们学校有了全面的了解。开学才短短三个月不到，为做这个宣传片，大家都吃了很多苦，许娟校长总负责，德育处写解说词，高荣平拍摄制作，王媛媛配音，大家都在紧锣密鼓地准备。后期制作怕来不及，高荣平请来了王成俊帮忙，晚上和双休日都在加班，终于在家长会之前赶制出来了。许娟还不放心，下班前看了一遍，发现配音不理想，又请我看是不是需要重新找人配音。我看了之后虽然觉得配音不是很理想，一方面是设备的原因，另一方面王媛媛的声音好像没有放开，有点紧张，但之前我听说她为这次配音很努力，嗓子都快练哑了，并且把稿子都背了下来。我想如果换人配音，对她来说是个打击，并且临时找人，那高荣平和配音的人不知又要忙到什么时候。因为我知道不完全搞好，高荣平是不放心的。所以我决定不换了，就安慰他说，这么短的时间能做出来就已经很不简单了，这次就这样放吧，以后再改。

第二个环节是观看校长的录像讲话。我讲了13分钟，事先我做了认真的准备，他们反映也很好。

第三个环节是任课老师与家长交流。每位老师都做了精心准备，有的班一直开到九点还没有结束。

我想这次家长会对原一小的家长触动还是很大的，因为一小的一位老师说，他们从来没有召开过这样的家长会。

首次家长会的成功源于学校的重视，有效的指导和大家的精心准备，通力合作。魏蓉说得好，我们崇明的事都能做好，因为大家心齐。

书签贺卡

曹慧

十一月份电信有人来推销新年贺卡，我想我们崇明小学是新学校，需要向外界宣传一下，于是就答应下来了。26日下午我从苏州回来，范元生将电信送来的贺卡样稿给我审阅。我一看封面上是我校的全貌，里面的内容是："恭祝：××新年快乐，身体健康，合家欢乐，万事如意！××敬贺"，其余没有什么特色。

每年我也收到不少贺卡，大都没有留下深刻的印象，除了学生的留下，其余的一般看完就扔了。我想，学校花了钱，就这样让别人当废纸扔吗？我不甘心。对于我们这样一个刚刚诞生的学校，什么都要买，三千多元也算一笔不小的开支了。花钱不要紧，但要花在刀刃上。我的理念是要么不做，要做就要做得与众不同。但我一时又想不出好的点子，如何让我们的崇明小学给人留下深刻的印象？所以行政例会上我就启发大家来想。会上，他们一时想不出，建议回家想想，周一再来讨论。

晚上媛媛打电话兴奋地告诉我，她在洗澡时突然想起了一个点子。她说，贺卡可以没有个性，但我们可以在贺卡里面夹一张精致的有我们崇明特色的书签，这样显得很有品位，爱读书的人一定喜欢，夹在书里，只要他们一打开书，就会看到崇明，想起寄贺卡的人，友情常在。我说太好了，真是一个有创意的金点子！但是重做一份书签要另外再花钱，作为当家人我不得不考虑经济效益。于是我和媛媛商量是否可以二者合一，将设计有我们崇明个性的图案作为书签的正面，将系列祝福语和签名，作为书签的反面。然后在书签的外沿刻上虚线，我们寄贺卡的人在书签的顶部打一个圆孔，穿上红丝带。收到贺卡的人只要沿虚线撕下就是一个精美的有纪念意义的书签了。

我感动，媛媛将我布置的任务放在心上，连洗澡的时候都在想；我激动，媛媛想出了一个有创意的金点子；我高兴，我们合作了一个物美价廉的好方案。于是我们来行动——下面我们要考虑的就是如何设计出有崇明特色的书签的正面，也就是贺卡的背面了。“大家一起想想吧……有好主意告诉我和范元生啊！”我将此消息在崇明小学的QQ群里发了一下。范霞设计了两种书签的样稿，虽然最终没有采纳，但是我还是很感动。背花也一直在想怎样做才能更好。

小范设计的校标我们还是比较满意的，经过葛志华的阐释我觉得很好，于是决定采用了。设计人员将我们的校标与背面的图案有机整合，形成了一个漂亮的有我们崇明标志的图案作为书签的正面。由于压印虚线比较麻烦，我们还设计了一个小剪刀图案在那里，让人一看就明白，沿虚线剪下就是一个书签了。

贺卡到时我正在外面参加现代化小学验收，大家在圆孔里穿的不是红丝带，而是中国结，这样更喜庆。收到贺卡的人不是打电话就是发信息表示感谢。有人说从来没有收到过这样的贺卡。我想这就是我们崇明小学——与众不同。

第二辑　工作回眸

跌宕

赵背花

晴天霹雳！

临近期末，收到校聘老师小杨的信息："赵校在吗，有点事找你下。"我估计是小杨在教学中遇到难题了，或是学生难管理，或是家长难沟通。年轻老师遇到这样的情况往往有点束手无策，作为老教师及校领导的我们应及时给老师以回应和支持。"在的！"我秒回，"好的，我马上来。"

在等待的过程中，我思虑着怎么跟小杨老师说，怎么来安抚她的情绪，怎么帮助她？正想着，小杨老师来了，我请她坐下，微笑着看着她，"赵校，我来跟你辞职，我应聘到碧桂园小学去了。我把这学期教完，下学期就不来了！"晴天霹雳！随着小杨老师娓娓道来，我由现实跌入噩梦，所有的设想在这一刻粉碎，我无法面对下学期将要面临的困难：五（5）班的语文谁来教？怎么向学生和家长交代？学校的师资已经相当地紧张，说"一个萝卜一个坑"已经是抬举了，现在学校的师资甚至是"一个萝卜要填两个三个坑"！怎么办？怎么办？怎么办？唯有尽量挽留！于是我启动不太完美的语言劝说小杨老师，能够克服困难留下，把下学期教完。为了打动她，我从 2015 年 9 月小杨老师来校说起，初来校的她还是个稚嫩的小姑娘，没有从教经验，为她安排师傅"手把手"带；组织学生放学有困难，学校尽量不安排她担任班主任；参加招聘教师考试，学校同事尽心尽力指导，从理论笔试到教学面试，全程参与；片区合作中安排她执教片研讨课，全片区老师为她打磨试教评析……林林总总，无一不渗透着学校的精心培养。谈话进行了一个多小时，我所说的一切，小杨老师都持认可的态度，她也一直说自己的成长完全依赖于崇明小学的栽培，可是当谈到去留问题时，小杨老师还是坚持离开。是的，人往高处走，水往低处流。作为同事，我理解杨老师的做法；作为学校管理人员，我无法接受她的离去。可是，她是校聘教师，她坚持离去学校又能奈何？何况她去意已决，留下人留不下心，意义又何在？倒不如大方送她一程。

小杨老师走了，我的心也凉了。想不通！一所公办学校，一所还算是当地的名校，为何师资如此紧张？“巧媳妇难为无米之炊”，没有师资，如何实现教育均衡？如何实现全方位教育？当下全社会强调重视教育，鼓励学校开展放学后的学生辅导工作，谁来辅导？当然是老师！可是又有谁想到，紧张的师资让老师每天满负荷工作，中午值餐，加上晚辅导远远超过了 8 小时的工作量，而且是满满的 8 小时！8 小时里教书育人，跟“熊孩子”斗智斗勇，苦口婆心，晓之以理动之以情，回到家已经是身心疲惫。用有的老师的话来说：回家不想讲一句话，一是因为太累，二是因为在学校已经把耐心给了学生。我怕在家一开口就是发火抱怨，家人也不容易，我不能把负面情绪带给他们，所以少开口为妙。每每想及唯有心痛！心痛着老师，烦心着下学期五（5）班的课务……

雪上加霜！

古人言“雪上加霜”是有道理的。这不，小杨老师的事还没有解决，我又收到学校潘老师的信息：“赵校长您好，昨天晚上我在回家路上不慎跌入路边石砌渠道，CT 确诊右侧胸肋骨 5 根骨折。现不能大声说话，不能翻身，浑身疼痛。医生建议住院治疗，年底不能上班了。特向您请假，烦学校帮我安排下四（4）语文复习课，万分感谢！”接到短信，我如跌入深渊，怎么办？五（5）班的事还没解决，四（4）班又来了！这学期好解决，离期末考试还有三天，可以请同年级的老师代下课，可下学期怎么办？肋骨 5 根骨折，下学期能来上班的希望渺茫。

教务处人员也和我商量着解决办法：四、五年级语文老师要么是体弱多病的，身体稍好的都是班主任，本身教学任务就重，谁又能担当两个班的语文教学？沈艳艳主任实在是看不下去了，提出下学期五（5）班的语文由她来教。话是豪语，可是我们怎能忍心？她本身有六年级毕业班的教学任务，教务处工作也是繁杂不断，加上今年 5 月份刚动的手术，身体尚在恢复中，完成现有工作已经是负重前行，怎能再给她加压？何况还有四（4）班呢？谈来谈去，找不到妥善解决的办法，算了，事情不解决，日子还要过，正常的期末工作还要完成，先放下吧。

峰回路转!

期末考试结束，曹校和我来到潘老师家慰问。敲了半天门，终于有人开门，来开门的是潘老师。只见他手扶着胸部，微弓着腰，脸色略显苍白，牵强的笑容里看出正忍着痛。曹校代表学校了解了事情的原委，安慰潘老师好好休养，身体为重。这也是曹校一贯的坚持，身体是第一位！这时，只听潘老师说：“感谢学校，真的不要来看我，学校工作很忙，我这一摔已经给学校工作带来麻烦了，你们来看我更是增加了工作，我过意不去。已经考过了，不知我班学生考的怎样？目前，我感觉身体恢复得还不错，前两天躺在床上不能翻身，这两天能自己起床并起来走两步了，照这样的速度，下学期开学上班应该没有问题。”听着潘老师的话，我阴晦了多天的心忽然大晴，室外的太阳也温暖了许多！这是一位年过半百的老教师，在身体不适之时，考虑最多的是学校，想的最多的是学生，从他身上我看到了崇明教师的风采，“我很重要”的校训在此又有了生动的注解。尽管五（5）班的课务还没有解决，尽管潘老师也许下学期并不一定能回到学校，但谁能说前面不会出现转机呢？身边还有那么多致力于教育，热心于奉献的教师，我相信，明天会更好！

“不”字退后，“行”字上前

——《我很重要》师生献词台前幕后的故事

魏蓉

讲述“崇明故事”主题活动开展以来，伴随学校的成长，已有六年半载。这个舞台，是品悟真、善、美的地方，是传播正能量的地方，也是讲述者显其能、展其才的地方——数不清曾演绎几多精彩，道不尽曾有过无数感动。

省“名校名师”活动结束之后，意料之中，校长让我准备，讲述师生献词背后的故事。虽在意料之中，但仍犯起愁来，只因生怕自己文笔不佳、构思不巧、表达不妙，有负参加献词的一群人。这样纠结了良久，在左右不是的感觉中，内心的一点点自信倒渐渐清晰起来、茁壮起来，这自信，是对献词这件事本身的自信——在此项工作的进行中，我一直觉得，创作过程就是一段美好的故事！那还需纠结于什么讲述技巧，还愁什么表达方式呢？我一下子释然了——回到原点，回到初心，就是讲故事，原原本本讲故事。下面，就请大家和我一起，回顾师生们用行动书写的“我很重要”的故事。

2016 年 12 月 8 日，这个日子将在崇明小学的发展历史中留下浓墨重彩的一笔——江苏省第 13 届“名校名师”小学语文观摩活动在北校隆重举行。

上午 9:00，华阳中学报告厅，来自全省各地近 500 名代表齐聚一堂，座无虚席。

“灯光、音响请准备！老师们请上台！”

随着我通过手机发出的指令，参与开幕式献词《我很重要》演出的老师们款款走上舞台。

老师们一亮相，掌声如潮。只见女教师身着紫色的长裙，优雅大方，男教师身穿洁白的衬衫，紫色的领带与女教师的服装相呼应，隐喻着教师群体的和谐与融洽。随着音乐的响起，“我很重要”的呼唤响彻礼堂，深沉的，热烈的，慷慨的……如春风携带着细雨，如冬日倾泻的暖阳，这声音温柔而深切地落进与会者的心田，邀约彼此，共赴江苏省第13届“名校名师”活动盛典，开启“向着明亮那方”的美好约会。

此刻，60名师生历时两月有余，精心打磨的献词精彩绽放，徐徐拉开了省“名校名师”活动的华丽帷幕。

一群人的智慧凝成文稿《我很重要》

“在开幕式上创作一个节目，要深入展示学校文化理念，充分展现教师精神风貌。”曹校长在活动筹备会上这样要求。

经过讨论，大家确定了以诗歌朗诵的形式来呈现，那么，首先要解决的就是诗歌文稿。不约而同，我们想到了一周年校庆中教师献词的文稿就是最合适的底子。我打电话给这篇文稿的作者——贾基娴老师，把想法、目的告诉她，拜请她再执笔。

“贾老师，辛苦你，尽量早点完稿哦。”

“行！”

还在产假中的贾老师欣然接受了任务，且第二天就在QQ里把修改好的稿子传给了我，不得不让人钦佩贾老师有才又有心，她定是趁着小千金睡着的时候，或是怀抱女儿的时候赶出来的，我心里真的很感谢她。一读，文稿开头就特别拿人：

鲜花绽放着我们的青春
笑容传递着我们的理想
满座的高朋点燃教育的豪情
远方的贵宾激励前行的坚定
今天我们的风帆再次起航
“我很重要”的呼唤久久回荡

短短几行，渲染出活动的盛大喜庆，直奔学校文化的核心——我很重要。真好！

没有最好，只有更好。过了国庆，我又把这份初稿传给了朱洪海、俞正霞老师，他们字斟句酌，打磨润色，给文稿锦上添花。

作家的价值体现在对读者大众的感染，艺术家的价值体现在对观众的熏陶，我始终认为，教育人最大的价值，应该在学生身上体现——体现在对学生的知识引领和人格塑造上。学生犹如一滴滴晶莹的水滴，能折射出老师的教育姿态，映照出老师的教育情怀。基于这样的想法，我很坚决地想在朗诵中加入学生的元素，文字来自端家莉老师执笔的“首届‘感动崇明’人物评选”表彰活动之学生献词。两段文字，是学生与老师心灵的对话和呼应，是师生情感的拥抱与温暖。

10 月底，我们终于拿出了一份比较满意的献词文稿，传给唐校过目，请她提意见、把关。唐校在 QQ 里传来三个字和一个表情：

我戏说：

也许，唐校是因为太忙，没时间细品，如果她知道，围绕文稿创作的一群人，用心用情用智慧凝结成《我很重要》，她一定会和我一样，为这些只属于我们崇明园的句子而骄傲！如果她细读，定会发现这份文稿巧妙揉进了校训、教风、学风、办学理念和培养目标，字字句句都传递着崇明人自己的心声，她一定会为文稿创作者们的智慧感到自豪。贾基娴、端家莉、朱洪海、俞正霞、沈艳艳，文稿题目的下方，应该醒目地打上他们的名字！

一支团队的谋划巧妙表达“我很重要”

11 月份，献词进入排练期。选定了 40 位老师、20 个孩子，同时成立了主创团队。

教师姓名	负责项目
陈芳	队形编排
韩利、戴朝江	音乐设计与制作
沈艳艳	领诵“总教头”
李珊珊、刘金霞	学生指导
赵星	媒体支持

简短的会议上，主创立下了“军令状”——不能说“不”，只能说“行”！全力以赴，交出一流的答卷。

寓意深刻的队形　表演开场是一个三排八列的队形，队列中间略低，两角上扬，犹如一艘向着明亮那方的航船。孩子上场之后，始终处在舞台和老师的中央，最后，在《向着明亮那方》的歌声里，老师牵着孩子的手退场。这样的设计，体现了我们崇明教育人一贯坚守的育人理念和立场——把儿童放在正中央，牵着孩子的手共成长。

磅礴大气的配乐　选用的背景音乐《大漠敦煌》是一首民族气息浓厚的交响乐曲，磅礴大气的旋律烘托出了《我很重要》所表达的主题和内涵，另一首《绿野仙踪》轻盈灵动，衬托出孩子们的天真烂漫。音乐渲染了情境，带动了情绪，增强了艺术感染力。

天使般的孩子　如果要说舞台上谁最抢镜，非20个孩子莫属，他们犹如20朵灿烂的向日葵花，一举手，一投足，无不展示出他们的美丽活泼、乐观向上。最惹人喜爱的是杜婉婷、夏子航两位小领诵，凭借天籁般干净的音质和纯稚自然的表演，彻彻底底征服了与会者的心。而这20个孩子的一字一句、一颦一笑里，浸透了刘金霞、李珊珊两位老师的智慧和汗水。

精益求精的领诵　献词成功与否，很大程度上取决于领诵。沈艳艳、张洁、张小军、葛华星四位老师可算是百里挑一，从全校老师中被挑选出来担此重任。为不辱使命，几位老师对自己可谓严苛，在训练时间上是齐诵的双倍，在语气、语速上反复揣摩，在停顿、连缀上力求整齐，在动作和眼神上强调配合。沈艳艳老师因为感冒，对第一次录音的效果不满意，硬是晚上去电视台，一字一句重新录音制作，足足花了四小时，连录音师也对沈老师精益求精的态度大加赞赏。听到满意的录音，沈老师终于露出笑容，如释重负地说：“这下行啦！”

“功夫不负有心人”，表演中，领诵的表现可圈可点，堪称专业。

至真至美的幻灯背景　演出舞台上有大屏，制作幻灯背景是必需的，这就得请一位电脑高手，我首先想到了赵星老师。

“赵老师，忙不？我又有事情要麻烦你了。”

“忙是忙的，但是有什么事情你就说吧。”

“时间有点紧，后天完成初稿行不行？”

“行！”赵老师一向惜字如金，但这一个字，让我犹如吃了一颗定心丸。

接下来就是找素材，做初稿，加字幕，配音乐，修改，再修改……赵老师忙碌的情景我不曾看到，但是能想象到；赵老师夜晚忙到几点休息我不曾知道，但也能猜到。就这样，一部至真至美的幻灯背景终于诞生了，通过有情节的画面配合献词，充分诠释了“我很重要”的文化内涵和精神实质。

就是这样一支创作团队，以极端负责任的态度，以超高的敬业精神，精心谋划，忘我创作，成就了献词的精彩。

一堆堆细节无声书写“我很重要”

在《我很重要》献词创作排练的两个月里，每天都在悄然发生着令人感动的事情，似一支画笔，在光阴的故事里无声书写着“我很重要”。

“亲们，今天去北校彩排，谁能开车带学生往返？”

我在QQ群里一呼，方莉、芮雨萌的QQ头像立马闪动：我来！我行！我可以！

“今天还需要开车带学生去北校吗？”

“要的。”

“那我回去换一部大车。”纪璐仙说。

是谁，6：20就打开音乐教室的门，打开走廊的灯，打开空调预热，为师生化妆提前做好充分准备？是韩利老师。

是谁，6：30就匆匆忙忙、三步并作两步，在楼梯上奔跑？是周颖老师。尽管天还没有亮透，时间真的还很早，但她要赶在孩子们到来之前，先把自己的妆容化好，待会儿还要为孩子们把眉来描。

是谁，上一秒还是儒雅英气的帅哥，献词刚一结束，立刻就变身成了搬运工人？是10位男教师。他们七手八脚将合唱台阶迅速搬离舞台，尽管看起来有些吃力，但是依然让人觉得还是那么帅！

再看两个特写镜头：

她，这学期是个“大忙人”，忙碌，激情，精益求精是她的专属关键词。10月份排练《红领巾的故事》参加少代会展演，11月份排练《我很重要》献词学生部分，12月份，当学校请她在负责《我很重要》献词学生部分的同时，赶排算盘舞《噼里啪啦》的时候，她二话不说，一句“行！”，就去选人排练了。音乐、动作、舞台背景、服装、道具，无一不倾注了她大量的心血，每一天都在超负荷工作中度过。当两个节目在省珠心算教学培训活动中同时绽放精彩的时候，细心的老师发现，她瘦了，黑了。她却笑着说："我很重要，接过一份任务，就是享受一份信任，有价值、被信任是幸福的……""衣带渐宽终不悔，为伊消得人憔悴"，这个神圣的"伊"，是学校，是学生，是那份执着的教育理想……她的可贵，源于真实而宽厚地爱着每一个孩子，源于工作中有一股追求完美、精益求精的韧性，源于始终对工作的激情和对生活的热爱——她，就是刘金霞老师。

他，和我年龄相仿，也四十好几了，来崇明之前，曾做过学校的领导。看他，看不到一点老教师的派头；看他，看不到一丝领导的架子。岁月，在他身上留下的是为人的谦和，处事的沉稳；领导岗位的经历在他身上烙下的，是顾全大局、率先垂范的印记。每次排练，他总是来得最早的那个；每次走台，他总是保持正式演出状态的那一个。他挺拔的身姿让人很容易想到"玉树临风"，他精神的面容、专注的眼神无不写满"我很重要"——他，就是戴传洪老师。

一组组数字轻轻诉说"我很重要"

当两次省级教学活动的大幕缓缓合拢的时候，一切在圆满中尘埃落定，《我很重要》的师生献词不仅赢得了掌声、肯定，留下了亮丽的光和影，同时，也留下了一组组不可磨灭的数字，它们永远轻轻诉说着《我很重要》台前幕后的故事。

40 位老师参与，
36 位老师上台，
2 位教师因公务中途退出，
2 位教师欣然补位加入，
进进出出，
都是义不容辞。

排练、打磨，
录音、演出，
两月有余，近 1000 分钟，

分分秒秒，
都是敬业奉献。

12 次排练，
近 500 人次到场，
仅有 15 人次请假，
事因只有两个：
病假或公差。

2016 年的第一次寒潮，
未能阻止第五次正常排练，
冒着严寒，
老师们聆听播音员的指导，
一字一句，揣摩情绪，把握停顿。

2016 年冬季少有的低温天气，
零下 2 度的早晨，
老师们只穿着单薄的衬衫和长裙，
却春风满面，激情满怀。

台下近千分钟的排练，
台上仅数秒的呈现，
每分每秒里绽放的，
不只是声音和画面的精彩，
更是把“我很重要”的呼唤，
洒遍四海五湖、大江南北。

回眸两次省级教学活动渐渐走远的身影，我内心充满了感恩，感谢她给予我这样一次机会、一段经历，让我无数次听到“我很重要”，让我无数次看到“我很重要”。我静静地用心体悟，“我很重要”不仅是崇明园重要的文化符号，不仅是崇明人铭刻于心的精神信仰，更是崇明人做人的态度，处事的风格——“不”字退后，“行”字上前。“行！”“行的。”“我行！”这一声声“行”从他、从她、从不同人的口中说出，带着或轻或重，或高或低的不同语气，汇聚成崇明园里同一个从未走远的声音——“我很重要”，牵引着崇明人的脚步，永远向着明亮那方！

不只给力，更给心

——写在曹慧教师工作室启动仪式之际

刘玉明

2011年3月25日，是所有崇明人永远难忘的日子。一大早，校园内便涌动着股股春潮，站在科技楼放眼望去，明媚的春光洒满校园的每个角落，白白的墙，亮亮的窗，操场的新绿映衬着跑道的鲜红，和煦的春风拂过，彩旗飞舞，横幅抖擞，孩子们蹦跳着，欢笑着；老师们胸佩校牌，步履从容……美丽的崇明园，热情的崇明人，用崭新的姿态迎接一个重要时刻的到来——江苏省特级教师曹慧教师工作室将在今天启动！省、市教育专家来了，著名学者来了，市政府、市教育局领导来了，兄弟学校的领导、教师来了，校园内人流如潮。

这一天，是我们崇明小学诞生后第一次全方位向世人展示其美丽的面容。兴奋之余，大家更感肩负的责任是如何之大！

活动前夕，在曹慧校长的引领下，由赵校长、胡主任做了周密的筹划，并具体落实到位。我们深知，曹慧教师工作室的启动不仅仅是曹校长个人的事，也是学校的事，更是全市教育界的事，因为此工作室的成立，旨在为心存大志，勇于发展的青年教师搭建一个教育教学研究的平台，充分发挥名教师的专业引领作用，让未来名师从这里起航。基于此，教研室领导、专家多次来我校指导工作，并参与商讨活动安排流程。由于上下一心，和衷共济，使这次活动取得了圆满成功。

此时，不由得想起之前曹校长的嘱托：希望全体师生给力！我要说，我们全体师生已经用最真挚的行动，做出了有力的回应！我们不只给力，我们更给心！

诚然，每每此时，我们总会收获一份份沉甸甸的感动：

后勤工作事无巨细——清理场地、卫生清扫、布置场地、购置物品、保障就餐等都是有条不紊。赵校长在繁忙的教学工作之余更是亲力亲为，带着后勤人员一起干，这期间，食堂工作人员的“给力”尤其受到了与会领导、专家及同行的赞誉。

校园环境洁净美丽——周二至周四，全校进行了全面、细致、深入的大扫除。低级部的孩子小，大多数事情都是班主任和任课老师亲自动手。教室、保洁区、办公室，搬桌椅、擦门窗、拖地板、摆放物品……玻璃擦了一遍又一遍，地面扫了又拖，保洁区无纸屑，无树叶，更无灰尘；中级部老师发扬“不怕苦、不怕累、不怕加班”的精神，以饱满的热情和激情，齐心协力，全力以赴地投入活动中，目标只有一个：为工作室成功启动加油助力；高级部各班的卫生打扫和保洁任务重，要求高，各班主任总是和学生战斗在一起，先是刷、再是拖、最后抹。门上摇头窗学生够不到，班主任老师就亲自去擦，整个窗户擦下来，个个都累得筋疲力尽，但他们全然不顾，又奔波在保洁区和教室之间。

教学工作井然有序——因数学教师要全天候参加活动，许多常识科又承担了服务任务，所以，各班就只有语文、英语教师坐镇，有的班级仅一个教师负责，艰难与辛苦程度可想而知，但老师们无怨无悔，始终以微笑送走烦恼，以行动赢得口碑！

老师们，回顾来时路，此刻，我依旧心存太多的感动。就让我们将镜头聚焦到那一个个瞬间吧——

镜头 1：曹慧教师工作室启动仪式之前，我们会看到为来宾安排的一段关于一学期来，崇明小学活动的图片影像。这个作品是我们赵星老师熬了两个晚上，几乎没有睡觉，精心制作而成的。这个作品的最初的想法是唐主任提出来的，提出来后，胡主任迟迟没有下决心去做。

到了周二上午，唐主任和陈一叶主任对胡主任说：“我们知道你最近很忙，你担心做不好，来不及，不要紧，有我和一叶，你下决心吧，我和一叶一人负责文字，一人负责图片。”

周三下午陈一叶主任把这个影像图片拷给了赵星老师，并把制作的思路和要求做了简单的交流。赵老师笑眯眯地说：“行，我一定完成任务。”

周四上午，赵星老师把他的作品放给教务处几个人看，并说，还要完善，还要修改，你们还有什么要求。周四晚上，赵星老师在家又进行了制作修改。第二天上午 7：20，赵星老师准时把作品交给了蒋成老师，并和他一道参与调试。

听课前，唐主任看到赵星的脸色不太好，就关心地问：“赵星，对不起，这两个晚上请你忙这个，你一定没睡好吧，要不你下午休息吧。”唐主任的话刚说完，旁边来自实小的仇老师便说："赵星已两个晚上没合眼了，他家端老师都心疼死了，而且前天晚上他发烧到40多度，昨晚又一直忙到早上7点，真不容易啊！"我、唐主任在旁边听了，感到非常吃惊。唐主任不知道如何表达自己的心情，只是充满歉意地说："我不知道要花这么长的时间，我原以为很快的，太感谢你了！"我更是关切加命令地说："赵星，下午的活动你不要参加了，一定要回去休息。"可赵老师还是笑眯眯地回答："没关系，不要紧的。"休会期间，我们发现赵老师和赵明、葛挺明等一起帮助清理会场。下午1:00，赵星老师又准时来到了会场。当唐主任在后面又看到他时，动情地对身旁的我说："赵星真好！"

镜头2：在曹慧教师工作室启动仪式准备过程中，我们始终会看到一个特别忙碌的身影——来也匆匆，去也匆匆。尽管忙碌，但歌声、微笑却一直伴随着他，何许人也？对，他就是阳光男人——我们的胡圣国主任。

从协助曹校、赵校、许校筹划，到具体细致地去做好每一件事，胡主任总是乐此不疲。这期间，他早来迟走，双休日也不知加了多少班！活动当天，胡主任的岳母突患病症，需要动手术。听着电话那头传来爱妻焦急的声音，他只能先让妻子将岳母送至医院。直到曹校的课上完，胡主任才步履匆匆地疾奔医院。好在有惊无险，他岳母的手术做得很成功。望着辛苦的妻子，他有点不舍，而下午他又提前进入了自己的岗位。是的，就在这一刻，微笑也没离开过他疲惫的脸庞。多精致的阳光男人啊！

镜头3：行政楼是当天来宾主要活动的场所，卫生打扫便显得尤为重要。这块工作由小杨师傅负责，担子重压力大可想而知，她吃苦耐劳，细致入微。当赵校长感谢她的辛苦时，她却微笑着说："为了这次活动，大家都很忙，我忙些也是应该的！"多么朴实的话语呀，连一个临时工都这么给力，觉悟这么高，我们还有理由懈怠吗？

镜头4：依稀记得上学期，王舒老师在讲崇明人自己的故事时，曾让我们认识了细致认真尽职的任玉清老师。这次，胡主任又把打扫工作室的任务交给了她。初进工作室，里面的脏乱令人瞠目，但任老师周二便花了好长时间打扫了一番；周四，她唯恐工作室有什么闪失，再次将工作室整理、打扫得一尘不染，使其以最佳姿态迎接四方宾朋。

陈清老师，发现工作室的门口卫生工作不够理想，在吃早餐时主动给魏主任提了个醒。尽管是一句话的事，但这种不分彼此、不分分内分外，只把学校当作家，都把自己当作主人的崇明精神，真的足以让人感动！

在班主任们去打扫学校公共区域时，王素芳老师主动承担了办公室的打扫任务，由于手受伤了，打扫起来很不方便，她便找来小助手，手把手地在旁边教他们。那几天，在检查前后，她把办公室前前后后整理打扫了不下七八回，看着整洁明亮的办公室，大家在高兴之余，也深深感到老教师的传帮带精神。

德育处在魏蓉主任的带领下，为了不让卫生工作留下任何死角，他们在校园内转了一圈又一圈，及时查漏补缺。魏主任更是细致，手中拿着一块抹布，及时发现及时处理。

镜头5：这次活动的成功，不只让人们记住了两节精彩的展示课，记住了专家的高深讲座，更让所有与会者见识了崇明人独特的风采：课前，五（3）班呈现的《弟子规》，三（3）班演唱的英语歌曲，无不为此次活动增添了亮丽的色彩。而这背后，赵明老师、方莉老师又花费了多少心血呀！许校长、教务处唐主任、陈主任更是从细微处入手，试讲、彩排、规范，想方设法将最精彩的地方展现了出来。

镜头6：张小军率领的六（1）班，卫生打扫任务本来就不轻，他还友情赞助了教学楼与科技楼的连接处，彻底消除了两处卫生死角，并积极配合后勤组，做好工作室和会场的卫生工作。

镜头7：办公室范元生老师、电教组蒋成老师一周前就忙碌着，随请随到，周四晚上最后一个离开的是电教组蒋成老师。范元生老师更是身兼多职，制作宣传画册、摄影。高荣平老师一人负责2个摄像机，跑前忙后。办公室的葛志华老师，从前期的工作室的布置，以及画册的设计、席位卡的制作，到活动当天的安排，更是身体力行。在创设环境氛围时，他亲自带着工作人员一处一处地悬挂。当天上午，他带领陈一叶、王庆芳老师出色地做好第一站的签到接待工作。

镜头8：数学组的所有老师也动起来了，陈清、王月琴、吴燕、赵燕，做好服务工作，跑上跑下，一刻也不耽误。葛挺明等男教师干重活，马家琴等女教师默默地整理桌椅。是啊，我们都是崇明人。因为大家已经认识到工作室的启动，不是哪个个人的事情，而是我们崇明小学乃至全句容市的一件大事情。它展示的不仅仅是曹慧工作室启动，更多的是展示我们崇明小学，以及我们崇明小学师生的精神风貌；展示的是我们半年多来，在曹慧校长的领导下，在全体老师共同努力下，我们建设崇明小学的成果。

这次活动的开展，我们不仅仅收获活动的成功，更可喜的是我们看到了崇明人在曹校长的领导下，学校呈现出团结、互助、向上的良好氛围和强劲势头。在感动之余，我们再一次体会曹校长的“与教师同教与学生同学”这句朴素、谦虚的话语。通过这次活动，数学组的老师更能体会到曹校长虚怀若谷的优秀品德，第一次试上课，和曹校长一起研课，大家一起给特级教师评课，曹校长虚心听取每个人的观点，我想大家在有感于曹校长对教材研读之深、驾驭课堂教学能力之强之余，更能领略曹校长的人格魅力。

我们深知：成功的背后往往会站着无数个无名英雄，他们才是成功的坚强基石。恕我不能一一枚举，且让我们将掌声送给他们，更送给我们自己吧——因为，我们都很重要！

老师们，“长风破浪会有时，直挂云帆济沧海。”相信我们崇明人凭着开拓创新的闯劲，在今后的工作中，我们会给力，我们更会给心！

心算花开，崇明风起

胡圣国

让我讲故事，非我之能。笨口，无志华之流利；拙舌，无玉明之悦耳；齿混，无小军之清晰；音弱，无明龙之雄浑。由于平时不善积累，2015 年发生的那些事，当时只道是寻常。为讲崇明故事，今细细回味，件件、桩桩竟非一般。不能一一道来，就先从珠心算说起吧。

珠心算实验已经走过了 3 个年头，由原先的 4 位实验教师，306 名学生参与实验，到现如今的 17 位教师，1042 名学生。真真走过了不寻常的三年，崇明的珠心算实验团队在省市实验老师中已经小有名气了。实验过程中有辛劳、有收获，她们幸福地行走着。其中，陈清、洪华、吴燕、朱金妹的课已经走到了省里。赵雨、王红霞、赵燕、王月琴的珠心算成果也在镇江市频频获奖。

今年一年级的珠心算实验队伍中，一下子又增添了两名新兵，一是赵荣华、二是夏志香。赵荣华老师刚从六年级哭着留级到了一年级；夏老师身体弱，好多年不教数学学科了。我很是担心，开学之初，我就把自己的担心和压力转交给了朱金妹老师。我对朱老师说："今年一年级珠心算实验我全交给你了，我只要结果，至于过程中你有困难可以直接找我或者赵校、曹校都行。"朱老师总是那副笑眯眯脸，点着头不说话。

秋去冬来，柳绿桃红，转眼到了这学期的三月份。我校与宝堰实小开展第一次教研活动，赵荣华老师主动请缨："胡主任，让我来上这次的研讨课。"我用迟疑的眼光看着她，心想：行吗？朱老师看出了我的担心，笑眯眯地说："胡主任，保证行！"看到赵荣华那信心满满的样子，我说："好吧，不过我要听你的试上。"一节课听下来，我有了底气。

到了周一的上午，在朱老师的组织下，教研活动取得了圆满成功，一（6）班师生的精彩表现，得到了周老师、曹校，还有宝堰的 4 位实验老师的高度评价。

赵老师、夏老师在珠心算方面上手得这么快，一方面是两位老师虚心好学、敢于迎难而上；另一方面得益于朱金妹老师的教研组活动开展得好。起初，朱老师真是手把手地教，从规范拨珠、握笔、到口诀、教案都一一讲解到位，每节珠心算课四人都在一起研讨，请她们过来听课，每次都试教过好多次。有时朱老师还走进一（4）班的教室，直接指导夏老师的数学课。每天的珠心算小练习，都是朱老师印好发给每个老师，文印室里经常看到她那忙碌的身影。夏老师生病了，王红霞、赵荣华主动承担了她的教学任务，不让一个班、一个学生掉队。正是这样一个团结、合作、进取的团队，齐心协力，很好地完成了一年级珠心算的实验任务，年级及格率100%。

这学期的一年级珠心算“最强大脑”活动中，从组织、发动、主持、奖品制作、奖状发放、家长参与，都组织得有条不紊，井然有序。最终，活动取得了圆满成功。曹校高兴地对我说：“原来，朱老师还是一个优秀的主持人。”

看到了一年级的精彩展示，二年级组也不甘落后，竞赛活动安排也巧招迭出，王月琴、洪华、赵燕、鸦群也轮番上阵，在赵燕老师的主持下，孩子们的精彩抢答展示了二年级的心算成果。三年级也不甘寂寞，积极参与表演。活动中，教育局的刘局长、财政局的袁局长也参加到活动中去，来宾们看得津津有味，只道神奇！

现如今，一、二、三年级，通过珠心算实验，挖掘出了一批天才儿童，初步形成了一定的心算能力。二（1）班的1位5笔的心算10分钟达60道，还有一批达30几道的学生。三年级中更是具有心算两三位数10笔的心算能力的达人。这些孩子在数学学情检测中，也是班上的翘楚。

崇明园中，像这样团结合作的教研组团队还有好多。在教研组长的带领下，互相引领、互相成全，致和教育的崇明风正在悄悄地扬起。

学校是学知识的地方，但更是心灵栖息地和精神家园。曹校长着意将崇明园打造成教师、学生的旸谷。师生置身其中精神焕发、心灵舒放、精神满足。“师为赏已者教”，曹校引领着、扶持着唐婉老师成为江苏省特级教师，唐婉老师又引领着、扶持着年轻的语文老师沈艳艳等成长、成功。曹校长引领着赵背花、陈清、吴燕等成长、成功。年青一代教师又在自己的岗位上带动着更多的人前进，如陈一叶的“太阳花”团队，在英语学科屡次斩获第一，声名鹊起。

致和教育吹拂下的崇明园，互帮互助在教研组中已经形成了一股股正能量。六年级的张旭飞老师病了，许家红老师接过了她的教学任务；马家琴老师病了，赵星老师扛起了她的教学任务；夏志香老师生病了，王红霞、赵荣华主动承担了她的教学任务；年过半百的谢九梅老师、葛挺明老师、朱洪海老师、潘丰平老师还在一线拼搏；吉玮老师、姚志芳老师、张闰月老师带病坚持上班，不肯落下一节课；信息组的“二人转”，带来了崇明园信息现代化的高效运转，崇明园中涌现了越来越多的幸福播种人，他们也纷纷收获着田野里最大的麦穗。

请看一组数字：本学期学生习作发表 260 篇，各类学生获奖 230 多人次，111 名学生评上了“小能人”。真可谓：崇明无限幸福事，愿与话长更。

蓦然回首，学期已近尾声，且借用赵宏荷老师的小诗结尾吧！如果有人问我，行走在教学的道路上，最亮的一道风景是什么？我想说，是一群人。如果有人问我，行走在教学的道路上，最真的一个梦想是什么？我想说，是一件事。如果有人问我，行走在教学的道路上，最美的一方天地是什么？我会说，是崇明园！

“国考”如战场，人人挺胸膛

戴相顺

满纸风趣言，
一把开心泪。
都云作者痴，
谁解其中味。

序

“全国义务教育发展基本均衡市”考核验收可谓是“国考”，这场战斗已经结束，后勤组每个人和大家一样都为这次“国考”做出了不小的贡献。在谈成绩时，倪方虎老师谦虚地说，我们做的是本职工作；王素芳老师说，重点可以突出一下食堂和图书室。感人故事大家生怕写不好，都谦让着不肯写。陈主任叫我写，说是我经历了加班，有亲身体会。我也不愿意，因为怕有自吹自擂的嫌疑。参会的人来了一次举手表决，结果就是我一个人不同意——通过。我只好接受，用赵本山的话说，没办法，民意。

火凤凰女子特战队

最近江苏电视台热播了《特种兵之火凤凰》，我们学校也有一支火凤凰女子特战队，说它火，是因为她们都是从火炉旁走出来的。在陈相宜火队长的带领下，冲锋在食堂战场的第一线。个个犹如下山的猛虎，出水的蛟龙，以排山倒海之势，秋风扫落叶般的无情，对待着这次行动。我不知道她们的战斗如何艰苦，但传来的消息是：一副副手套光荣负伤了，一把把笤帚手脚残疾了，一个个清洁球血肉模糊壮烈牺牲了，一块块抹布抱着油迹、灰尘同归于尽，连高大无比的拖把都浑身沾满了“敌人”的血迹。她们不时地到我后勤装备总部请求“弹药”支援。有的队员为攻击敌人在手掌上磨出了大泡。此时，我已感受到了厨房内的油迹像潮水似的退去，食堂里的灰尘如泥石流般的滚开。干净的灶台，白净的桌凳，洁净的地面，明净的玻璃又重新回到了我们眼前。

这叫作：

笤帚抹布作刀枪，
桌灶门窗是战场。
主攻阵地是食堂，
每到之处换新装。

这支女子特战队除完成自己的光荣使命以外，还支援兄弟部队。她们走出食堂，来到大路上，舞动着大竹帚，打扫校园内的黑色路面，只见硝烟弥漫，战火连天，好在她们早有准备，佩戴着防毒面具——口罩；有的特战队员挥动着手中的镰刀，清除路边的杂草，顿时，敌人哭爹喊娘，尸横遍野。在火凤凰特战队强大的攻势下，路上的石子、灰尘、纸屑、杂草等纷纷被吓得屁滚尿流，滚的滚，爬的爬，全都落进了垃圾桶里。可是这帮女汉子们还是不放过，最后让它们干净、彻底地葬身于校园西北角的垃圾箱内。

这叫作：

扫帚作笔地作纸，
上下挥舞似练字，
要问写得啥内容，
义务均衡是国事。
镰刀伸向黑土地，
刀刀下去挖问题，
校园环境要保护，
查与不查要一致。

老经和小杨

经广琴、杨学琳两位同志是火凤凰中的尖刀兵，她们往往执行着特别任务。肮脏的厕所，冗长的连廊，四通八达的楼梯、北面的车棚都是战场。“国考”前一个星期就进行了战术渗透，周末更是激烈、紧张。那两天，小杨早上 5 点半就潜伏到了阵地，老经等到晚上 6 点也不肯离场。厕所里的尿渍十分顽固，生化武器——硫酸也派上了用场。难闻的气味不说，手臂还被烧伤。她们不时地拖、抹，有时还需要趴在地上。小杨累得满身大汗，结果身体受了寒气患上感冒，嗓音嘶哑不再洪亮。老经为了这次战斗，耽误了丈夫的身体检查，现在守候在病房。

这叫作：

老经和小杨，
拖地又抹墙。
厕所到连廊，
不怕累和脏。
忘我去战斗，
健康放一旁。
虽为临时工，
学习好榜样。

书签、条码与印章

再来看看没有硝烟的战场——图书室。

图书室是这次“国考”最重要的窗口。学校藏书要达到人均 30 册，每学期人均借阅 8 次。学校对照条件又新购了一大批图书，要求给书籍分类编号，打出条形码，打好标签，然后一片一片地贴到书上指定的位置，并且要加盖三个图书室印章，在检查前保证完成所有工作后将图书分类上架。

周五，朱世琴、李景生和我毫不迟疑地接受了加班任务，周六照例来到了学校。我俩听从朱馆长的调遣，走进了阵地——教师阅览室，看见新到的一摞摞书籍摆满桌面，地上到处散放着书本，心想：这情形绝不亚于云南的石林、深圳的城市建筑，但其实是一座座等待攻克的碉堡。

首先，朱老师向我们介绍了作战方法，条形码贴于扉页，标签贴于书脊的最下面，一定要做到条形码、标签和书的目录一致，形成统一战线。然后，给我俩做了实战演习。还说：今天完成战斗任务，明天部队就可以修整了。说完，她回到指挥所布置全局去了。

接着我俩就开始了战斗。一人专门消灭条形码，另一个人就解决标签。一本、两本、三本……，一摞、两摞、三摞……由于一次次与书本周旋，渐渐地腰也酸了，颈子也直了，眼睛更是被对方探照灯发出的微小数字灯光晃花了，8 和 6 分不清，要找的目标找不到，怎么办？是休息还是继续战斗？此时，脑海里浮现出一种艰难的场景，想到的，不是战斗英雄黄继光，而是站在田里去插秧。插秧田里有句名言：不怕慢，就怕站。于是，我俩争分夺秒，坚持继续战斗。不知不觉一上午过去了，好像还没挪地方。人是铁，饭是钢，一顿不吃饿得慌，没办法，各自回后方，因为家中还有人在闹饥荒。朱世琴老师回家吃着早上的剩饭，李景生老师回家煮粥，我到家先忙着照顾好爱人，然后就着冷饭扒两口。匆匆忙忙，下午又回到了战场，继续做着机械、枯燥，但有价值的事。专用室的教师也到了，我飞车帮他们领卫生用品，李老师上街购买劳动工具。看看任务难以完成，只能请食堂小张来换岗。虽拼死拼活，一天下来阵地却还是没攻下。经请示刘政委，第二天继续战斗，主攻目标是盖章。每本书要有三个章，并指定在扉页、第 11 页和翻口。扉页目标比较好找；第 11 页却隐藏得很深，有的书页还不标出来，比较狡猾，这就给战斗增加了难度，由于缺少准确的卫星定位系统，要想一枪毙命还真的是件很难的事；翻口是块难啃的骨头，有宽有窄，有的书籍加之还有坚硬的封面、封底的保护，要想做到快速、准确、清晰，还得练好杀敌基本功。随着时间的推移，战斗进展得越来越顺利，耳边只听到翻阅书本纸张的声音：哗哗哗哗哗哗哗，眼前只看见手挥印章盖戳的情形：欻（chu ā）欻欻欻欻欻欻。别小瞧拿着这小小的武器，还真能把人累出一身汗。

之后，我们又投入了另一场战斗——分类上架。

这叫作：

书签和条码，

再多也不怕。

只要有决心，

最终消灭它。

手拿印章把，

一本三个疤。

每本要归类，

本本上书架。

新书进编

图书室的工作看似轻松，其实是一项复杂、烦琐的任务。平时，朱老师在朱伟芳、杨阳两位老师的协助下，做了大量的准备工作。迎检的战斗中，朱世琴老师编写书名目录，打标签、打条码，塑封、整理书籍，装订报刊，输入借阅记录，忙得热火朝天。周末放弃了休息、娱乐的机会，坚守阵地不动摇。继续编写着新书目录，用条形码扫描枪扫描输入，嘀嘀嘀……枪已被扫得失灵，可见已扫出了世界纪录。备检的有关数据早已烂熟于心，教育局领导的多次预检总能对答如流，这好比一个指挥员对作战方案了如指掌。两天又过去了，朱老师连续七天工作下来已是身心疲惫，面对全校学生必须要有的书籍达标册数的录入登记还没完成，面对明天肯定逃不过的必查专用室，她想到的是学校的荣誉，想到的是不能拖江苏的后腿，于是横下一条心，作出了一个惊人的决定——继续加班。她面对着桌子上的电脑，心想：今天晚上和你拼了！夜深了，图书室的灯还亮着……

周二国家检查组领导来验收时，看到了琳琅满目的书籍，看到了朱老师点出的统计数据，给予了高度评价。

这叫作：

嘀嘀嘀嘀机关枪，

新书信息录入忙，

白天忙后带晚上，

领导检查来夸奖。

结语

以上是后勤部在这次“国考”战斗中的部分场景，由于时间有限，还有许多可歌可泣的故事没能展示，他们的精神同样感动崇明。

这叫作：

国考如战场，
人人挺胸膛。
后勤不落后，
打仗也疯狂。
大家齐努力，
战绩真漂亮。
遇检高标过，
崇明美名扬。

和弦奏响最美乐章

李珊珊

虽然无数次坐在这里讲故事，我却依然忐忑不安，大概源于自己平时不注意积累，更因为才疏学浅，恐词不达意。当魏主任将这个任务交给我，让我回忆过往，总结工作，讲述感人的故事。头脑中一下纷繁杂乱起来，似当下恼人的梅雨时节。

可是当我进入回想，又有了如沐春风的感觉，因为这个学期活动众多，我收获了许多感动，更加切身体会到了，团结诞生力量，凝聚产生兴旺，和弦奏响最美乐章。

桂华秋皎洁，兰叶春葳蕤。记得那是初夏四月，茶博园里，百花齐放，万木吐翠，空气里到处弥漫着春天的气息，拔节的细碎声音时不时传入耳朵，让人感到成长的力量。我们在感受时序轮转，丰茂来临的时候，孩子们人生自然成长的蓬勃生机，更加让我心潮涌动，激励奋进。

在三年级成长仪式举办任务下达之后，筹备工作就面临许多需要解决的问题，首先是选地点，在哪里举行这个仪式？仪式的主要内容是什么？怎样才能达到最佳效果？这个时候，赵校长亲自带着我们几个人到处考察合适的地点，几经比较，最终确定在茶博园。地点选定后，紧跟着就是与茶博园商讨活动的地点、活动的内容以及形式。在茶博园参与商讨的老师，一心挂两头，这边刚商讨完事情，一看放学时间到了，来不及赶回去了，他们赶紧在回程的车里打电话布置作业，交代事情。晚上回家呢，继续思考着活动具体事项的安排。记得第二天的一早，打开 QQ，发现赵校长凌晨五点传给我一份活动方案。我知道，这绝对是她一个晚上不眠不休完成的，那一刻，我的心里既敬佩又感动。洪华老师呢，她也不厌其烦地不断收集着大家意见，来和我一次次商量活动的细节，准备最后的定稿。前前后后，校领导、同事们、一些家长甚至还有一些孩子都提出了各自的意见。虽然意见不一，但目标一致，就是要选一个最美的地方，种下爱的种子，感受成长的神圣和美好。大家的同心同力，为这次活动的成功开展提供了最强有力的保障。这是第一个让我感动，也是集体产生智慧的时候。

在这个地球上，在任何一个时代里，有一样东西和每个人都有关系。它善恶集于一身，让人欢喜让人忧！最容易产生诱惑困扰人，也可以更好地促进发展促进工作。什么东西？大家都很清楚。那就是 money！要想把活动按照预期的方案真正开展好，没有经费的支撑，再好的想法也难以实现。曹校长听了汇报后，当即表态钱不是问题，（这话我喜欢，耳边常响起，嘿嘿！）只要能把活动办好，能让我们三年级的孩子从活动中体会到成长的喜悦和责任，感受到师长的付出与期盼。我知道，正是因为曹校长对学校的爱，对学生的爱，才让她说出了那样一席话，朴实中闪耀着水晶般的光泽。领导的支持，是仪式成功的关键，经费到位是活动成功的保障。这也是第二个让我感动的地方，也是仪式成功的主弦音符。

众人拾柴火焰高，群策群力无烦恼！一个仪式一项活动一次会议都是一个系统工程。一个人的本事再大，也无济于事，只有群策群力，发挥集体的智慧和力量，才有 1+1 大于 2 的效果。仪式当天艳阳高照，一切按方案有序进行。一早，接孩子们的大巴车提前到达校园里，这是三年级家长协调联系的车队。由于之前的协调，到茶博园一路绿灯，所有设备一应俱全：舞台、音响、导游，一一准备就绪。因为有我们的重要合作伙伴——家长义工全力支持。前一天在家长的全程陪同下就完成了舞台背景安装，音响调试，各个活动地点的走场，包括仪式过程中的一个茶艺表演。值得一提的是，这个节目参加过江苏省茶艺表演比赛，获得过奖项。还有活动结束的善后事宜，全部都是这名家长在忙前忙后。活动中还有体验采茶这个环节，要知道，那个时候正是清明时节，茶叶最精贵，这位家长和茶农协商，无私配合学校活动，至今都让我心存敬意。

任何一次活动最离不开的人就是我们的老师，我想说你们是最可爱的人。也会有怨言，会面露难色，可是当活动开始后，你们就像当年参加中考、高考时一样，拼尽全力也要交上一份最满意的答卷。成长仪式进行时，实践活动开始后，我们的老师在舞台下奔走，在水塘边护卫，在茶叶地边组织。骄阳似火，太阳公公也感叹大家无缝配合，不舍得眨一下眼。

细细想来，我们举办的每一次活动每一个仪式，不都是如此吗？每学期的开学典礼，一年级的入学仪式、入队仪式，三年级的成长仪式，刚刚结束的六年级毕业典礼；每周的升旗仪式，各年级的外出实践活动，等等。当号角吹响，便一鼓作气，齐心协力，结果当然是捷报频传：鼓号队荣获了全市所有中小学仅有的三个优秀奖之一；乒乓健儿捧回了冠军奖杯；音乐组参加文艺汇演，领回了一张张一等奖的证书。他们用自己的行动成功诠释了崇明人勇于拼搏、不惧挑战的品质，弘扬着我们崇明园团结一心的正能量。

一个普通的音符，谱写不出优美的曲调，只有不同音符处在五线谱的不同位置上，才能创造出动人心弦的乐曲。而我们崇明园的每一位成员就像五线谱上一个个跳跃的音符，这一个个快乐的音符，在和谐的校园氛围中，自由地呼吸；在和谐的人际关系中，健康地成长。相信我们一定会继续用爱的和弦奏响崇明园最美的乐章!

教科背后的故事

葛华星

不知不觉，在教科的岗位上已经有 4 年了，我时常在想，我们教科室到底该干什么？还记得我们处室的葛志华主任说过《站在路边给英雄鼓掌》的故事，对我启发很大，教科室就应该站在教师专业发展的角度，在路边，给每一位崇明园的老师，给每一位致力于个人专业发展的勇士们鼓掌、呐喊、助威。今天，我故事的题目就是《教科背后的故事》

一点突破

教学研究是教师专业成长和发展的必经之路。可以这么说，教研能力决定着教师能站多高，能走多远！

本学期，只要有论文评选，我们都积极宣传、发动、组织，不放过任何一次提供锻炼的机会。

镇江市“我的教育故事”征文上报；

省第八届“行知杯”优秀论文上报；

镇江市“十二五”优秀案例上报；

“黄浦杯”“我的教改试验”征文上报；

“省中小学优秀教育管理论文”征文上报；

省“教海探航”征文上报；

省第十四届“蓝天杯”教学论文上报；

……

一学期来，在我们教科室登记的参赛论文就有七八次，赛事是如此地密集与频繁，这让专业选手都难以应付，更何况奋战在一线岗位上琐事缠身的普通教师。即使如此，我们的老师对论文写作依然表现出极高的热情。有一次，我已走出教师发展中心的大门，赵宏荷老师打电话给我，得知我正往回走，马上就说，你别走，等等我，我马上就来交一篇稿子。片刻，赵老师骑着电动车赶到。方莉老师在QQ上给我留言，“黄浦杯”什么时候交，还来得及吗，我也要赶一篇。在听完了特级教师魏星的写作讲座后，赵荣华老师给我打电话，我也要探航一次……像这样的留言、电话还有很多很多，像这样的老师还有很多很多，尤其要表扬北校区的杨阳、韩利、赵治花、艾旭、费云芬等老师，在唐校的带领下，他们成了北校区的“冲锋手”，每次参赛都能看到他们的身影。

从本学期最终的统计数据来看：教育故事上交35篇，“黄浦杯”我的教改试验20篇，“行知杯”22篇，“教海探航”十余篇，“蓝天杯”教学论文25篇……每次去发展中心交论文的时候，专门负责的老师都说，你们学校交的篇数是最多的。

在这轰轰烈烈、满目繁荣的表象之下，我们是不是要冷静下来自问，我们真的会写文章了吗？我们真的会做教学研究了吗？

如何让教科研成为教师专业成长的助推器，如何让教学不只是重复昨天的故事，是每个教师迫切思考的问题，也是我们教科室必须思考的问题。

在校长室的大力支持下，我们邀请了镇江市教科所赵联老师给老师们做了《如何做教育观察》的写作报告，我们明白了，教育观察是教育智慧最重要的源泉；我们还邀请了著名特级教师魏星老师来校做《写作，一种精神的姿势》的写作辅导，引领老师要不断突破自己的写作瓶颈，将自己最拿手的教学实践案例，放到一个更广阔的背景去思考，要把自己的教学实践和对教学的哲学思考以及形式上的美学意义结合起来，那才是好文章。我深深地感悟到每次务实的培训都是一次精神上的洗礼，一次教学实践的深化。

化蛹成蝶、自我否定、自我突破的路是很艰难的，必须通过再培训、再学习，不断更新自己的教学理念，从而达到，在教学上要有智者的眼光，在教育上要有仁者的胸襟。

“路漫漫，其修远兮。”在教师专业发展，业务培训的过程中，我们还有很多路要走；在校长室的引领下，我们也在不断改变，不断进取，争取年年有一点突破。

两个电话

在一线奋战的老师们是可敬的，在一线致力于专业发展的老师是学校真正的英雄，那些在路边为教师发展摇旗呐喊、鼓掌助威的人也是可亲可爱的。我就从两个电话来讲述一段促进教师专业发展的小故事吧。

第一个电话：与上司“理论”

“喂，是李歆科长吗？我是崇明小学的曹慧，我们学校有几位老师各方面都很优秀，就是学历不符合，可人家一个是双本科，一个是硕士在读，你们怎么能把他们拒之于骨干教师申报之外呢？把这样优秀的人才排除在门外，这也不符合骨干教师评选的精神啊……”这是我们的曹慧校长当着我们的面打给教育局人事科科长的电话。

听到这番话，我又想到去年的11月，评选句容市骨干教师的情景。

这次的骨干教师评选过程尤为烦琐，条件还极为苛刻。除了准备材料外，还要进行教学质量认定和教学基本功评定。每一项严格按照上报总数的3、3、4比例上报，不和别的学校比，只和自己学校的同事比，这叫“自相残杀”。全校135人，有40多人参与申报，有咨询的，有补材料的，有要材料目录的，有要审核的，有要去装订的……回想起那段时间，我变得异常暴躁和不友好。而我们的分管校长，刘校就成了我的发泄对象，但他每次总是微笑着安慰我说：“不急，不急，我去做！”然后就甩开手膀，迈开大步真去帮忙了。（感谢刘校！）

这样的状态，一直持续到交材料的最后一刻。原以为完成任务可以歇口气了，没想到由于赵燕和步小义老师的专业不对口，局里硬生生地把他们的材料退给了我。我捧回材料，心中虽然极不情愿，但毫无办法，只能为他们惋惜。当曹校长知道了这个情况，谁也没有想到，谁也没有猜到，她竟然当着我们的面直接拨通了人事科科长的电话。

那可是所有学校校长的顶头上司啊，请他来指导工作可以，请他来把脉学校建设也可以，但是有谁闲着没事，为了本校老师评骨干找他理论呢，好像没有这样的人。

再说了，也没有哪个老师请曹校出面。曹校完全可以不打这个电话，不能申报，只能说制定的条件太苛刻了、不科学、不人文。但曹校根本没想这么多，她不在乎你的请求，不在乎你的回报，她在乎的是我们教师自身专业的成长。在曹校的努力下，我校评出了 38 位句容市骨干教师，在城区所有小学中学科覆盖面是最广的、数量是最多的。

第二个电话：新年的问候

像这样的电话偶尔为之，也许是一时兴起，也许是一时心善，但这些都不适用在我们曹校的身上，我就亲历了她的第二次电话——新年的问候。

那是在今年开学的第一天，行政报到的日子。当我们听说这次特级教师后备人员推荐，其他学校很多不符合条件的老师也在推荐之列，曹校随即就拨通了教育局人事科主管此事刘忠武科长的电话。简单寒暄之后，就直奔主题："别的学校不符合条件的能报，同样的情况，我们学校怎么不能报，这对我们太不公平了，我们要求补报……"

你可知道，当时还在正月，打电话应该是祝福的电话、问候的电话，我不知道当时对方是以怎样的心情接的这个电话，但我知道的是曹校的心是放在我们教师身上，永远把教师自身发展放在第一要务。最后我们学校的费云芬、赵荣华、沈艳艳老师顺利获得了句容市第四批特级教师后备的荣誉称号，也取得了 7 月 16 日到北京参加业务培训的入场券。祝贺你们，鲜艳的证书是你们自身努力、辛勤耕耘的结果，不要忘了那些在幕后为你们铺路、为你们默默鼓掌呐喊的人，那些可爱的人！

一点随想

在崇明小学当老师是辛苦的，也是幸福的，因为崇明小学就是一方沃土，能让你享受到职业的自豪与幸福。奔跑吧，我的兄弟们！加油吧，我的姐妹们！请不要停下你们前进的脚步，因为有人已经帮你们规划好了跑道，会一直在路边为你们鼓掌、呐喊、助威。

课题申报“路上”的故事

葛志华

轮转之间，又到每年度科室讲故事的时间了。前年曾在同样的地点，同样的时间里，上台说了《站在路边给英雄鼓掌》的科室故事。从为教师发展服务的角度，教科室的工作就是站在路边给学校的各位致力于个人专业发展的英雄们端茶倒水，鼓掌助威。

讲述故事不在于故事本身，而在于故事背后潜藏的意义。虽然，我很想絮絮叨叨说一番科室成员忙碌奉献的细枝末节，如华星老师为教师专业进修、论文撰写、外出培训等所做的细致妥帖的工作，或者是汪老师为今年党建所开展的党的群众路线活动，而组织相关活动，准备台账资料，以及工会慰问，关心教师身心健康等方面疲惫不堪的细节，或者办公室阳光布鞋男小生老师的繁多忙碌的各种故事。这些，会与以往我所说的一些故事重复，如果故事的内容总是在叠加复制，那《祝福》里的祥林嫂就附身在我身上了。

教科室的核心任务是致力于教师的专业发展，每位教师对自身的专业发展到底何去何从，今天我想就课题研究的话题讲述一个教师专业发展的小故事。

本学期，上级来文要求各个学校申报小学科学研究的课题，高荣平老师接受了这个任务之后，便时常来办公室找我探讨这个话题，从科学课题研究的选题、内容以及怎么撰写申报书，他是百问不厌其烦；特别是对选题的角度，我建议他围绕我校的科学生态种植或者科学实验课堂教学等方面来进行选题；他经过一两天的思考和斟酌，又过来和我商讨，说课堂教学等方面课题选题容易重复且不容易体现新意，提出了是否可以围绕小学科学实验耗材方面来确立课题，特别是当下实验耗材没有较为标准的购置及评估系统可以参照，而且，实验耗材的使用程度也可以间接体现一位科学教师日常的实验次数和课堂教学情况。

耳目一新之余，聊了一下申报书里的课题背景与意义等等之类的撰写程序，他略有怯怯地说，不会写，你要帮忙。我说，没有谁天生会写的，搜索一下相关的课题申报格式，你先写，到时候我帮你看看。之后终于有两天左右，办公室里没出现高的身影，这个世界清静了。

高的身影再现之后，开始了他的话唠，这个对不对，那个是否合理，哪些文字需要斟酌，格式是否合理，支撑理论到底是什么，等等。虽然我和他是好朋友，但也受不了这种情况，帮他修改过之后，于是两人再次讨论最终确立，上报，反馈，句容市通过；修改，再上报，反馈，镇江市通过；修改，再上报，省科学教育研究及装备中心通过；同样的过程还出现在参加本年度省科学教育研究会的课题论证之前的准备论证报告的阶段，在此不再赘述。

在扬州论证会的那天，两个细节让我记忆犹新：一个是报到之后，还有空余时间，两人实在无聊，便在外面的街道上走走，耗时间。手执冷饮，高竟然对这个课题如何开展和后续研究方向，继续开始谈论，两个穿中裤、短袖T恤的中年男子，走在街上，絮絮叨叨，全是课题的内容，不知道过路者是怎样的看法。第二个是论证会之后，时间已经快下午五点，我心急，高却盯着论证组的专家进行咨询一些课题开展的具体细节，如课题研究过程中围绕哪几个板块来开展实验耗材研究，专家给予的看法有二，一是围绕科学教学内容的四大领域来划分板块，一是根据年级段来进行划分板块，高与专家做了具体交流之后，确定按照年级段板块来进行实施。这时，已经17点多了。

回来的第二周，他便召集了课题组成员，其中还包括下蜀中心校和大卓中心校的两位科学老师，来校讨论课题研究实施的前期准备工作，并拉着我到会，一起讨论。

故事如果讲到此处结束，也并非不可以。不过，有句话说得好：若批评不自由，则赞美无意义。同样，在故事里，如果总是一味的高大上，而没有反派角色的出现，没有作文以及小说、电影电视剧中的反派的反衬，情节就显得干瘪。因此，我还要啰唆一番这个故事里的反派角色——我。

开始接到上级来文时，我以为是按部就班，有课题报的话就报；当高荣平来找我讨论的时候，我也不以为然，当下课题多如江中之鲫，有多少是立意新颖与众不同呢？当他不厌其烦地来找我推敲课题申报表内容的时候，次数多了，我有些烦躁：干吗啊，有多少专家会仔细看，糊弄一下就可以了，并且心里暗暗嘲笑他的迂；当论证会那天，高盯着专家仔细询问的时候，我不断看着手机上的时间，有些抱怨他不知道回程的时间已经不早，迂腐之至。我现在依然不知道高在这个过程是否注意了我那黝黑而烦躁的脸色，当然，他眼睛散光，可能没有注意，或者即使注意了，也依然要向专家问个明白。他的认真细致与我的一副糊弄而过的心态形成了鲜明的对比，正派与反派的映衬到此结束。

故事如果讲到此处结束，同样也并非不可以。然而，我还是想用一下反复的手法：若批评不自由，则赞美无意义。同样，若故事不反思，则讲述无意义。我不知道曹校长以及各位老师对高荣平老师这个课题研究的新手第一次申报课题，就被立项为江苏省科学教育研究及装备中心 2014 年十大重点课题之一这个事情怎么看待。对于经历了全程现在讲这个故事的我来说，反思过程，就尤为感到教师的专业发展之路该怎样走：

1. 热爱。这点不需要我多谈及，不热爱自己的专业职业，若想有长远发展，那是不可能，只能是把专业职业仅仅当作一项谋生的手段。无论是高在社团，在科学课堂以及兴趣小组等方面，众多细节都可以显示出他对此的热爱，热爱来自做自己喜欢、做自己愿意做的事情！或者是想为此而获得无法言喻的幸福！

2. 坚持。我们总是告诉孩子们，坚持努力就能成功！我觉得少了一个字，应该是坚持努力就有可能成功！并不是所有的牛奶都叫特仑苏，同样，并不是所有的坚持都会最终成功，但，若不坚持，行于半路，便会颓然而废，或者仅停留于空想，而从没迈开真正的一步。高是从一个课题研究的新手敢于迈出第一步而前进的，之后无论是写申报书，还是写论证报告书，都是茫然之中始终坚持，不放弃，方有最后的喜悦。

3. 认真。有人说，认真做好一件事，就足矣。我想补充的是，一件事情之中，应认真做好每一个环节，每一个细节，才能把这件事真正做好。高的认真在此之前已有讲述，不再重复。

4. 空间。当然，做好事情需要一定的时间和空间，疲于奔命于分数或者各类琐碎的事务之中，会带来时间的无奈，但我想说的空间，是自己专业思考的空间，于闲暇之时，于琐碎之后，于忙碌分数之中，应该拓展一点自己思考和思想的空间，寻觅自己的专业道路，让自己发展有方向，有高度，有品位，不然，我们也只是一位位教育行业的民工而已，绝不会成为自己专业发展的设计师、建筑师。

5. 行动。学校课题现有数十个，不少只停留在纸上，而未真正付诸行动。行动，是教科室的事情，还是课题组成员的共同事情，仁者见仁智者见智，我不是来推诿什么，而是想说，行动在于自身的内因，即使是教科室强化监督，苍蝇一样盯着你，而你只是虚与委蛇，没有真正自觉自发行动，那课题的价值仅等于为职称评选增添一个砝码而已。同样，对于我自己来说，我敢打赌，高荣平写课题申报以及课题结题报告，肯定输于我很多，而学校里课题写得很专业的人士，能超过我的，没有几个。可是，众多有关课题研究的设想和思考，却没有付诸行动和坚持，所以，我至今还没有在课题上取得真正的成功。

回溯高荣平进行课题申报的这个故事，再映照已经成为特级教师的曹校长，以及今年即将成为特级教师的小唐老师，就可以发现，个人专业发展的道路就在这样的细小故事里，虽然不可能每位教师都会成为特级，但从自己的专业发展过程里，品味职业的价值，不亦乐乎？

回溯高荣平进行课题申报的这个故事，只是想反思其中，告诉我自己要好好反思，认真行动！最后，但愿我唠叨的这个故事能让大家有一丝想开始行动的冲动！

能量满满互合作，其乐融融“一家人”

——崇明小学北校区一年级年级组故事讲述

笪红珍

崇明就是一种传奇，它印在每个崇明人的身上，埋在每个崇明人的心间，它更让每一个与崇明相逢、相识的人惊讶、诧异、感叹，深感在崇明骄傲、幸运、甜蜜、幸福……

唐婉老师说，相遇是一种缘分。是的，这里的日子虽忙碌，但我们的内心是甜的，就像我们脸上那灿烂的笑容。一百个日子里，没有烦恼，只有快乐；没有抱怨，只有合作；没有计较，只有包容。通力合作，全心工作，那一个个感人的画面让我享受到了“一家人”的其乐融融。

感受一：不忘初心，尽心尽力。

说起吴燕老师，大家并不陌生，她可是学校低年级数学教学的行家里手。听唐校长说，开学分课务的时候，吴燕老师知道学校人手紧，便主动承担了两个班的数学教学，再加上教导处的一些工作，吴老师整天忙得神龙见首不见尾，办公室里几乎看不到她的人。休产假的数学老师归队后，准备接手她一个班的数学课务时，她却主动让给了家里有事的另一位老师，自己甘心继续超负荷运转。我们组新进的 2 位数学老师，珠心算对他们而言是全新的概念，她和王红霞老师主动伸出援手，与新老师交流沟通，对珠心算教学多次指导，怎样拨珠，怎样抓笔，怎样训练，无不细致耐心，尽心尽力。一（9）班被外校老师选中上展示课，王老师主动帮忙整队、管理。在“名校名师”活动中，她们的名字并未出现在活动的大屏幕上，但她们却一刻也没停止行动，在台下默默地付出，任劳任怨。随后在学校举行的省级珠心算活动中，吴燕、王红霞、赵莹老师不仅承担了我校的珠心算的交流汇报和故事沙龙的环节任务，还需和李程等老师协作做好活动中的后勤工作，事无巨细，事必躬亲，他们的行动，展现了一个崇明人积极灿烂的精神状态。

感受二：心存美好，奋力拼搏。

杨阳、赵治花两位老师，大家打心眼里佩服她俩，无论是低年级班级管理还是教育教学都让大家佩服。她俩在“名校名师”活动中都担负着重要的任务，公开课需要不断地磨炼试上，“磨课”其实就是老师不断否定自我、完善自我的一个过程，其中的辛苦不言而喻。说到这里，我必须要说一下唐婉老师，每一次磨课，她是必去无疑，无论她多么忙碌，无论她多么劳累，嗓子哑了也不管，咳嗽不停也不休，出谋划策，用心指导。每次看到她那么辛苦，大家都好想给她一个大大的拥抱，她的那份诚挚、那份关爱让我们感动至极，真的好温暖。杨阳老师是一位充满活力的语文老师，第一次听她上教研课，内心佩服不已，课堂教学干净利索，学生常规训练有方，刚刚踏进小学的一年级孩子在她的调教下变得那么乖巧听话。杨老师身体力行，引领我们一年级语文组的老师们奋力拼搏。为了能让刚入学两个多月的孩子尽快将识字节目排好，杨老师放弃了休息时间，一遍遍进行节目录音，一遍遍地排练彩排，她在和时间赛跑，奋力拼搏。

感受三：走心走爱，明媚无限。

唐嘉璐老师是本学期刚调入我们崇明的一位新老师。别看她年纪不大，可是一位有着丰富经验的低年级班主任，在班级管理方面很有方法，巧妙、有趣、有序在她的班级管理中被体现得淋漓尽致。开学初，一年级学生刚刚踏进小学的大门，好动、调皮是孩子们鲜明的特点，但唐老师开学一周的排队、口令、领操等训练，让这些好动的娃娃们队列整齐，秩序井然，让我们眼前一亮。唐老师班上有一个特殊的孩子叫朱家琪，由于孩子的身体原因，字总是写不好，为此，唐老师利用一切课余时间手把手地教他写。有一次，唐老师甚至发着烧还坚持上完课才到医院去。还有一次，有一位家长因小事进校无理取闹，唐老师强忍着委屈，一遍遍耐心地跟她解释。后来，我和王红霞等老师都来帮着说服家长，事情最终圆满解决，我们心里都特别感慨：一年级的老师真不容易啊！在这次“名校名师”活动中，唐老师负责签到，签到前学校宣传的画册需要提前搬到南大门。说实话，画册很重，可唐老师听到要搬的消息后，二话没说，用尽全身的力量搬着，那一刻，我觉得和她们一同共事真是一种甜蜜的幸福。可能在“名校名师”活动的当天，你没有看到施红霞老师的身影，那是因为她一个人包班，从早上 7 点 40 一直到下午放学，上了整整一天的课。她一个人包一年级一天的课务，其中的辛苦可想而知。她们一个个走心走爱的行动让崇明园更加明媚。

感受四：团结协作，方得始终。

赵颖老师今年刚到崇明，虽已工作 6 年，但对珠心算教学才接触，还比较陌生，为此，她虚心请教王红霞老师。我与赵颖老师搭班，在“名校名师”活动中她的鼎力相助让我深深感受到团队作战的强大力量，无论是服装的准备，还是彩排或最后表演的化装，她都在默默地协助我。在此，想对赵老师说：与你相伴真好！巫丽娟老师今年执教一年级语文，她好学上进，主动和同事交流讨论。正是她的这份踏踏实实铸就了一（9）班孩子在“名校名师”课堂上的精彩，孩子们出色的表现背后凝聚着巫老师无尽的付出。前一段时间，巫老师的双胞胎儿子肺炎住院，作为一个母亲，内心的焦虑无以言表。可她一天假也没请，因为她的心里永远装着一（9）班的 44 名孩子。我们一年级组团结协作，记得开学初，学生改在班级就餐，班级门口和走廊上因搬运饭菜洒下一路的油渍汤水。唐老师早上走到办公室谈到这事，王红霞、徐娟等老师立即拿起拖把去清洁。唐嘉璐、赵莹、巫丽娟、赵治花、杨阳也纷纷加入，人多力量大，不一会儿，地面就干净了，但老师们累得满脸通红，满身是汗，她们成为长长的走廊上一道亮丽的风景。赵娟老师是我们一年级组的音乐老师，“名校名师”活动中，因为有了她细致的动作指导，节目提升到很高的档次！芮丽华、汪芳、金雪超、刘昕艳等老师，在两次省级活动中，默默地在自己的岗位上付出着，除了站好了自己的岗，还帮别人站好了岗，这是一种无私的奉献，这是一份默默的支持。哪里有需要就到哪儿去，芮丽华老师是一位体育老师，“名师名校”活动开展的日子里不知为大家打了多少壶水，没有人给她数过，没人给她计算过路程，但我只知道身为体育老师的她，一天下来腿都肿了。汪芳老师虽然不在我们年级组，但她任教一年级的美术，每次看到她挺个大肚子来上课时，总是笑呵呵的。问她累不累，她总是说不累。结果没几天就要生了，其间从未请过假。杨老师负责故事讲述，李程负责桌椅搬运，汪老师在班上忙了一上午。金雪超、刘昕艳虽然是流动到我校的两位老师，但她们对待工作依然兢兢业业。接下来说说我们组的两位帅哥，大帅哥范大师，在两次省级活动中，付出了很多。活动 ppt 的制作，画册制作、画面的选材，字体的选择，现场布置，横幅制作、悬挂、道具准备，拍照、设备维护、就餐，也不知他加了多少的班。这学期他的日历中根本就没有了周末，为了做好充分的准备，为了完美地呈现两次省级活动的“教学大餐”，大师的眼睛熬红了，小腿跑得抬不动了，为了活动能顺利进行他倾注了所有的精力。小帅哥李程老师刚从高年级下来，有很多不习惯，但他都努力一一克服。北校的帅哥少，一到搬运物品，他们立刻来到，那一刻，我们女教师幸福指数飙升。

团结协作，能量满满，这就是我们一年级组，这是一个积极向上、团结拼搏的团队，这里充满了灿烂的正能量，就像曹校长说的：它叫崇明力量！我们像“一家人”，因为大家都叫崇明人。亲爱的伙伴们，有了你们，孩子们才会茁壮成长，每个人的内心深处都有一个远方，让我们牵着手，向着明亮的那方奋力前行。

你想要的颜色我们都有

——一年级组的故事

赵雨

如果说生活是一幅五彩缤纷的画卷，我们一年级组就是一幅和谐美妙的风景画，大家细心描绘，共同创造，在这里，你想要的颜色我们都有。

语文老师是带来希望，生机勃勃的绿色。

一年级语文组共有 8 位老师，清一色娘子军。她们一人守着一块土地，默默耕耘，让土地肥沃，新苗茁壮成长。她们教会孩子读第一个拼音，写第一个汉字，她们在孩子心里播下知识的种子，辛勤培育。语文组的老师在杨阳老师的带领下，一路向前，整个组内呈现一派你追我赶的景象。有经验的赵老师、刘宁老师常常把自己的经验分享给大家，帮助年轻教师答疑解惑，年轻的教师也默默学习，奋力追赶。作为组长，杨阳老师事事亲力亲为，跑前跑后，为大家收集资料，打印资料，只要有了好点子，好材料，就全部拿出来和大家共享，带领大家共同前行。唐嘉璐、巫丽娟、施红霞老师踏实认真，为学生倾尽所有精力，坚持每天辅导后进生，做到不让一个学生掉队。最年轻的徐智慧老师，严谨细致，每天早早来到学校，带着孩子认真阅读，真正做到了与孩子同成长，成为了孩子的良师益友。徐老师的师傅王舒主任虽然工作繁忙，但从不落下一节课，她还腾出时间辅导徐老师，带着她一起钻研教材，在她和组员的帮助下，徐老师取得了校内赛课一等奖。语文组的老师们带来希望，生机勃勃的绿色，在她们的严要求，高标准下，孩子们在期末交上了近乎完美的答卷！

数学老师是充满睿智，充满想象的蓝色。

数学组共有五位老师，经验丰富的组长梁春艳老师是大家学习的榜样。虽然她是组内年龄最大的老师，但是她总是那么谦逊，常常和我们一起探讨她在教学中的困惑。睿智的她有着丰富的教学经验，常常把自己的好方法毫无保留地和大家分享。她对待学生更是关爱有加，她任教两个班，辛苦不说，还碰上有一个班有一个特差生。她总是不厌其烦地把孩子喊到身边，手把手地教孩子 10 以内的加法，下课时教，放学排路队时教，正是梁老师锲而不舍的精神，陪伴着孩子慢慢成长。李程老师是一个深受学生喜爱的老师，下课时你总会看到一群孩子围在他的身边。李老师就像对待自己的孩子一样，抚摸他们的头，与他们亲切交谈。有心的他为了调动孩子的积极性，常常给孩子准备一些小奖状，表扬学有进步的孩子。孩子们喜欢他，更喜欢上他的课。王旭、熊家欢两位年轻教师是今年刚毕业的新教师，她俩给我们组带来了活力。虽然刚走上工作岗位，但她们很快就适应了。两人教学十分认真，有不明白的地方立刻就会虚心求教。她们的自身素养非常高，站在讲台上完全看不出是一个新教师，在组内的成长也十分迅速，是两个优秀的新教师。数学组今年的任务比较繁重，不仅要上好数学书上的内容，还要培养孩子的珠心算能力。五位老师常常聚在一起，商讨怎样高效地让孩子掌握两门课程，快乐学习数学，爱上珠心算。为了让孩子们准确掌握拨珠方法，大家把每次的教学内容拍成视频传给家长，家长再把孩子的练习视频传上来。老师们一个一个看，一个一个点评，花费了大量的精力。数学组的老师用他们的智慧，为孩子打造了一个多样的课堂。

体育老师是活力四射、热情奔放的红色。

体育组有两位老师，芮丽华和杨健。这学期，体育组的活动不断，市运动会、篮球比赛、冬锻比赛、体育抽测等等，每一项活动都耗费了他们大量的心血。作为组长的芮丽华，在带领学生参加各项比赛的同时，不忘关注每个孩子的体质健康，想方设法，制定方案，帮助孩子锻炼身体，提高学生的身体素质。在冬锻训练期间，芮老师和杨健老师为了让每个班主任了解孩子的运动情况，常常带着孩子在体育课上展开班与班之间的竞赛，并把各班的薄弱项目和学生名字及时告知班主任，请班主任们一起来督促孩子继续努力，在冬锻中取得好成绩。杨健老师虽然是借调的老师，但他从不把自己当成外人，带领孩子们在赛场上拼搏，取得了一个又一个奖项，甚至打败了自己原来的学校。身在崇明，就是崇明人！他们的身上似乎有用不完的活力，细心又热情地为增强孩子健康的体质努力！

综合组是神秘梦幻、浪漫温情的紫色。

综合组的三位老师每人都有自己的特长，每次都能带给人不一样的惊喜。教音乐的张笑，多才多艺。课堂上，他把各种各样的乐器请上讲台，竹笛、三角铁等。每当上音乐课，教室里就洋溢着艺术的气息，学生对音乐充满兴趣，更喜欢上这样丰富有趣的音乐课。他还承担了校合唱队的排练工作，和赵老师一起排练小合唱，在句容市还取得了二等奖的好成绩。他还担任学校集体活动的主持工作，专业水平绝不输电视台的主持人。教美术的李婷婷老师很有耐心，课堂上，她悉心指导学生画画，从一条线条，一块涂色，一个构图，引导学生去想象，去创造，学生的许多作品登上了校报。她指导很多学生参加“友城绘”江苏省青少年国际绘画展，多人获奖。最让我佩服的是教“道德与法治”的陈雨华老师。虽然她是一名代课教师，以前从来没有教过《道德与法治》，但是她非常认真。每次上课前，她都会准备好久，精心设计，想方设法让自己的课堂变得有趣。圣诞节，她带着孩子做圣诞贺卡，做创意课程表。她还买了许多小礼物，奖励给表现好的小朋友。她的课堂孩子们很守纪律，她也成了孩子们最喜欢的老师。

后勤组是心想事成的土豪金。

后勤组的李景生和孔红霞老师是我们组的“土豪”，有求必应，最能懂得我们的心思。下雪的时候，我们抱怨太冷了，李老师马上回应：“不怕，明天我们喝羊肉汤！”早晨，我们觉得面条的配菜总是雪菜肉丝太单一。第二天，李老师就为大家换成了牛肉青椒。他还为大家挑选最好的水果，更好喝的牛奶，为改善大家的伙食想尽了办法。他说：“我的工作就是为了让你们吃好，喝好。”他的话瞬间让我们感到幸福满满，也希望李老师下学期继续这样“土豪”下去，让我们继续幸福下去。孔老师掌管着仓库，对于班主任来说，孔老师就是“及时雨”，班主任常常因为教室文化布置缺少材料，这时，孔老师就会拿上钥匙，大手一挥：“走，仓库里有！”正是有了他们全方位的后勤保障，我们的工作才会做得越来越好！

还有一群五彩缤纷的孩子和辛苦的班主任老师。

众所周知，一年级的孩子最难带。当一群天真无邪的孩子涌入校园，一年级的班主任们忙碌的工作就要开始了。从常规到纪律，从怎样接纯净水到怎样吃饭收餐盒，事无巨细，他们是传授知识的老师，又是生活老师。八位班主任用了很短的时间就让孩子适应了小学校园的生活，各项常规步入正轨。一学期下来，每位班主任的嗓子都是哑的，都说一年级的老师长了一张碎碎念的嘴，每件事重复了又重复，啰嗦了又啰嗦。大家常常坐在一起，细数班上的“宝贝”，哪个孩子可爱，哪个孩子调皮要关注，大家都把自己的经验分享出来，交流怎样把一年级的常规抓好。巫丽娟老师常常为了班上那几个能上房揭瓦的“小猴子”头疼，刘宁老师经验丰富，常常给巫老师出主意，甚至把那几个孩子喊到身旁亲自教育。赵治花老师极富耐心，为了让班上的一个孩子学会跳绳，她花了一个多月的时间。从最简单的抓绳、甩绳、跳起来、连跳，一点一点教，孩子从刚开始一点都不会，到后来熟练跳绳，一分钟跳120多个，赵老师付出了多少努力啊。唐嘉璐老师是一个事事要求完美的老师，他们班的孩子在老师的指导下，常规做得特别好，排队又快又齐，路队一条线。午餐纪律，课堂纪律都是其他班级学习的榜样。他们班在学校举行的每一项活动中都获得了好名次，让我们羡慕不已。她本人也参加了镇江市班队会的赛课，获得了很高的评价。温柔如妈妈的施老师、杨阳，亲切如朋友的熊家欢，让每一个孩子在崇明园里学习着、快乐着，绽放出五彩的光芒。

一年级的生活，有苦也有乐，有了大家的相互帮助，互相鼓励，每个人都感觉到很幸福，大家尽情散发自己的光芒。来到一年级，你会发现，你想要的颜色，这里都有！

蓬勃生长，让幸福微笑

——讲述三年级组故事

赵宏荷

“蓬勃生长”是最美教育的样态，我们三年级组正是这样朝着“蓬勃生长”努力的智慧、阳光、敬业的优秀团队。

在我们的团队中，有见解独到的滕玉琴老师、乐观博学的谢久梅老师、风趣幽默的郃永峰老师、娇俏明丽的张闰月老师、灵动智慧的刘金霞老师、活泼开朗的魏晨群老师、憨厚爽直的王化森老师、秀外慧中的姚志芳老师、美丽聪灵的张煜老师、聪慧文静的廖燮英老师、娇憨可人的笪娟老师、积极进取的贡亚运老师、善解人意的戴朝江老师、成熟稳重的夏志香老师、乐天达观的王庆芳老师、为爱坚守的张梅玲老师、文静聪颖的张静怡老师、爽朗大气的赵宏荷老师，大家虽性格各不相同，但是各美其美，共同组成了我们这个温馨的三年级组。

这几天一直听到大家引用习近平总书记的一句话：“幸福都是奋斗出来的。”这也许是本年度引用频率较多的话了。而我们三年级组本年度也有属于自己的年度汉字，请让我带着大家展开卷轴，细细品味吧。

年度汉字一：新

新人多，此为一新。还记得开学初学校宣布三年级组分工时，着实一个大换血的节奏，除了滕玉琴和廖燮英两位老师是按常例回到三年级的，其余的老师可谓变数大。更让人吃惊的是原本安排好的龙雨老师、在分工后的第二天通知学校她考取了村官不来了，这可急坏了校领导。眼看着学生就要报到，代课教师又紧缺难找，好在最后问题顺利解决。我们组也迎来了四位年轻的代课教师，和我们一起组成了 16 人的大家庭。再后来为了顺应家长的合理要求，服从学校的分工，我们组又迎来了两位精兵强将——谢九梅老师和王庆芳老师，她们虽“落户”在四年级组和五年级组，但是人却尽心尽力奋战在我们三年级，此时此刻唯有感动和感谢以表达我的敬意。

新事多，此为二新。一年级新生入学第一天，为了让他们如雏鹰般离开爸爸妈妈的羽翼独立起来，学校大队部细心安排了志愿者护导，这一任务光荣地落到了我们三年级组。小志愿者们都很兴奋，因为这件事对他们来说是新奇的，原来让哥哥姐姐牵着手去上学，现在是他们挂着红绸带，拉着小弟弟、小妹妹的手送到教室，心里别提多自豪了！开学一段时间后，句容市新教师培训工作放在了我们学校举行，我们组张闰月和张静怡两位老师主动申请，承担了两节观摩课。为了上好这两节课，她们认真钻研教材，精心设计教学环节，制作课件。在本组的其他班级试上，邀请组员听课评课，完善自己的设计和语言，最终完美呈现，让听课的年轻教师称赞不已。她们告诉我：我们不仅仅是为个人展示，更代表级部、代表学校，可不能掉链子。我想说在这样的思想下，想掉链子都难。时间的车轮继续往前，我们三年级孩子们也迎来了第一次镇江市“增华阁”作文竞赛，这是一个很好的展示自我的舞台。低年级时我们很注重阅读，也开始了写话的练习。今天我们将用手中的笔书写出精彩的语句，收获人生中第一次作文大赛的荣誉证书。可喜的是，这次作文比赛我们三年级组获得了很好的成绩，为指导老师和孩子们点赞！11 月底，句容市温馨教室成果推广汇报也拉开帷幕，赵宏荷老师有幸代表学校在会上讲述他们班的温馨故事，故事中呈现的一幕幕倾注了她多少心血和爱，他们班的孩子是幸福的，孩子们在活动中成长，班级小主人的地位也更加凸显。

年度汉字二：连

首先意为接连。一学期来，我们组最大的感触就是接二连三要求代课，句容市文艺会演排练紧锣密鼓地进行着，为了学校荣誉，我们组内老师二话不说承担了音乐老师的代课任务，以实际行动给予支持。接着句容市田径运动会拉开帷幕，体育老师的课自然落到了搭班老师的头上，大家也欣然接受了下来。有老师生病了、结婚了、怀孕休养了，只要学校安排，大家立马顶上，甚至有人不用说，悄悄地就去做了。所以一学期来，我的代课记录本上每个人都记了许多。虽课多了，但无一人有怨言，我的工作开展得顺顺利利，感谢三年级组我的兄弟姐妹们！

其次意为连动。2017 年下半年对于我们三年级组来说是一段不平凡而又有意义的时光，我们齐心协力，克服种种难以想象的困难，最终用优异的成绩向学校交了一份满意的答卷。开学初，当大家都在进入正常教育教学的时候，我们三年级却是多事之秋。我们顶着巨大的压力，承受着家长们对老师过激的言行、面对着家长们聚众来校讨说法，说实话当时的我们忧虑重重、感觉自己是那么渺小。当时的心情我想只有经历过的人才能感受得到，那些天学校领导和我们一起并肩作战，熬过了好几天难以入眠之夜，终于大家群策群力顺利解决了这件事。事后我就在想：这是不是老天爷给我的一次考验，你能不能胜任这一项工作？从中我学到了很多、成长了很多，我明白了级部工作必须做得更加细致、考虑更加周全、协作更加紧密，这样我们的集体才能让家长更加满意、让学校更加放心。

因为这次事件，即将退休的谢九梅老师欣然接受了我们三（4）班语文教学任务，每天看到她带着学生有声有色地早读、听到她铿锵有力的话语、注视她细心、耐心地辅导学生，我们都被谢老师的敬业精神折服。她还经常给我们这些教学新手答疑解惑，年级活动更是少不了她的身影，她就像一位大家长关心着我们、指导着我们。五年级组的王庆芳老师也和谢老师一样投身到三（4）班班主任工作中来，顶着巨大的压力，凭着她优秀的管理才能，她的班级工作很快开展得井井有条，班级活动也是丰富多彩、有声有色。学生们的改变也让这个班的家长看到了王老师的工作能力，大家很快接受了她，也乐于配合她的工作。感谢四年级组和五年级组的支持，这样的连动协作让我们的工作顺利而有序地进行着。

在我们组内，也存在着这样的连动协作。我们组年轻的代课老师最多，我们没有抱怨，反而觉得这是校领导对我们团队工作能力的肯定，我们把它化作了前行的动力，成立教学师徒结对、班主任师徒结对，让有经验的教师带领年轻的弟妹们携手同行。张闰月、夏志香两位老师主动承担笪娟和王化森老师的教学指导任务，走进他们的课堂，优化他们的教学设计，指导他们的教学语言，对教学中的重点、难点进行答疑解惑，可谓毫无保留地引领着他们不断进步。笪老师和王老师也非常虚心好学，经常能看到他们向师傅请教，交流上课的体会和收获。赵宏荷老师也承担了魏晨群老师的语文教学指导任务，每次都是她先上示范课，魏老师听课后，消化吸收，形成自己的二次备课，有疑问的地方再商量解决。就这样一次次地示范、一次次地指导，魏老师成长得很快。这不，魏晨群老师在片区研讨时上了一节展示课，得到了听课老师们的一致好评，她笑谈：“军功章有我的一半，也有你们的一半。”这样的一节节课成就了你，也造就了我，更凝聚了人心，铸就了团结向上的“团队精神”，它像太阳光一样洒在每个人的脸上，而身为个体的我们也享受着这般纯净的能源！

年度汉字三：快

一、融合快。一学期来，我们组16名成员很快认同了“家”的理念，共同自觉地维护我们这个温暖的“家”。在这个家中，我们彼此信任、互相依赖、亲如兄弟姐妹。一学期来，我们克服种种困难，且行且思、努力前行，用集体的智慧和力量成就了师生“化茧成蝶”的精彩！有人说：“在成长的路上，我们究竟能走多远，不仅要看自己的执着，还要看和什么人一起同行。”是的，三年级组这个家的力量、家的文化擎起我们每一个成员，使得大家不得不要求上进，成为业务精湛的小专家，痴心课堂的小先锋，终身学习的小楷模，共享合作的小赢家。我们还开展丰富多彩的级部活动，瓦屋山自驾烧烤、分享自己的美食、酷炫的踢踏舞，这些活动无不增进了大家的感情，使得大家心连得更紧，关系更加和谐。

二、成长快。如果有人问，一学期来，三年级组这个大家庭都带给大家些什么？我的回答是：首先它给人以方向感，让我们成长得更快。教师成长归根结底是教师心灵的成长。我们一群追梦人超越庸常的生活，唤起心灵觉醒的力量。年轻的校聘教师们在这里快速地成长起来，在各自的教育教学岗位上绽放风采，一学期来，他们所教的班级与其他班级缩小了差距，甚至拿到了教学进步奖，有的指导学生收获满满、班级竞赛屡获佳绩。其次它给人以力量感，让我们更强。持续的研讨活动让我们的内心不断地强大起来，内心改变之后带来的是我们教育行动的改变。每次的教学研讨，我们组所有成员都能积极参加，认真研讨，不仅能发表自己独特的见解，还主动申请上片区研讨课，用自己的实际行动树立了崇明美好的形象，我们各科的教学成绩在片区的调研中也是稳居第一。这里我想说说我们组最年长的滕玉琴老师，平时教学认真扎实，对搭班王老师的工作也多加指导和配合，有时她的身体不舒服，但都咬牙坚持了下来，从没有向学校请过一天假，落过一次片区教学研讨活动。还想说说廖夔英老师，她在工作上对笪娟老师关心指导，配合她做好家长工作。片区研讨活动她主动当起了司机，让我们一群姐妹风刮不着、雨淋不着，安全又舒适，谢谢！

最后它给人以幸福感，让我们成长得更快乐。我们组追求“过幸福而完整的生活”。在这里我们的幸福感来自大家的相互欣赏和鼓励，更来自体验到心灵成长的喜悦。只要行动，就有收获，只要行走，就有远方。

年度汉字四：乐

哲人说：“只有偏执狂，才能生存。”我想说：“我们在共同行走中，虽路万千、程万里，但凭着偏执之劲、协作之力，我们尽情地用脚力去点数，去丈量，无尽的风景会丰盈我们的心灵，体验到收获成功的快乐。”一起来欣赏我们组老师为孩子们精心设计的活动，分享他们的快乐吧。写字竞赛、小报展览、养绿护绿等活动无不凸显孩子们的主体地位。

还有老师们的满满收获。赵宏荷老师被评为“镇江市十佳优秀班主任”、获省“五四杯”教学论文一等奖、镇江市法治教育优秀资源评选活动教学评比二等奖，张静怡老师一篇论文获“蓝天杯”二等奖，夏志香老师一篇论文获句容市二等奖，谢九梅、张静怡、滕玉琴、赵宏荷、魏晨群等老师指导学生发表习作多篇，并获增华阁作文竞赛指导奖。

三年级组这个美好的聚合，朝着未来、朝着梦想、朝着明亮那方正“蓬勃生长”！

平淡中品尝教育的味道

张小军

有一首诗是这样写的：有一种态度叫享受，有一种感觉叫幸福。享受着教育幸福，你就多了一双发现的眼睛；享受着教育幸福，你就多了一份快乐的心情；享受着教育幸福，你就多了一股创造的激情；享受着教育幸福，你就多了一种生活的诗意。你能从平凡中品味出伟大，从失败中咀嚼出失败的成就。你会惊奇地发现，幸福从此熙熙攘攘。接下来，就让我来讲述五年级这个团体平淡而不平凡的教育故事。

关键词：哎哟，我都急死的了（配合动作：跺脚）

相信大家看到这样的关键词，应该都知道这是谁了，没错，这就是刘玉明校长。都说一个优秀的团体需要一个好的引路人，刘校长就是我们五年级这个团体的引路人和护航者。他是一个非常细心的人，经常会发现一些细微之处，然后及时跟我们交流、提醒，能够让我们的工作做得更细致。他的办公室在最南面的行政楼，而所教班级的教室在最北边的C楼，总看见他双臂急速摆动、步伐匆匆地来回奔走于两座楼之间，真可以称得上是“风一样的男子”。

关键词：八天和一节课

或许看到了这样的关键词，有人会很奇怪，但我要说的，是一个真实的故事。吉玮老师，熟悉她的人都叫她“吉认真”。一个星期三的早晨，我像平常一样到班上去上早读，路过五（1）班教室的时候，却发现习惯早进班的吉老师不在班上，当时也没在意。可当我安排完早读任务，到小办公室拿笔，准备批改作业时，一进办公室，就发现吉老师坐在椅子上，双手托着腰，脸色煞白。我问她怎么了，脸上气色怎么这样难看。她说：“刚才在班上突然腰疼得直不起来。”我就说，那赶紧到医院去看一看，该吃药吃药，该挂水挂水。她却说：“等一等再说，朱老师这几天感冒发热，身体也不舒服，我去医院了，班上怎么办呢？”当时，傅蓉老师也劝她，可她就是放不下这个班，放不下孩子，一直到放学也没去。第二天早晨，她又来上班了，我以为她应该是第一天下班后已经到医院看过医生了，就问她："吉老师，医生怎么说的，有什么问题吗？怎么脸色还是这么难看？"可她有点不好意思地告诉我："我还没去看医生。""那你今天感觉怎样？""跟昨天差不多。"当时我真的愣住了，好半天才对她说："真的要去看了！"结果，她还是没去，放学的时候，我看她疼得走路都很困难了，但还是坚持送完了路队。就这样一直拖到了周六，她才去医院就诊，需要挂好几天的水。而她总是在放学后再去医院挂水，从生病到挂水结束，一共经历了 8 天，而她没有请过一节课的假。马卡连柯说，教师的威信首先建立在责任心上。正是由于这样的责任心，吉老师在班级管理和学科教学上才会取得斐然的进步，因为学生信服她。

关键词：内敛、奉献

内敛是一种修养，一种美德，在我们五年级就有许多这样的人，曹当妹老师虽然才来一学期，但她的知性却已经感染了身边的人。她的话语不多，声音也不高亢，但却像一阵春风，悄然吹进你的心里，暖暖的。高柏珍、马家琴、陈永美三位老师，她们的工作态度、教学业绩，已经广为人知，得到了大家的一致赞叹，而在日常生活中，她们也时刻在默默奉献着，办公室的卫生工作她们几乎全抢着干了。办公室的人开玩笑说，她们已经把我们惯得只知道抬腿了。赵星老师除了干好自己的教学任务，还有录播室、广播室的任务，在赛课期间，赵老师每天除了上课就是待在录播室。周明龙老师每天都早早地进班，带领学生打扫、早读，他所带的学生习作发表了一篇又一篇。朱洪海老师热情奔放，遇到谁有困难求助，从不会推辞。骆红梅老师虽然平时都在音乐教室，但是哪里需要她，她就会出现在哪里。王荣老师虽然人不属于五年级部，但却心系五年级，如果没有他，那么级部会有一半的人会严重缺水，他手提三个水瓶打水的英姿也是连廊上一道美丽的风景！

关键词：双班、三朵金花

在五年级，有好几位老师都是担任了双班的教学任务，傅蓉老师、王金玲老师、张云老师。虽然教的是两个班，教学任务繁重，但她们没有抱怨，都是兢兢业业、勤勤恳恳。傅蓉老师每天到校都很早，赶着把作业批改出来，然后又匆匆地准备当天课堂所需的课件。有时，她还把自己辛苦做的课件上传到百度文库换取积分，然后再用这积分帮助别的老师下载文件。在课余时间，她还种植了许多绿色植物，并自己购买了花架，把办公室营造得赏心悦目，令每个踏入 C1 办公室的人都啧啧赞叹！王金玲老师虽然是刚刚调入的新教师，但她很快适应了新环境，一门心思投入工作中去，在办公室几乎看不到她的身影，每个课间，她都在辅导学生。张云老师是一位有耐心的老师，她的亲和力，让班上的孩子都乐于亲近她，在赛课期间，又恰逢学校成立舞蹈队，一时间真有点分身乏术，即使如此忙碌也没听她说过一句抱怨的话。

关键词：团队、进取

这是一个不得不说的团队故事。镇江好课堂的英语课题公布，五年级英语组就忙碌起来，开始帮张云找资料。五年级是新教材，赛课的内容又是下册，手头上没有任何资料，连教学光盘都没有，只好自己动手。大家出了很多好点子，帮张云理思路，1+1 大于 2，一个好汉三个帮。19 号下午第一次试上后，大家的情绪有点低落，在肯定她设计的同时，在细节上提出了一些修改意见。说到课件上的修改，王丹说："这个环节交给我，我帮你搞定。"晚上陈一叶又在 QQ 上跟她梳理了一遍，并说："周六我可以到学校陪你备课。"张云说："看见今天大家拖儿带女的为我弄课，我有哭的冲动。"正式比赛的那一天，王丹本来不需要去听课，但是她体谅张云，不想让她开车分心，就决定自己开车送张云去。陈一叶在她的故事中是这样总结的：这次赛课使团队的力量得到了充分的发挥，团队的每个人也成长了许多，不管结果怎样，我们已经感受到了这种向上拔节的团队精神。

关键词：玢澜小队

这是一群孩子的故事。一天，我们班的几个孩子，童及宸、严世轩、许家润，在下课的时候，突然围到我身边，神秘地递给我一份小报。我很奇怪，最近我没有布置出小报的任务，这是怎么回事？再看看小报的主办者：玢澜小队。经过他们的解说我才知道，原来这几个孩子在童及宸的带动下，自发地成立了一个小队，就是玢澜小队，主要是观察自然，留心身边的事物，然后把自己的所见所闻所想记录下来，再汇编成小报。他们的分工很明确，谁设计版面，谁负责抄写，谁负责插图，谁负责上色，最后再彩印出来。我觉得这特别好，夸奖了他们，并且提议他们跟班上的同学说一说，让更多的同学参与进来。没几天，他们又悄悄告诉我说，送了小报给曹校长看，得到了曹校长的表扬肯定，这下子，他们劲头更足了，不仅在我们班上发展了几个小分队，还在别的班级发展了小分队，而小报的内容主题也是丰富多彩，有观察昆虫，观察微生物，观察身边的文明行为，等等。或许这些孩子做得还不够好，但是这种意识的萌芽，却恰恰体现了咱们崇明小学的办学理念。

最后我想说，幸福是一种感觉，作为五年级这个集体中的一员，我感觉很幸福！

崇明园的第一个新年

赵背花

元旦是一年的开始。

对于崇明园的全体师生来说，今年的元旦是一个既普通又特殊的日子。说它普通，因为元旦年年有，365 天一循环，是普通的 365 天中的普通一天；说它特殊，因为元旦是一年的开始，更是崇明园的第一个新年！

为了庆祝这个特别的日子，崇明园举行了丰富多彩的庆祝活动，有学生冬锻三项比赛，有教师体育竞技，最让人难忘的是 2010 年 12 月 31 日晚上的庆元旦教师联欢活动。从活动的策划、准备、到演出，倾注了一大批老师的热情，让我记住了一串名字……

陈芳——活动的策划者。从活动的构思开始，到设计报名表、统计报名情况、安排活动负责人、督促活动开展……她一一落实，点点滴滴都是情！

王勇、王荣、倪芳虎、杨其兵——活动的组织者。教师扑克牌、乒乓球、趣味游戏、拔河比赛，场地上活跃着他们的身影，事前是他们的精心安排，才有了我们比赛场上的有序进行，赛场上是他们的有力指挥，才使得每场比赛精彩纷呈！

王庆芳、葛志华、范元生——活动的准备者。看到崇明园庆元旦活动舞台的人，无不夸赞：喜庆、热烈、奔放！不用说也知道舞台的设计、装扮者们倾注了多少心血，洒下了多少汗水！当然场地布置中还有许多默默工作者，虽不能一一表来，但他们的辛勤付出我们却能一一体会！

汪竹芳、葛志华——活动的主持者。为了这台节目，为了让每个崇小人及崇小人的家属、朋友留下美好印象，葛老师换上了春装，汪老师自费化妆。精神抖擞地亮相，精妙绝伦的语言，临场应变的能力让观众印象深刻！

陈勤、孔红霞、戴相顺——活动幕后支持者。一份份道具、一个个奖品都出自他们之手，是他们顶着寒风，跑商场、询物价、选奖品……这样的努力，换来的是：获奖者手拿满意的奖品，个个面露喜悦的笑容！

李景生、陈相宜——丰富大餐的供应者。忘不了“年夜饭”的香味，那是食堂管理者和食堂师傅们几天来的努力！觥筹交错中忘不了“年夜饭”的前一周，陈相宜老师就拿来了实小的菜单作参考，忘不了的是李景生老师一趟趟跑市场，买齐了聚餐所需的菜品，忘不了烹饪时食堂师傅们头上的汗滴……

这里不得不提的还有全体参与演出的“演员”，数晚的排练没有白费！欢快的兔舞、和谐的联唱、深情的独唱、沉醉的独奏……奏响了崇明园灿烂的新年！

人美心更美

戴相顺

今年，文印室的费师傅辞职了，曹校考虑到我在电脑方面还略懂一些，就安排我负责文印室工作，她告诉我，文印室还配备了一位美女来协助你。办公室陈勤、老张时常打趣地说：校长给你配了一位秘书，还是女秘书，我们都羡慕得不得了。

初次见到这位美女，果然眼前一亮，只见她中等个子，白里透红的脸蛋，披肩的短发，一双乌黑的眸子晶莹剔透、闪闪发光。上身穿着黑色T恤，下身穿着藏青色牛仔短裤，脚踏凉鞋，背一个双肩包，显得活力十足，简直像一个小姑娘。乍一看，怎么，这人既熟悉又陌生。熟悉的是在食堂见过，陌生的是还叫不上名字。通过打听才得知，她叫胡显，今年由食堂调到行政楼顶替产妇小杨的工作，负责行政楼卫生保洁，兼顾文印室文印。

小胡二十七八岁，是一个孩子的妈妈，女儿上幼儿园，老公在黄梅工作，做家务和带小孩的重担全落在她一人身上。自从接手新任务，她每天奔波于学校、家庭、幼儿园以及菜场之间，像陀螺似的转个不停。

小胡每天早上六点左右就到校开始打扫卫生。办公室、工作室、接待室、会议室等多个地方要扫、抹和整理，几层楼的走廊要拖，墙面、画像要擦。尤其是楼梯更是麻烦连连，级级台阶盘旋而上，好像扫不到尽头。横面竖面直角折接，形成了若干个死角，增加了打扫的难度。楼梯的扶手钢筋林立，上部用木板串联，就像一张阻隔的网，给卫生工作带来了不便。有时还会发现几只调皮的小蜘蛛，荡起了秋千，悬空的绳子在风中摇曳，令人头疼。而这些阻碍全都被小胡一一化解。

她有时挥舞着拖把上下翻飞，好似“草圣”张旭苦练书法；有时又舞动着抹布左右逢源，吸纳了来自各个方位的灰尘。拖把划过了每片方块，抹布伸向了边边角角……有了她的辛勤付出，墙面地面锃光瓦亮，电脑花盆换上了新装，办公桌上物品有序摆放，灰尘被吓得离开了镜框，会议室的桌椅列队成行，一切都变成了崭新的模样。再看看小胡，弯腰驼背吃力地在忙，涨红了脸庞，汗水湿透了衣裳，清洁了各室楼梯与走廊，自己却变身童话中的灰姑娘。

厕所是大家既爱又恨的地方。当然，这种地方谁都不愿多待一会儿，可是，小胡却“明知山有虎，偏向虎山行。”为了大家有个舒适的如厕环境，她每天都要打扫厕所的卫生，让厕所环境变得像会客厅一样干净，接待着每位因身体中的压力而找地方释放的“泄粪”人。

有时小胡闻着令人作呕的臭气，都快有吐出来的感觉。她却默默地忍受着，坚持彻底地打扫干净为止。无奈之下，她只能在厕所内张贴告示，以“上完厕所请按按钮冲掉”等字样作为警示。她可是一位临时工，拿着微薄的报酬，干着常人都不愿干的事。这种优良的品质值得我们每个人去学习。

一早卫生工作结束以后，小胡便匆匆赶回家送女儿上幼儿园，接着又赶到文印室忙碌。她常常忙得连上菜场的时间都没有，只能下午放学后，把女儿送回家，再匆匆去买菜做饭。

文印室可是学校重要的场所，人气最旺的地方。老师们再有才，也要到文印室来。各部门再得宠，也要向文印室涌。文印室每天都门庭若市，络绎不绝。

文印室工作可是一项技术活。排版、打印，复印、制版、正反打印、双页合并及时间的把握，等等。还随时会有各种突发状况发生，打印模式出错、卡纸、带纸、卷面文字超出版纸的范围……小胡虽没有多高的学历，但她也是计算机专业毕业，学起技术来比较快。平时经常指导老师进行排版，设置符合一体机的特殊复印规格。有些外来的样卷，必须要经过剪、拼、复、缩等一系列步骤才可以制版批量油印，她做起来驾轻就熟，得心应手。在遇到疑难杂症时，她还知道百度一下，解决问题。

文印室工作是一项烦琐的事情。一会儿要求复印，一会儿要求打印，一会儿要求印试卷、一会儿要求印报纸，通知、奖状应有尽有……学生你拿一张样卷，我拿一份小报跑来，川流不息。每天各班都有订购的试卷、报纸发放不够的情况，学生等待着复印的队伍都排起了长龙。有的孩子过来要求也说不清，做了少许重复的工作。小胡不厌其烦，总是耐心地帮助解决问题。

文印室工作还是一项繁重的任务。室内有两台一体油印机，三台打印复印机。前一个多月的教学案，中期的练习卷，考试前的大量复习题、模拟卷……忙得不亦乐乎，铁架上常常试卷堆积成山。请看一组数据，有一台一体机上两种规格的纸油印页数显示着 0001256 张和 0298759 张，合计超过了 30 万张，扣除上学期末留有的两万多数据，至少也油印了 27 万张。这只是一台机器上的数据，现有两台油印一体机同时在工作。从一台一体机上的数据就能反映出文印室的工作量有多大，小胡的工作有多累，另一方面也反映出老师们批改作业的辛苦。

小胡每天坚守着文印工作。尽管有高强度辐射，有时噪声峰值达 70 分贝以上，她仍然抱着积极、乐观的态度，复、印、添、排……多台机器的轰鸣声全当是奏响的交响乐。

最忙的时候两台一体机同时开工，另一边的打印机、复印机也在进行中。她不停地添纸、出卷、帮孩子复印、指导老师排版……飞快地转来转去、转个不停，仿佛国际交谊舞中的快三，节奏强烈，动作娴熟。有时任务稍轻，她站立在轰鸣的一体机旁，手中拿着准备印的下一张样卷，脚尖有节奏地点着地，一条弯曲着的美腿不停地抖动着，眼睛扫视着样卷排版布局，目测四边的空白宽度，心里计划着下一次制版试卷该怎么放，文字才能全部印出来。这又像在跳国际交谊舞中的慢四，从容不迫，雍容华贵。

令我印象最为深刻的一件事是在开学初一个月里发生的。那天打印教学案的老师特别多，都排起了队。有位老师最后轮到，她打开 U 盘，一份一份点开文档打印，每份文档都有许多页，同样的文档需要打印六份。她打开一个又一个文档，不停地点击打印。可是，打印机是你急它不急，像老牛一样慢吞吞地翻面，出纸，等待打印的任务却在电脑里排成了一长串。小胡坚持陪在旁边，拿开吐出来的文稿，以防出口堵塞。中午下课一段时间了，这位老师点完了所有文档，因家中有事等不及走开了，余下的任务就交给了小胡。她默默地盯着出纸口，欣赏着复印机有节奏的乐曲，不时地清空，整理、补纸。我那天正巧用车主动送巫杏花老师班上的一位学生及家长上医院去了，在赶回家的路上接到小胡的电话。她说：戴老师，卡纸了怎么办？（那时她还不会处理）我说：怎么办？先放那儿，下午我来处理。又关心地问：怎么还在打印，你吃饭了吗？她回我：没有，食堂可能收工了，我到外面去吃。此刻我看看时间，已是十二点半了。这种忘我的精神令我感动。

还有最近发生的一件事。小胡正在油印着试卷，接到老公用他人手机打来的电话，说是自己的手机丢了，支付宝还绑定着银行卡。她焦急万分，也不知道几千块钱的手机丢到哪儿了？手机丢了有多长时间了？银行卡中的金额是否安全？但是，小胡还是没忘工作，并没有撒腿就跑。她来到我办公室，带着商量的口吻问："戴老师，你有空吗？我老公手机丢了，我要赶紧上银行去一趟！那儿的试卷还正在印。""赶紧去！"我放下手头的事情，接替了加急的油印任务。这种尽职尽责的精神，令我敬佩。

小胡每天都这样认真工作，忙个不停。她的事情说也说不完，她的精神更是值得称赞。最后还是用一首小诗结束吧：

不怕脏和累，
薪少品质贵。
虽为临时工，
人美心更美。

向明亮那方远航

——崇明小学建校一周年庆典暨第二十七个教师节庆祝活动花絮

赵背花

2011年9月9日，这一天将永远定格在崇明小学的历史中，铭刻在崇明人的记忆里。那一刻，给我们的不只是简单的欢呼与兴奋，那一刻，给我们的是一种新的体验，一种作为崇明人的无比自豪。它是一种印证，印证了一年来崇明园成长的足迹；它是一种展示，展示了崇明园今天的发展与现状；它又是一种演绎，演绎着崇明园明天的灿烂与辉煌。应该讲，天时、地利、人和，再加崇明人的认真、努力和奉献，崇明：向明亮那方远航！——崇明小学建校一周年庆典活动取得了圆满成功。庆典活动和谐、热烈、简约、吉祥，受到上级领导、社会人士、家长代表和全体师生的普遍赞誉，在崇明小学发展史上写下了浓墨重彩的一笔。校庆虽然已经过去，但校庆的忙碌和喜庆的场面令我们久久难忘，一种以校为荣的情感深深地刻在心里，那是一种精神财富，其意义和价值已经超越了校庆本身。校庆那天的程序看起来很简约，但，简约不简单，每一个简约程序的背后，都有着许多细细碎碎的准备和辛勤付出，校庆准备过程中的一个个动人的故事、感人的身影更让人久久难忘！我不会煽情，就让我用大白话再现它们，让我们一起来慢慢欣赏。

故事之一　丁主任的惊叹

"了不起，曹校长，你真的太了不起了！"晚8点钟丁主任再次来到学校视察校庆场地的准备时由内心发出了惊叹！（丁主任何许人也？他是王琴副市长的办公室副主任，这次校庆他为王市长来把关）他惊叹本次校庆我们请来的领导级别之高，市委市政府、人大、政协、分管教育的四套班子全部到齐，组织部张部长、宣传部吕部长、副市长、公安局局长李祖健等齐聚崇明校庆；他惊叹本次校庆嘉宾如此之广，妇联、文联、科协主席、团市委书记、红十字会会长、广播电视台台长、新闻中心主任、教育局、财政局、住建局、城管局等大小局长、各中小学校长亲自到场，还有企业代表、家长代表；他惊叹本次校庆我们的应变能力之强，8日上午他来视察会场，直至中午11点多才确定临时改变主会场场地，才半天时间，时隔8个多小时，主会场已具模型，地面舞台一尘不染，主题墙耀眼夺目，红灯笼洋溢喜庆，嘉宾椅排列整齐，音响高声把歌唱，主席台发言席上鲜花绽放……是啊，临时改变会场，把所有计划打乱。一个暑假风雨活动操场内已经布满了灰尘。由于时间紧迫，前几天只安排工人打扫了行政楼的卫生，是陈勤主任及时联系保洁公司，14人轮番上阵，短短6个小时恢复了主会场的清洁。期间，范元生、葛志华、陈勤、倪芳虎、王荣、郜永峰等几位男老师和费小华师傅放弃中午休息，整理会场，抬走乒乓桌，摆好主席台，换上嘉宾椅……一直忙到下午第一节课铃响又赶着去上课。这里我还要感谢王舒老师，是她让六（1）班的全体男生来帮忙，拆乒乓围栏、搬椅抹椅，并将所有椅子按15乘8排列整齐，没有这么多人的共同努力，我想是不会听到丁主任的惊叹的。

“了不起，曹校长，你们真了不起！”闲聊时，丁主任再次发出惊叹。他叹我们崇明办事速度之快！可能有些老师还不知道，校庆从筹备到正式活动，只用了短短一个星期的时间，严格地说是四天的时间。记得开学时曹校长还在思量教师节的事情，她让大家都动动脑筋，群策群力。直到2日下午校长办公会才确定结合教师节，我们举办建校一周年庆典活动。具体哪一天还不能确定，那得由领导说了算，看领导哪天有时间，也许是8日，也许是9日，我们只能按8日活动来准备。说干就干，布置工作：双休日曹校长撰写邀请嘉宾名单，范元生购买请柬，唐主任要拿出学生献词，葛志华要拿出教师献词和电视片的解说词，汪竹芳、沈艳艳分别构思教师、学生献词的形式……星期一，也就是9月5日，准备工作正式启动。中午学生献词训练已经开始，晚上教师都支持工作及时练习。总务处也安排人手着手行政楼的卫生，陈勤、赵星也利用空课和中午时间写好了请柬。下午除了曹校长亲自去送请柬外，许校、刘校、胡圣国也分别到各单位派送。可能有些人会认为送请柬很光荣。是的，一周年校庆我们很自豪。但毕竟我们教师与外界接触较少，给不认识的人特别是领导送请柬还是很不自在的。尽管如此，请柬送出后效果非常好。校庆活动时每个单位都来庆祝。这期间其实还有个小插曲，我们原定于9月9日上午8点38分开始，可是为了与领导的安排岔开，他们又将请柬上的时间改为8点，已送出的一一电话通知，可是9月7日领导通知，他们的事情能调开，活动还是按原计划8点38分进行。这下可忙坏了曹校长，一个一个再打电话更改，一天下来打得耳鸣目眩，电池换了几块。好在因为曹校的人格魅力，时间变动大家都能接受，没有一人报怨，保证我们的校庆成功举行。

葛志华老师是学校的才子，这次校庆他做了大量的文字工作。除前面讲到的教师献词和电视片的解说词，商书记的讲话、王市长的主持词、曹校长的讲话等都出自他手。我想为这他不知熬了多少个夜，少睡了多少的觉。我和他是老同学，说话比较随意，每次对他说“你辛苦了”，他总是说“没什么，大家都在忙！”朴实的话语体现了他宽广的胸怀、耐劳的品质和对崇明的爱。

小生（范元生）老师的身材是瘦削的，但工作却从不打折。9月7日接到制作校庆手册的任务，立即马不停蹄地忙开了。设计、校对、印刷只用了两天时间。由于庆典场地变动，场地的各种布置以及音响线路调试等，必须要重新再来。接到消息，小生立刻就着手设计新的庆典布景，并赶到风雨操场和蒋成、王勇老师等安装各种音响、投影、话筒等设施。不停地打电话，不停的脚步，忙碌的身影，是他的写照。事后才听他说，一上午跑下来腿都软了。

高荣平负责本次庆典中的摄像工作，忙碌、劳累自不必多说。为了制作好学校的宣传片，展示学校一年来的办学成果，收集素材，补拍镜头，克服了种种困难，每天都熬到深夜十二点以后才从学校回家。回去还要和家人一起照顾刚满月不久的儿子。本就眯缝的眼睛，越发显得迷蒙了。

王庆芳老师为了能布置好庆典会场，下午及时调整了课务，驾车去购置灯笼等物品。还价，继续还价，尽一切可能为学校节约资金，然后匆匆赶回学校，继续到班级忙碌自己的班主任工作。

故事之二　精彩献词的背后

教师献词的雄壮，学生献词的精彩，给校庆嘉宾留下了深刻的印象。每当教师豪迈地宣誓“我很重要”，每当学生举起手中的向日葵展示向往光明时，细心的老师不难发现，主席台上的领导一次次点头，一次次微笑。时间紧迫，学生献词和教师献词是唐婉主任和葛志华老师周六彻夜未眠一词一句写出的。听沈艳艳老师说，周日当她打开电脑时，发现唐主任发给她的献词是两稿，一稿是凌晨四点，一稿是凌晨五点。原本是周末，原本应该在梦乡，为了校庆，唐主任一夜未合眼。她没敢打扰，心想，发给我后应该睡了吧！可谁知过了一会，唐主任竟又发给她一稿，说是还不满意，又修改了。她让唐主任下午赶紧好好睡睡，星期一再说吧，谁知下午唐主任又发了一稿，足足四稿啊！对崇明的挚爱流露在字里行间。借用艳艳的话：唐主任，向您敬礼！

这里，我也想向艳艳说声：艳艳，向您敬礼！从人员挑选、上场形式、配乐选择到服装确定、队形排列、动作设计等桩桩件件，她一一设计与排练。可想而知，那几天她的精神是如何紧张，工作强度有多大。用她自己的话说：晚上闭眼想的是献词，早上睁眼想的还是献词。如果顺顺当当，三天也足以忙得焦头烂额。更何况，这期间还出现了两次状况。一是上场前一天下午场地临时调整，打乱了艳艳的计划。从上场到站台，还有幕后调控，统统都要重新调整。二是献词内容临时做了调整（具体见《受累与成长》），上场前一天又临时添加一段“感谢您，敬爱的市委市政府、市教育局领导，为促进教育均衡，实现教育现代化，您高瞻远瞩，定百年大计，您果断决策，做大手笔文章。感谢您，尊敬的嘉宾，为了崇明小学的诞生你们倍加瞩目，为了崇明小学的发展你们慷慨解囊”。这段话，我们听来不陌生，但，孩子们觉得很难，这无疑为艳艳的排练又增加了难度。可是，艳艳硬是顶住压力，圆满地完成了任务。那天的献词，孩子们不但没有出现一点偏差，而且博得满堂喝彩。这就是咱们有士气的崇明人！

雄壮的教师献词，又一次让与会领导嘉宾体验了“咱们有士气的崇明人！”教师的献词《我很重要》倾注了太多人的心血。还记得 9 月 5 日晚 10 点多钟诗稿最终定稿，9 月 6 日晚正式排练，一直到 9 月 9 日早上正式演出，仅仅四个晚上我们顺利完成了任务，靠得是什么？毋庸置疑，这就是团队的力量。

教师们在正常教学活动以外，每天利用下班后的时间进行排练，有时要练习到晚上 8 点多钟，但每次都认认真真，从无怨言。张小军老师身体不舒服请假去医院，可晚上排练时间他却站在了队伍中；王媛媛老师新房忙装修，老公的电话一个接一个，可她一次都没有请假回去；李珊珊儿子刚上小班晚上依恋妈妈，无奈之下姗姗老师边排练边照看，可又担心影响排练，一次次地哄他安静；蒋成老师是排练中的开心果，让大家在枯燥的排练中拥有一份愉悦的心情。

诗歌篇幅较长，朗诵起来荡气回肠。参与排演的教师们无不认真练习，一个停顿、一个声调都反复拿捏。排练过程中会出现一个一个片段的调整，有的老师朗诵的部分删去了，有的则增加了，所有的老师都服从安排，一旦自己的部分有所变动，都能很快地调整，并进行新的练习。排练中还要求老师们的形体和表情自然优雅，陈芳老师大大方方一次次给老师们示范。

节目牵动着校领导的心。他们每天陪着大家排练，给大家鼓劲。没有服装曹校长说买，第二天赵校长就亲自带着老师挑选买来了。为了解服装的效果，曹校长和刘校长两人立即亲自换装体验，当他们同时出现在大家眼前时，我们情不自禁地鼓起掌来，笑称“情侣装”。

为了进一步增强节目的演出效果，决定采用配乐，选定乐曲后需要进行音乐剪辑，于是我们找来了大师——赵星老师，一下午就完成了，一点也没有耽搁晚上的排练。这一下又要考验两位领诵了，他们一遍遍听，找准乐点，让朗诵与乐曲合二为一，达到最佳效果，从而给校庆增色！

故事之三　细节从这里开始

先从一个简单不起眼的领导赠书仪式说起，大家看到的就是领导那么轻松得一递，老师那么愉快得一接。可，有谁知那近一百本书的签名是由赵星老师利用好几节空课时间一本本写出来的，那一枚枚鲜红的印章是陈一叶老师一本本盖上去的，那一捆捆漂亮的书扎是胡圣国主任一扎扎精心捆出来的。

再说说校庆会场。为了保证 9 月 9 日庆祝会场秩序井然，8 日下午，学校安排全体学生到风雨操场安排座位。三点半，同学们带着凳子，排着整齐的队伍走出教室，向风雨操场出发。一个班的学生不多，当全校二十七个班级同时出现在风雨操场时却是黑压压的一片，真有一种黑云压城城欲摧之感。我们的班主任老师尽心尽职，心想学校，情系学生。为防止拥挤，先上二楼平台的张小军、王丹、吉玮、方莉等老师，首先维持好本班的学生秩序，还主动留出人行通道。后到的端家莉、贾基娴、步小义等老师在楼下按序排队、耐心等待。没人安排，没人指挥，但我们每一个班主任老师心中都装着学校，想着学生的安全。正因为有了所有班主任的爱心、耐心、责任心，才有了庆祝活动的顺利召开。

风雨操场内，王荣老师现场指挥，跑前跑后，马不停蹄。只见他一边安排学生进场，一边固定班级的位置，用粉笔在地上画了再擦，擦了又画。嗓子喊哑了，还得继续喊，汗水湿透了衣衫。前前后后忙活了将近一个小时，才把21个班级的位置安排妥当，疲惫的他嘴角露出了放心的微笑。

为了烘托会场的气氛，学生散场之后，我们留了四、五年级学生作鼓掌训练。三百多名学生，三百多双小手掌，何时响起，何时停止，做到热烈而不冷淡，整齐而不凌乱，这可愁死了我们的汪竹芳老师。但汪老师迎难而上，率先示范，悉心训练。汪老师的这一举一停之间尽显巾帼风采。可以说第二天庆祝活动的热烈气氛与“小手掌”方阵的精彩表演密不可分。

故事之四　我们的炊事班

电视剧《炊事班的故事》给观众留下了深刻的印象，而我校的炊事班也是故事多多。在保证师生可口饭菜的同时，她们还承担了大量的工作，只要学校有突击性的任务总少不了她们忙碌的身影。瞧，校庆期间她们又忙上了：行政楼、校园内的环境经她们之手全都焕然一新。特别是8日傍晚，在陈相宜、李景生的带领下，食堂的10名工人加班加点协助做好庆典的杂务工作。低级部的女教师也是随叫随到，扎请柬、理灯笼细致有加。在大家的共同努力下，扎灯笼，5个一串，高度一致；挂灯笼，等距离，同高度步调一致，经她们之手主会场变得一片喜庆。她们还完成了9月8日退休教师中午两桌、9月9日教师聚餐9桌的接待任务，他们来得最早、走得最迟。经师傅更是哪里人手紧就出现在哪里，没有一句怨言，勤恳的工友模范。当然模范的由来也有组织者的身先士卒，陈主任自不必说，学校的老黄牛一个，吃的是草，挤的是奶，从不叫苦喊累。陈相宜、李景生日复一日，起早贪黑，为师生吃好费尽心思。倪方虎老师一趟趟跑市场购题字本、宣纸、水果、饮用水、礼花，直到活动结束才知道他的腰间还带着伤。彩旗、标语、展牌在两名保安敏捷的身手中齐展展的迎候宾朋。“香江丽景”金润房地产开发有限公司无偿承担了各办公室鲜花、沿道鲜花、会场插花、轻气球、拱门的布置。公司的贺总、周经理数次来校指导布置，直到满意为止。在摆放、回收鲜花的当日，两位保安一直等到晚12点结束后，才关好路灯休息，重活、累活没有保安不在的时候。

说到后勤保障，校庆期间毛会孔会收费开票、王素芳老师负责礼品的发放，体育组的老师一大早来到大门口协同两名保安安排进出车辆和安全保卫，一切井井有条地开展着。等到王琴副市长话语一出，礼花、鞭炮准时飞向天空绽放出庆典的亮丽。协调作战的步伐在庆典活动中绽放光彩。

校庆结束，外面飘起了雨，很多老师激动地说：“我们崇明的根深深扎下了，她会长成一棵枝繁叶茂的参天大树！”是的，崇明怎能不枝繁叶茂呢？他们有的冲锋在前，有的在幕后默默奉献。据不完全统计，校庆期间，教务处开出的代课任务达二十几节；还有一些临时紧急情况来不及开代课单，由级部主任直接安排的也不少。为保证全局，保证良好的教学秩序，保证前方的老师集中精力冲，很多老师没有任何抱怨地代课，代值餐等，对学校工作无条件地支持。这就是我们处事大气的崇明人！还有一年级老师，他们没有看到校庆热烈的场面，他们坚守在最需要的岗位，陪着一群还没有秩序概念的娃娃。没有他们在大后方地默默支撑，哪有前方的荣光。前台没有他们耀眼的身影，耳畔没有他们光鲜的话语，但，他们的名字在我们心中熠熠闪光。

还有，更让我们看到希望的是：我们崇明有一群知好歹、识大体的家长！参加献词的那几天，孩子们总是缺课，9 月 8 日那天，一整天也没有上成一节课；领诵的几个孩子连续两天晚上训练到六点半，演出那天，早上六点半就送到学校，可家长们没有一句牢骚。朱赵涵的妈妈——赵荣华老师对孩子高标准高要求，为孩子能精彩演出倾情倾力！人气如此旺盛的崇明，怎能不茁壮成长呢？

幸福的画面

——讲述崇明小学中年级组的故事

葛挺明

岁月之舟静静穿过秋的热闹，又载着我们驶进冬的温情。站在崭新的 2012，回首悄然而去的一学期，我们中年组的 20 多位教师心中盛满了感谢，荡漾着温馨。我们每一个人都要感谢中年级组这个同舟共济的大家庭，我们每一个人时刻都在收获着感动。此时此刻，再多的文字也不能将我们的这份幸福表达出来。就让我的这支拙笔牵着你的心，回忆那一幅幅也许不够感人却很幸福的画面。

第一篇章（镜头篇）

镜头一：用爱耕耘，真情付出

每天清晨，学生的琅琅书声从教室里响起，整齐、响亮、清脆、悦耳，你看，三（3）班七点四十准时朗读古诗，三（2）班在贾老师的指导下齐读美文，四（1）班在吟诵古文，葛老师还给孩子们配上了优美的背景音乐。学校领导检查早读情况不止一次表扬中年级，尤其是三年级的早读特别好，这其中包含着中年级组每位语文老师和班主任的默默付出。每天，是他们最早走进教室，是他们面带微笑迎接孩子们的到来，也是他们领着学生开始一天的学习。再来说说赵丹老师，教三个班的英语，每天至少上三节课，至少改三百本作业本，她从来没说过一个苦字，没喊过一个累字。三（3）班学生基础差，开学一个星期，赵老师就召集了部分家长开座谈会，为培养学生良好的英语学习习惯出谋划策。这样默默奉献的老师在我们中年组随处可见，感谢这些老师，用爱心耕耘，用真情付出。

镜头二：携手同行，情谊流淌

“众人拾柴火焰高”，工作中，我们中年级组的每一位老师心中都装着集体，装着别人，只要是好办法，好主意就会毫不吝啬地和大家分享，不信你看，三年级一、二、三班都有一本《学生成长小档案》，这是端老师的发明创造，用它来记录班级中每个孩子的日常表现，管理班级大有效果。晨会课上，各班精美的幻灯片，那是贾老师的贡献。生动的教育案例，那是刘圆圆老师收集来与大家分享的。中年级组一共有好几个办公室，布置工作却一点也不费力，就拿 C1 楼的四年级办公室来说吧，方莉，冯金娥，赵荣华，姚志芳，张云五位女教师，只要将工作要求通知给任何一位，她们都会互相转告，从不拖拉，更难能可贵的是每次她们都会欣然接受，从不提要求。一学期，我们携手同行，浓浓的同事情谊在心头流淌。

镜头三：守望相助，风雨同舟

开学时，骆红梅老师身体一直不好，需要手术，可是作为音乐老师的她为了不影响参加市小学生文艺会演，她带病排练节目，将手术日期一拖再拖，只为了把参加演出的孩子送进赛场，只为了崇明的小演员们能在绚丽的舞台上展现最美的风采。骆老师住院期间，她任教班级的其他老师一声不响，主动承担了她所有的课程和值餐，我们深深懂得守望相助是崇明人的一份情谊，风雨同舟是崇明人的一种精神。

镜头四：群策群力，众志成城

学校要进行办公室的美化评比了。你设计方案，他购买材料，我负责张贴，每个人的心中都装着一个沉甸甸的信念，办公室就是我们的又一个家。为了让家更美丽，为了让家更温馨，已经不年轻的潘丰平老师在梯子上爬上爬下，绿茵茵的藤蔓是他一根根挂上去的，墙壁上的向日葵是他一朵朵贴上去的，还有一位细心的男老师，将办公室打扫得一尘不染，最后还不忘在布告栏上写下一句欢迎词。他就是我们可爱可敬的曾宪东老师。(这里我要送给他八个字“仗义执言，侠骨柔情。”)群策群力，没有迈不过去的坎，众志成城，必将铸就中年级组的辉煌。

镜头五：童声嘹亮，传扬崇明

他，是位活泼开朗乐学上进的好孩子；他，是位热爱演讲，获得诸多故事演讲大赛金奖的小故事大王；他，虽然刚转入崇明小学一学期，但却已深深地喜欢上了这所学校。一学期来，崇明小学诸多大型活动中都留下了他出色参与的身影。11 月，他参加句容市妇女代表大会献词的领诵，一次次排练落下了不少课，他从不埋怨，利用晚上时间让妈妈帮忙补习。最终在妇代会献词中表现出色赢得社会好评！树立了咱崇明少先队员优秀的形象！12月，镇江少儿故事创作演讲大赛传来喜讯：句容崇明小学朱赵涵同学获得一等奖，被授予镇江“故事大王”称号！这一殊荣为咱校增了光添了彩！

第二篇章（花絮篇）

再看看洒落在镜头前的花絮：

花絮一：中年级组的两位体育老师，除了正常的课务和训练外，还好事做了一崇明。两人一个常盯在一（6）班，一个常守在播音室。更令人高兴的是王勇等老师所带的女子乒乓球队在市比赛中荣获团体冠军。沉甸甸的奖章后面意味着什么呢?

花絮二：“抱抱孩子”这是方莉老师的口头语，抱体现的是归宿、依赖、安全、爱和幸福等。（讲一个小插曲，我的女儿每次回来的第一句话就是“爸爸，抱抱”，二十多岁的大姑娘尚且如此。）对“抱”最好的诠释莫过于电影“泰坦尼克号”中的经典画面，那是多么地感人。在此，我一个在教育岗位已走过三十一个春秋的老同志向我们崇明教师发一个倡议，伸出你的双手，展开你的双臂，抱抱孩子，这是多么地幸福与快乐。这一画面一定不亚于“泰坦尼克号”中的经典。

花絮三：“疼”“痛”“痛”“疼”，平平仄仄仄平仄，仄仄平平仄平平。这不是念经，这是我旁边的潘老师一直在不停地推敲着什么；他的教研课至今让所有的听课老师回味不已。

花絮四：三（5）班的步老师为了一节送教课花费了太多的心血，平时还不忘悉心地指导着小蒋老师。

花絮五：汪竹芳老师教学教科两不误，其所取的成绩令人赞叹。

花絮六：每天都看到王素芳老师跑前忙后的身影。

花絮七：科学和电脑两位老师利用自己的特长默默地为学校工作奉献着。

花絮八：期末复习期间任教两个及以上班级的老师们，一天下来嗓子讲得发哑，腿脚累得迈不开步。

第三篇章（和谐篇）

现在为大家打开的是聚光灯，聚光灯前，闲暇之余，我们中年级组的全体老师们相聚一堂，浅斟慢饮，倾心交流，慷慨之时，指点江山，激扬文字。呈现出一幅“全家福”的画面。

最后请允许我用这首小诗结束我今天的讲述：

你，我，还有他，
都有崇明中年级这个恋恋不忘的家，
我们不是兄弟姐妹，
却说着同样的话，
为了中年级几百朵娇艳的鲜花，
我们愿意奉献人生中最美的年华。

一路风景

刘玉明

我很欣赏一句广告语："人生就像一次旅行，不必在乎目的地，在乎的是沿途的风景以及看风景的心情！"

——题记

悄然间，我在崇明园里已度过了第三个新年。回首 2012，我有太多的感受。漫步崇明园，我欣赏着一路风景。

"办法总是比困难多！"

尽管学期已近尾声，但新学期开学的那一幕幕犹在眼前——一年级招生前一天，忽闻许校长调至市教研室工作，心中有太多不舍：我们毕竟是崇明首批拓荒者，憾离实小的伤痛刚刚散去，却又迎来新的别愁。彷徨中，曹校长的话语让我淡定了下来："放心吧，办法总是比困难多！"是呀，想起建校初期，在那么艰难之中我们不是微笑着挺过来了吗？

于是，当天我们就为一年级招生忙碌起来。前两年招生，我更多是在"幕后"，而这一次别无选择地来到了"幕前"，好在有曹校的悉心指导，有许校的友情相助，而最让我感动的莫过于赵校——那个架着双拐艰难行走的"女强人"。

如果不是招生，赵校依然要卧床休息，然而为了帮曹校分忧，帮我"稳住阵脚"，她硬是咬紧牙关硬挺着来到了学校。一天下来，看着她奔波忙碌的身影，我打心底里佩服。眼见着她的脚肿了起来，但始终将工作放在第一位的她，丝毫没有抱怨，有的只是常挂于脸庞的笑容以及爽朗率真的话语。确实，与她相处，让人心儿始终是亮堂的。

一年级招生，在所有行政及相关教师的协同作战中，井然有序地进行着……

接下来，转学生及开学工作也在有条不紊地进行着。医生多次提醒赵校要卧床休息，她却几次到医院要求拆除石膏，遭到院方严词拒绝，她才作罢。一开学，她便架着双拐走进了课堂。

那段日子，校园大道上，廊道里，到处都会流动着这样的风景——她架着拐杖行走在崇明园里，这不由又让我想起了曹校的话：“办法总是比困难多！”是的，有这样的“拼命三郎”，还有什么工作做不成呢？

“没关系的，就是嗓子有点吃不消！”

本学期，我不只分管原先的教学、教科研，学校体艺也成了我的“必修课”。

今年恰逢市运会，作为城区小学，我校当仁不让地承担了向日葵方阵的表演任务，与此同时，阳光体育活动将要展示武术操方阵。

我深知：这两个方阵的展示，其实是对整个学校综合实力的全方位的一次检阅。

接到任务，曹校长高度重视，立刻召集我们成立工作组，召开体艺教师会议，最终决定，向日葵方阵由韩利、骆红梅两位老师具体负责，德育处分管；武术操方阵由叶宏斌、王荣两位老师具体负责，教务处分管。

离正式表演只有一个月不到的时间了，时间紧，任务重，所有负责训练的老师很快进入了状态，利用每天下午最后一节课时间训练，后期是下午第三节课开始训练。

那段时间，校园操场上经常能看到师生刻苦练习的身姿。

负责向日葵方阵的韩利、骆红梅老师，她们常常会为一个动作的准确到位而加强训练，也会为一个口号的确定而斟酌半天，更会利用中午的休息时间召集学生进行训练。而负责武术操方阵的叶宏斌、王荣更是艰难，因为武术操也是本学期刚在我校推行，师生都处于初级阶段。好在有黎明老师的鼎力相助，加上师生的刻苦训练，方使武术操方阵能如期表演。

时令已近深秋，阵阵冷风让人也有了些许寒意，但此刻，当你来到操场，近距离观察，你会发现：叶老师、韩老师、骆老师的嗓子已经沙哑了，而叶老师的肤色也变得更健康了——他们在不减少工作量的情况下，如期完成了学校交给的任务，市运会上的成功展示俨然成为开幕式上的两大亮点，尤其是向日葵方阵的图片成为多家媒体报道的首选。

当我多次与训练老师交流时，他们总会说："没关系的，就是嗓子有点吃不消！"是呀，在户外训练，更需要用嗓子，且比在室内艰难得多！

两个方阵能成功展示，我还要提及另一个"拼命三郎"，他就是阳光率真的郜永峰老师，可以说他为这两个方阵的训练奔前忙后，从无怨言，每次看到的总是他灿烂的笑脸。他也带着他的体育团队打破了零的纪录，取得市运会团体第四的好成绩，这不正是我校今秋最亮丽的一道风景吗？

"那我还是自己克服吧！"

刚忙完市运会，又接到了句容电视台主办的"我要上春晚"的通知。这下艺术组的老师又忙活开了，经过二十多天的集训，2 日也就是周日，我校的节目要参加选拔工作。

为迎接镇江市教育现代化小学的检查，老师们都很辛苦，又难得一个周日，教师们休息调整那是理所应当的事，但化装、搬道具、负责学生安全都得有人去做。和魏主任商量后，定下了一批老师参与工作，并在群中发布通知，要求参与化装的教师必须在 7:00 之前赶到。因为时间较紧，通知较迟，因而部分老师遇到了实际困难：王月琴老师爱人出差，孩子身体又不好；陈清老师早定好周日给厨房装修；步小义老师也早就约好下乡看父母……

一时间，我只能让他们在本级部自己协调，但最终当我问及王月琴老师时，她笑着说："那我还是自己克服吧！"是呀，在一个群体中，如果我们多一份理解，少一点抱怨，那么我们这个集体将会是最强大的。

周日，当我 7:00 之前赶到校舞蹈房时，我看见负责化装的大多数老师早就开始工作了。这当中音乐老师或许是最早来的一拨儿，她们的敬业有目共睹。而上周五说有事的老师却都一一克服了困难，按时到岗，分工合作，加之上周五刘冬、曾宪东、王荣等老师利用休息时间已将音乐器材搬过去，使我们的准备工作做得顺顺利利。像是约定好了似的，除了最先到来的汪主任、魏主任、沈艳艳，连曹校、赵校、葛华星主任也不约而同地赶来了。此刻，尽管天气已入冬，但我却分明感觉崇明园里洋溢着盎然的春色！

然而，事后我得悉：王月琴老师因孩子无人带，周六硬是让刚回家的孩子的奶奶提前过来，结果老人在乘车时被小偷偷去了几百元，这一憾事真让我有点不安。当我提及此事时，王老师却笑着说："千万不能说出去，这不怪学校，这正好遇巧了呗，没事的！"尽管她说得轻描淡写，但我分明感受到了她对崇明这个大家庭浓浓的责任情怀。

"早一点来拖，领导来了，地早就干了"

本学期，创建镇江市教育现代化小学是我们全体崇明人感受最深，感动颇多的，而我只想采撷几朵芬芳的小花，与大家共同分享。

迎检当天，我起了个大早。6:30 左右，当我赶到学校后，看见校长室的灯亮着，我以为曹校已到了学校。但门卫谭师傅告诉我，那是负责搞卫生的小杨师傅，她 5 点多一点就来了，我很是惊讶。

当我走上楼梯，遇到小杨师傅时，我说："你今天来得真早呀！"而她却微笑着说："来早一点，将地拖干净，等领导来了，地早就干了。不然，地面湿湿的，领导会不舒服的。"朴实的话语再次响起耳畔，感动又一次充盈了我的心。一个普通的临时工，同样拥有浓浓的责任情怀。她用自己对崇明园的那份挚爱书写着"我很重要"的精彩篇章。

而专家组来的前一天下午放学后，我正在校园巡视，王庆芳老师从远处大声对我说："刘校，那上面的标语掉下来了，要紧吗？"我仔细一看，在行政楼二楼与 A 楼之间过道上的标语被风吹断了，这是预定的专家组巡视校园的必经之路。于是，我赶紧联系陈勤主任与保安谭师傅进行补救，还不忘对王老师说："谢谢！"而她大笑着说："没事，这是我们大家的事呀！"小事见真心，感动溢满心底……

再往前追溯，从《青葵园》的诞生，到《崇明行》《崇明故事》的相继问世，无一不浸透了所有编辑的心血与汗水。

而此刻，我最想说说《崇明故事》。当上学期末曹校要求我负责这几本书的编辑工作时，我并没感觉有压力。但暑假后，才完成了《青葵园》，我立刻感觉到了事情的严重。开学后，工作千头万绪，我深知，抓实课堂及相关常规工作是当务之急。好在稳重智慧的葛志华主任让我吃下了定心丸——《崇明行》完成没问题，而最为棘手的就是《崇明故事》的编辑，因为这些故事均为原创，缺少打磨，想在 11 月中旬（原定迎检时间）完成，谈何容易？

看到我们手忙脚乱，曹校对我说：“眼下最重要的是课堂，《崇明故事》实在来不及就算了！”尽管曹校说得声音很轻，但我深知：《崇明故事》正是我们学校的一大特色，一大亮点，其他集子别的学校都可能有，但这本书他们绝对没有。

好在迎检时间又推迟到了 12 月 6 日，这下再没有理由退却了。因为所有行政参与做资料，于是我立刻召集了学校的才子才女们争分夺秒，终于赶在了检查之前完成。这当中，编辑们不知牺牲了多少休息时间，搜集稿件、修改电子稿、分类、写序、校对、画插图、设计封面，一步步做得有条不紊，精致细腻。这是对责任担当的最好诠释。最终，《崇明故事》也为创建增添了色彩。

……

告别 2012，昂首走进 2013。徜徉在崇明园中，我一路走来，一路欣赏，一路感动，一路收获——那一路风景，让满园芬芳！

舟行碧波上，人在画中游

陈一叶

忙忙碌碌中，来不及细数每天的辛苦与幸福，暑期悄然而至，一学期就这样结束了。今天我想让时光的脚步稍稍停顿一下，让我们共同回忆崇明一路的风景，一幅幅美丽风景画。那画里有你，有他，有大家……

第一幅：水墨画

这幅水墨画，我要从一朵茉莉花说起，她是毕业班英语教研组长王海丽。自崇明建校，她连续 5 年承担毕业班英语教学工作。今年接手的六（2）班，基础差，底子薄，后进生多，学期刚开始她就从常规抓起，帮学生把五年级的教材疏通透，课间见缝插针辅导学生。短短一学期内，六（2）班的英语有了翻天覆地的变化，六年级毕业复习研讨活动中，2 班的学生发言积极，与借班上课的教师配合默契，让听课老师无不惊叹学生的变化。在她的努力下，毕业考试中，均分差距从原来的十几分缩小到五分，这背后的努力让人难以想象，她倾心倾力的付出赢得了学生的尊敬和爱戴。复习期间，天热温度高，学生打开了电风扇。那几天王老师感冒，一吹风咳得更厉害了。一位同学起身关掉了电扇，对她说："王老师，你嗓子不好，不能吹电风扇。"作为教研组长，毕业期间的复习资料她全部包揽下来，她从多种渠道搜集好题，整理印发。默默无闻，甘于吃苦的她从未向学校提过任何要求。毕业班的英语教学有了海丽的引领，怎能叫人不放心？

和海丽搭班的两位老师是张静怡和仇红花老师，她们同样对班级倾注了大量的心血。张静怡老师怀孕后，我们曾担心毕业班的教学工作她能不能坚持到底，事实证明，我们的担心多余了。在孕期反应很严重的情况下，她一天假都没有请，毕业班赴葛村实践基地活动的两天，她也没有请假，她坚韧的毅力感染着身边的同事，影响着她的学生，这样的老师怎能不让人竖起大拇指？仇老师是毕业班的老教师，有着丰富的教学经验，不过对付六(2)班这样的特殊班级，估计还是头一次。姜还是老的辣，一年的工夫，六（2）班在她的调教下，终于打了个翻身仗，不及格的人数大大减少，孩子学习数学的兴趣被调动起来，仇老师的付出得到了回报。在毕业班的教师队伍中，有刘校、高柏珍、吉玮这样的老将，有周颖、张云、傅蓉这样的新兵，他们用智慧、努力、汗水书写着在崇明园岁月的深深印记。要相信，时光，不会辜负每一个认真努力的人。这幅水墨画有山光云影，水天一色，云淡风轻，也有碧波万顷，浩浩荡荡，意气飞扬……

第二幅：油画

达·芬奇的油画《蒙娜丽莎》闻名世界，蒙娜丽莎的微笑神秘、动人，而我认为崇明园里有更动人、更阳光的微笑，她是来自二年级数学教研组的朱金妹老师。朱老师有很强的亲和力，深得小朋友们的喜欢，我儿子就是她的超级粉丝。本学期片区合作共同体拉开了帷幕，这个空降下来的新事物似乎一瞬间打乱了我们的教学节奏。不少老师存在着强烈的抵触情绪，也有些老师抱着怀疑的态度，抱怨、牢骚、不满接踵而来，但是冷静下来想一想，如果我们扎扎实实地稳步推进，这对提高学生学业质量是有益无害的。在两周一次的面对面片区研讨活动中，二年级数学组各项教研活动开展得扎扎实实，周周有重点，次次有提高。朱老师爱动脑筋，每次都会提前构思教研活动的内容和形式，给片区的每位老师做好席位卡。活动中，大家由陌生到熟悉，乃至畅所欲言。她还带头上示范课，引领整个片区二年级数学团队，没有一丝敷衍、没有一点应付。每次活动结束，她主动撰写宣传报道，让活动的效应发挥到最大化。决心和行动比能力更重要，这是我在某个好友 QQ 空间里看到的一句话，在崇明园，像朱老师这样付诸行动之人何止一个？早晨，在《向着明亮那方》那动人旋律响起时，在课间、放学后，时常见到这些人忙碌的身影：吴小秀、夏志香、巫杏花、赵宏荷、鸦群、华继薇、张梅玲、陈琦、葛挺明、谢久梅……，他们抓紧一切时间为班级里的后进生辅导，努力终究有回报，他们所任教的班级都获得了进步奖。遇到问题光抱怨解决不了问题，行动胜过一切。今年六月在江苏省第一轮珠心算竞赛中，我校三年级 31 名参赛选手，有 30 人获奖，其中，省级一等奖 3 名，省级二等奖 9 名，省级三等奖 18 名。这和珠心算团队的合作是分不开的，陈清、王月琴、朱金妹、洪华四位教练员，放弃了休息时间，对队员进行集训，一轮轮的训练、一次次的模拟、一天天的提高，迎来了赛场上的华丽绽放。请假在家的陈清，没能亲自带选手参赛，心里有无尽的遗憾。人在家，心系赛场，比赛一结束，便以最快速度拿到了成绩单，还没等胡主任向她祝贺，她已知晓了结果。优秀的团队不在人多，而是心齐，人在一起不叫团队，心在一起才是团队。这一幅油画，也许色彩绚丽，也许淡雅轻快，也许自由活泼，总之，淡妆浓抹总相宜！

第三幅：版画

本学年，我校的教师编制紧缺，再加上教师怀孕、病假等特殊情况，课务安排更是棘手。在校领导一筹莫展的时候，崇明园里的老师总能让人心头一暖。纪璐仙，一位语文教师，在骆忠香老师请假后，承担了她一个班的数学教学，潘丰平老师当起了班主任；陈清请假后，赵荣华和王红霞两位班主任承担她两个班的数学；赵丹出国进修后，姚志芳老师升到毕业班，王金玲老师接手五年级两个班的英语教学，两人在工作交接时，姚志芳体谅王金玲还在哺乳期，中午要回家，主动要求五年级中午值餐还是由自己来带，但是王金玲坚持自己亲自带值餐；21日，六年级毕业考试结束，姚志芳主动要求回到五年级和王金玲一起坚守，直到考试结束；赵红霞、彭超霞老师生病请假期间，侯光风、戴相顺老师接下了她们的课务……老师们用包容、理解、大度诠释了崇明精神，为你们点赞。在北校区人员告急时，朱世琴、张旭飞老师“赴北支援”，锦上添花固然好，雪中送炭才是真。在学校遇到紧急事时，教务处安排临时代课、外出监考时，朱伟芳、王素芳、骆红梅、徐慧玉、陈芳、高荣平、范霞、李景生、张再新等老师总是欣然接受任务。记得曹校长曾经说过，我们不仅仅是为学校工作，我们更是为自己工作。为自己工作，将得到或必将得到超值的回报！这是不变的真理！付出的更多，才能比别人拥有的更多！在崇明园，这样充满正能量的事迹太多，犹如版画，用刻针刻在板上，用油墨印在纸上，同样也深深地印在了我们的心里。

舟行碧波上，人在画中游，崇明园的画卷上远远不止以上三幅。一幅画，画中的布局，是近是远？是山是水？是曲折是平直？都在于我们手中的“画笔”，期待崇明园里儿童文化的使者，用心描绘平凡中的璀璨，把崇明园的画卷装点得更加闪亮！

一路风景一路歌

刘玉明

时间如白驹过隙，一路欣赏着 2013 的满园风景，感慨中已经步入了 2014。几许兴奋，几许感动，充盈心间，让我回味着一路风景一路歌。

“冷宫”里率真的“冷公主”

曾经在教师博客中读到朱世琴老师的博文《“冷宫”不冷》，当时我被朱老师的智慧所折服，也因她的感动而感动着。然而，让我最为感动的当数“冷宫”里这位率真的“冷公主”了。

朱老师因身体原因被安排在图书室工作，面对陌生的工作环境，她开始如饥似渴地钻研自己的业务来——向老管理员汤老师请教，向兄弟学校的专家请教，更向网络、书本请教，很快她便适应了图书室的工作。

朱老师在一线当老师的时候，就是一位领导信任，家长放心，学生喜欢的好老师。如今，她成了图书管理员，特殊的岗位，让她变得更加忘我地工作了。

我校是新建学校，各类创建任务多。而图书室又是每次的必查重点。镇江市现代化小学验收之前，学校新购进了一批图书。要将这批图书及早录入系统，并贴好书标，盖好章，是一项不小的工程。当时负责提供图书的市新华书店又不给力，总以年底忙为借口。电话联系了几次，我也失去了耐心，可朱老师却安慰我说：“刘校，别着急。我带着做，争取早点做好。”望着她自信的笑容，我微微点了点头说：“那就辛苦你了！”她又笑着说：“没事，我会尽力的！”

接下来的日子里，朱老师马不停蹄地忙碌，五十本，一百本……每天她都在打破着自己的纪录。每每看到自己的劳动成果，她也会很开心。

一天中午吃完饭，我走进图书室，发现朱老师面色憔悴，嘴唇干裂，满脸倦容。于是，我心疼地说：“你吃过了吗？”

她再次微笑着对我说："胃不舒服，我不太想吃。"

我连忙说："不吃饭怎么行呢？赶紧去吃饭，还有很多活等着呢！你可不能倒下哟！"

"没事的，待会儿想吃，我这里有面包，可以对付。你放心吧！"说完，她又忙碌起来……

终于，在"迎检"之前，朱老师将所有新购图书全部整理到位。"迎检"当日，朱老师熟练的操作、精准的数据以及图书室内洁净的环境，井然有序的摆放博得了检查组的高度赞誉。

为了节省学校的开支，朱老师常常会创造性地开展工作。杂志合订本如果拿到外面去装订，每套至少要25元。她开动脑筋，用自己所学专业知识，不花费一分钱，就将杂志合订本装订到位；当学生所借图书上的标贴磨损严重时，她硬是用胶带一本本地"贴膜"，让图书便于流通；当学生借阅量达不到要求时，她又实施了学生个人借阅与班级团队借阅同步进行的方案，使难题迎刃而解！尽管工作量增加了许多，但她依然乐此不疲地工作着……

到过图书室的人都会感受到"冷宫"其实并不冷，其间总涌动着股股春潮。如今，朱老师，噢，我们的朱馆长正带着她的团队行走在默默奉献的征程中。有了这样的团队，我们还愁什么工作做不好呢？

寒风中执着的守护人

本学期，学校对教师在校外50米处值岗进行了调整：原来仅在下午放学时要求教师到岗，现在上午7:30也要求值岗教师必须到岗。这样，在外面值岗的老师比以前着实辛苦了许多。他们不只克服日晒风吹，更得经受早起的历练。

进入冬季后，寒风肆虐，对所有值岗教师更是严峻的考验。每次轮到我值周，从周一到周五，我总能欣赏到寒风中独特的风景——赵星、王素芳、朱洪海、刘冬、徐慧玉、徐燕……他们总是早早走上自己的岗位，风雨无阻，从不间断。他们是执着的平安守护神！是他们让学生上学放学的路途变得不再拥堵，是他们为学生撑起一片安全的天空。

永远也忘不了那个周三，我提前来到学校大门口，关注着那些早到校的学生们。7:25，一阵咳嗽声在我耳边响起，我转身一看，是东50米值岗的高荣平老师。他很认真地对我说："姚志芳老师请假，暂时不能到岗，她的慢性阑尾炎又复发了。每天放学，我们总是在医院相遇。我俩都在挂水，我查出的是肺炎……"

听了高老师的话，我没多说什么，只把感动存在心底。

很快到了下午放学，我照例早早来到校门口。突然间，我又听到了那熟悉的咳嗽声。抬头一看，正是高荣平老师向我走来。我有些诧异：他不是早晨跟我请过假了吗？怎么又赶过来了？于是，我忙走过去问他："高老师，你不是说下午放学挂水去的吗？上午你不是已经请过假了吗？"

阳光的高老师笑着说："不是呀，早上我是替姚老师请假的。我可没请假哟！"

"你先去挂水，晚上早点休息！"我催促道。

此时，高老师又认真地说："没关系的，不在意这么点时间。等学生走完了，我再去挂水也不迟。何况这个岗位只剩我一个了！"

看着高老师边咳嗽边走向值岗处，我心潮起伏。是呀，在一个群体中，如果我们多一份理解，少一点抱怨，那么我们这个集体将会是最强大的。

这一刻，我被深深感动着。

平常，高老师看似大大咧咧的，但工作上他却是个细致入微的好老师。每次，当我谈及"迎检"时科学方面的一些事务时，他总是说："放心，没事的！"他管理的实验室、标本室、准备室，在每次的"迎检"过程中，总会受到领导的肯定。

是呀，朴实的话语尤在耳畔，我真切地感受到他对崇明这个大家庭浓浓的责任情怀和担当意识。

舞台下默默的耕耘者

冰心曾说过："成功的花，人们只惊羡她现时的明艳！然而当初她的芽儿，浸透了奋斗的泪泉，洒遍了牺牲的血雨。"当我们为舞台上优美的舞姿鼓掌欢呼之时，我们可否想过他们曾经的付出？而作为分管者，我有幸见证了"凤凰涅槃"的苦乐年华。

今年，恰逢每两年一次的市中小学生文艺会演。各个学校都铆足了劲儿，准备在炫目的舞台上一决高下。我校派出了民乐合奏、舞蹈、校园剧和合唱 4 个节目参赛，最终我们以三个一等奖，一个二等奖的华丽转身，成为这届文艺会演的赢家之一。尤其是群舞《鱼嬉》荣获了舞蹈类一等奖，让我们的孩子瞬间扮靓了“实高”的舞台，让辅导教师骆红梅流下了激动的眼泪……

是呀，回想来时路，怎不让人感慨万千！

记得放暑假前，骆老师便找到了我，她准备为舞蹈《鱼嬉》配置新的演出服，怕开学后来不及。于是，我让她自己在网上去挑选中意的服装。花了几天的工夫，骆老师看中了一款服装，但一看价格，却贵得惊人。考虑到我们孩子的综合素质怕难以在句容胜出。既然难以走得更远，于是乎便决定请裁缝师傅，准备为孩子们量身定做，但算下来，所需花费并少不了多少，且土裁缝做的绝对比不过大厂家的产品。最终，校长办公会商议，曹校拍板，就在网上买！

为了让“物有所值”，这个暑假，她沉下心来，一次又一次观看视频，一举手一投足，每个细微的动作她都默记心中，然后再根据我们孩子的特点，进行创新性的编排。

8 月中旬，她冒着酷暑，赶到学校进行集训。对于一个 40 多岁的女教师来说，有些高难的舞蹈动作想做到位，着实很为难她。然而，为了她不服输的性格，为了能创造奇迹，更为了体现自身的价值，骆老师硬是凭借她惊人的毅力，一个动作一个动作去做。哪怕是再细微的动作，她也尽力让学生做好，做到位，一遍又一遍，常常一个动作要来上几十回，甚至上百回……尽管舞蹈房里安装有空调，但她的衣服总是被汗水浸湿！

这学期开学后，孩子们的舞蹈已经有模有样。在“范大师”的帮助下，我们又配上了道具。比赛前一周，以曹校为首的行政班子预检了节目表演，结果对舞蹈不是很满意。这下可急哭了骆老师，可很快她便抹去了泪水，投入更紧张的训练中。此刻艺术组成员又出谋划策，刘金霞老师又伸手相助。最终，在比赛现场，我们的舞蹈惊艳了全场。

与其说这个节目是骆老师用辛勤汗水浇灌的硕果，倒不如说这是我们集体智慧的结晶。

当得知我们的舞蹈将代表句容赴镇江参加比赛时，骆老师既兴奋又感压力之大。在接下来的日子里，骆老师为了训练，常常忘记了时间，忘记了疲劳。当我们的舞蹈在镇江的舞台上再次惊艳全场时，我兴奋之余，更多的是感动！

是呀，“不经一番寒彻骨，怎得梅花扑鼻香。”我在心底由衷地说：“骆老师，好样的！”

赛道上疯狂的“拼命三郎”

提及崇明体育上取得的成绩，人们很快便会想到出了名的“拼命三郎”郤永峰老师。

的确，自郤老师踏入崇明的那一刻起，他便成了学校体育在快车道上行驶的助力器。我总在想，这个年轻的身体里到底蕴藏着多少能量呢？

上届市运会，郤老师让我校迅速跻身全市第四，郤老师和他的团队所带的田径队一举成为第二届感动崇明人物（团队），让教育界同人惊叹不已。

然而，当胜利的礼花尚未散尽，新征程的号角亦已吹响——句容市第二十四届中小学生田径运动会又款款向我们走来。

暑假里，当舞蹈房里传送出美妙舞曲的时刻，郤老师正带领他的新一批田径队员，在赛道上挥汗如雨。

的确，凡事都得赶个“早”字，早谋划，早训练，方能出奇制胜。

那一段时间，每天下午，崇明园里总会响起郤老师高亢的喊声：“速度再快点！腿抬高！……”当我劝他注意身体时，他总会露出调皮的小虎牙，笑着说：“没事的，我年轻！”确实，年轻是资本。我感觉他的年轻能量都投注到了学校的体育工作中。感动之余，我只能站在一旁为他、为他的队员们默默鼓掌……

开学后，王勇老师加入了他的训练阵营。他负责训练男队，王老师负责训练女队。

9 月，夏天的燥热依然不愿离去。可每天放学后，总会看见田径场上那一个个活跃的身影，那一道道独特的风景。这期间，两位教练员的身先士卒更让我们钦佩不已！

随着比赛的日益临近，训练也变得愈加紧张激烈。那一日，当我走上赛道，看见王勇老师已不再奔跑，只是扯着嗓子在指挥着。我想，年岁不饶人啊，毕竟 40 多岁了。这时，郤老师悄悄告诉我：“由于集训，运动量大，王老师的痔疮又复发了。”原来如此，而一旁观看的我只能干着急，一点忙也帮不上，连他们每天正常的体育课我也不能帮他们减了，毕竟孩子们太爱上体育课了，更何况不能因怜惜老师而让学校“犯规”呀！我只能怨教育局给我们的体育老师太少。

比赛的日子终于来到了。

那天，曹校、我、魏主任、葛主任、沈主任随比赛团队一起走进了句容中专校。

赛前，郜老师曾多次跟我说：“这次比赛，我们就怕连第四也保不住！”我笑着说：“尽力就行！”其实，我也在心中默默掂量：就凭这群“拼命三郎”，比赛应该是有希望的。

在体育元老王荣老师的率领下，运动员们奔赴各自的赛场。他们三人周密安排，巧妙布兵，让运动员们一次次胜券在握。最终，我校居然以全市总分第一，均分第二成为本届运动会当之无愧的亚军。

当体育场成了一片欢腾的海洋时，我正被激动的洪流冲向兴奋的巅峰……

“梅花香自苦寒来”，这个团体第二，让我再一次感受到这群“拼命三郎”的疯狂!

…………

漫步崇明园，我一路行走，一路欣赏，满眼风景，一路欢歌，满心感动，总让我倍感自豪，因为我是崇明人!

走在追梦的路上

——崇明小学文昌校区二年级年级组故事

王晶

岁月不居，时节如流。一转眼，2018，已悄然消逝。又到了岁末，一年一度总结的日子。回顾这一年，我们二年级组，依旧充实，依旧忙碌。用心品味每一个忙碌、充实的日子，发现每一个画面、每一个瞬间都没有模糊。不忘初心，以人为本，心中有爱。万物在更新，我们，也在成长……

身处文昌这个强大的团队中，我时常忍不住要为身边的优秀同事点赞。下面我就来讲讲我们二年级组老师们的故事：

有爱务实的班主任团队

都说班主任工作，是学校工作的重中之重。我们二年级有着一支充满爱心、工作务实的班主任团队。

周信慧老师，我们都亲切地称她“周姐姐”。周姐姐因为身体原因，离开班主任岗位已经八九年了，但因为开学学校需要，她就毫不推辞，重操旧业。工作中，认真依旧，并且努力创新。她积极实施学生自主管理，开展“值日班长轮换制”“今天晨会我来上”等活动，不论你成绩是否优秀，都有机会参与到班级管理之中。这对孩子来说是多么难得的锻炼机会，一下子调动了孩子们的积极性。一个个小班长、小老师，当得有模有样，班级常规也管理得井井有条。周姐姐就是这样，考虑事情很细心，大小事务有耐心，对待孩子有爱心。在她的带领下，一班在各项活动评比中都名列前茅。

说到兢兢业业，那就不得不提到侯雪花老师。每两周一次的班队课，侯老师总是提前制作好精美的课件和翔实的教案，随后发在群里，供大家分享。由于班级中有些家长文化水平有限，有时会不理解班级工作，她总是不厌其烦地向家长解释，从不抱怨。她班上有不少后进生，复习期间，讲了很多遍的题目，有些孩子依然一错再错。侯老师却从不训斥，把孩子叫到身边，一遍又一遍耐心细致地辅导他们。有时我们开玩笑说，虽然侯老师缺少的是一份所谓的编制，但是她拥有的，却是我们很多人都缺少的那份踏实。

倪荣香老师，是一位经验丰富的老班主任。班上有个孩子学习习惯很差，课上课下都会出很多岔子。无奈，倪老师只能每天把他带在身边，像对待儿子般悉心教导他。渐渐地，这个孩子很多的不良习惯得以纠正，家长也感激涕零。倪老师用无私而博大的爱关注着孩子的生命成长。陈欢雪老师是这学期新加入我们这个大家庭的，可一学期的班主任工作并不平坦，班上有个特殊的孩子，经常说“我要跳楼”“我不活了”，语出惊人，还总是与老师作对。为此，陈老师可没少操心，不厌其烦地和家长沟通交流，一次又一次地同孩子谈心，以保证孩子在学校正常地学习生活。

精益求精的语文组

唐婉校长，身为一校之长，却常年扎根在教学第一线。虽然公务繁忙，但为了孩子，她从未落下一节语文课。复习期间，课务分派有难处，唐老师总是主动提出帮忙代课。作为老师，她心中有孩子，心中有爱。班上一个女孩上课总是动来动去，唐老师看在眼里，并没有劈头盖脸把孩子批评一顿，而是课后仔细询问了原因。原来是孩子身上干燥蜕皮，皮肤很痒，就不停地蹭来蹭去。唐老师记在了心里，第二天她从家里带来了一支身体乳，贴心地给孩子擦起来，并且告诉孩子要好好地照顾好自己。复习期间，天气寒冷，她总是跟我们说：“天太冷了，让孩子们少写点字。”作为领导，唐校，心中有教师。前段时间，唐校给我磨了一节课，白天听课评课，晚上回家后，反复思考，凌晨一两点，她还在 QQ 上与我讨论教案。课前还暖心地发来鼓励信息，我感动万分。不仅是我，对每一位教师，她总是这样关怀备至。

周圆老师是这学期新调来的。虽然初来乍到，却丝毫不怯生，工作上成熟果敢，雷厉风行，游刃有余。三班在她的管理下，班风学风有了很大的转变。在语文教学方面，有心的她也会经常把以前学校的一些好的经验，毫无保留地分享给教平行班的我们。复习期间，我们也是经常探讨有效的复习之道，分工合作，相互提醒，共同进步。

方莉老师是一位热心的教研组长，带领着我们二年级语文组快乐地工作着。每次教研组有任务时，她总是细致地将提醒信息私发给每一位老师。她是真正地把学生当成自己的孩子的，上次消防疏散演练，全体师生忙着逃生，她二话不说背起班上一个患小儿麻痹症的孩子逃生；前段时间跑操，队伍中有个孩子总是捣乱，她看见了，就把孩子拉到外面来，亲自陪着他一圈又一圈地跑。我们知道，方老师同时也是一位专职的心理健康咨询师。我们不知道的是，在完成正常的语文教学任务的同时，方老师开展了11次家庭教育专题讲座，21次师生培训，12次师生个体咨询，参加了6次专题培训。

刘舒秀老师，家有二宝，正是需要妈妈陪伴照顾的时候，可她每天一早就来到学校，将全部精力都投入班级中。前段时间两个孩子生病，也恰逢她准备赛课，一次次地磨课，一次次地修改教案，根本无暇照顾两个孩子。好在功夫不负有心人，刘老师一路过关斩将，冲出句容，走向镇江。前段时间，刘老师更是强忍着失去亲人的痛苦，坚持在复习一线，站好最后一班岗。作为同事，帮不了她，只能给她一句安慰，一个拥抱。

严谨治学的数学组

陈清老师，不管在数学教学，还是教育科研方面，她总是走在人前，是老师们学习的榜样和楷模。她是二年级数学教学的领头雁，帮助指点每一位教师，尊重关注每一个孩子。每周二，她总要抽出时间对孩子进行个别辅导。每一节数学课，总是早早到班，做好候课。对于组里的每一位老师，她也是毫无保留地分享经验。

翠凤老师，这学期临危受命，欣然接受了两个班的数学教学任务。双班教学，也从未打乱节奏，教学中她能从容应对，水平依然很高。

身为数学教研组长，陈慧老师对组内工作提出很多建设性的意见和建议，指导组内老师开展教研活动。数学组老师团结一致、集思广益、集体备课、取长补短。

汪晶老师，身怀二胎，本来她完全可以凭着医生开的休假条，心安理得地在家休息。可是为了不给学校增加负担，她还是坚持到校，承担了双班的教学任务，而且教学成果显著。搭班老师有事情，汪老师也是第一时间主动帮忙。

团结给力的常识学科组

说到我们组的常识学科老师，他们的认真程度并不亚于语数老师。每一节“道德与法治”课前，徐娟老师至少提前五分钟到班级候课。课堂上，结合 PPT，认真开展授课。徐老师的代课、代班主任是全组最多的。记得有一次，我请了病假，徐老师帮我代班主任。端主任发来信息，告诉我：“徐老师正认真地给我们班孩子上晨会呢！”同样的事情还发生在她给八班代班主任，晨会课上，她还利用 PPT 开展教学。说起我们组最勤快的老师，也非她莫属，常年如一日的打扫办公室卫生，就连手上长了湿疹，也要戴着手套拖地。

王福莉老师身体不适，需要定期去南京检查，就这样也丝毫没影响她的美术课进度。她的代课单上，也是记了满满一页。课间，她最爱给孩子们扎小辫，师生关系融洽极了。前辈尚且这么给力，我们后辈岂敢懈怠？

有困难，找大师！无论什么时候需要帮助，范主任总能第一时间帮你解决。韩福霞老师的阅读课，生动有趣，让孩子们尽情地翱翔在书海之中。赵正云、费雪杨老师的音乐课，活泼而严谨。跑操、冬锻比赛中，总能见到王勇、倪方虎老师的身影。

在我们二年级组里，这样的事情太多太多，正是这些动人事迹在激励着我们，鼓舞着我们，鞭策着我们！在二年级这个温暖的大家庭里，大家互相鼓励、互相学习，在忙碌中播撒着智慧的种子，在汗水中体会着成长的艰辛，在奋进中收获着成功的喜悦。在前进的道路上，我们二年级组的每一位老师都心怀梦想。这梦想，并不是多大的功名成就，而是在平凡的岗位上不忘初心，以人为本，心中有爱。我们意气风发，行走在追梦的路上，向着明亮那方！

绽放精彩

——2017年文艺会演那些事

骆红梅

一年一度的句容市文艺会演又临近了，这不，崇明小学音乐组全体成员一开学就又忙上了。我和陈芳老师的民乐合奏《迎春花》、徐慧玉老师的合唱《唱脸谱》、刘金霞老师的舞蹈《水滴的故事》，还有韩利老师的曲艺。虽说这几个节目在上学期已经基本成形，但是经过一个暑期的休息，孩子们大概已经忘记的差不多了。这次会演时间比较紧，定在九月下旬。这对我们音乐教师真是一场大考验、大比拼啊！你瞧，陈芳和骆红梅老师带着民乐合奏的孩子们，挤在音乐教室（一）那么小的空间里一遍又一遍地指挥、练习、分练、合练。虽然开着大空调，可是老师的脸上依然汗珠滚落，孩子们的小脸红扑扑的，头发黏在了额间；徐慧玉老师的嗓子都哑了，还在一遍一遍地练唱；刘金霞老师每天排练3次（早上、中午、放学后），天黑了看她的舞蹈房还亮着灯，原来她还在为一个动作不满意在思考，为服装在伤神……；韩利老师的曲艺更是集语言、音乐、舞蹈、表演于一身，更难能可贵的是她为了节约学校经费开支，经过多方打听，她亲自到春城中心小学借来了几头“小毛驴”。此时此刻的我们都是力量的化身，忘记了自己、忘记了疲累，只想着自己的节目能为学校带来荣誉。大家好像都憋着一股子劲儿在做最后的完善，都想着让自己的节目能更完美。

然而，天有不测风云，人有旦夕祸福。开学第二周徐慧玉老师因急性阑尾炎住院手术；第二周周末陈芳老师又住院挂水，医生说可能还需要手术。这可怎么办？眼看着比赛的日子一天天近了，我急得像热锅上的蚂蚁。以前和陈芳老师带民乐队，都是陈芳老师指挥，我管学生出勤和纪律。现在陈芳老师不在，我一个人又要指挥又要管理学生，真的是一个头两个大，56个孩子，还有乐器，挤在这么小的音乐教室里，可想而知多拥挤、吵杂和闷热……可不管怎样，每天的训练还是依旧。昨天早上的训练小提琴缺一位同学没到，今天二胡组又有两人没来……我亲自去班上“请”学生，结果训练室这边吵翻了天……这种状态怎么训练？我果断向学校汇报情况，魏校得知情况后，每天早上的训练时间都亲自来点名，并且和班主任老师沟通，督促学生不得缺席、迟到。这样学生训练的时间得到了保证，训练效率立马得到提升。在陈芳老师住院期间，我除了坚持每天的训练以外，还要给孩子们量身高、三围，准备购买演出服，此刻我又变身成了一个名副其实的“小裁缝”。我把孩子们的服装大小、号码统计好发给陈芳老师，陈老师利用在医院挂水的时间，在网上统一购买。虽然，陈芳老师这几天不在学校，但是她每天都会和我电话沟通训练情况，还叮嘱我注意一些训练过程中的细节问题，真是身在医院、心在校啊！星期五晚上又接到陈老师的电话：“喂，小骆，告诉你一个好消息，医生今天告诉我暂时不用手术了，我星期一可以来训练了。”听着陈老师带着笑意的声音，我激动地说：“真的吗？太好了，星期四就比赛了，你能回来我就放心了！你不在我还真没有底啊……！”

于是我们就看到了这样的情景，训练室里，陈芳老师在奋力指挥着，一遍下来，额上就是一层细密的汗珠。我心疼地说：“陈老师你坐下来休息一下吧，这遍让我来指挥吧。”可陈老师斩钉截铁地说：“不行，还有三天就比赛了，学生要适应我的指挥方式，我们每个人的指挥方式都不一样，不能再更换了……。”经过合唱训练室，咦！徐慧玉老师不是手术了吗？合唱训练是谁在排练？带着这样的疑问，我推开了合唱训练室的门，眼前的情景让我惊呆了！只见徐老师一手捂着小肚子，一手在指挥着，惨白的小脸上没有一丝血色，从话筒里传出的声音听起来还是感觉有点虚弱……孩子们倒是特别地配合，静静地看着徐老师，一点也不像从前那般调皮淘气了，恐怕也是被徐老师的精神感动了吧！

人们常说，风雨过后，面前会是鸥翔鱼游的天水一色；荆棘过后，面前会是铺满鲜花的康庄大道。在句容市文艺会演中我们学校的民乐合奏《迎春花》、合唱《唱脸谱》获得了一等奖；舞蹈和曲艺获得了二等奖的好成绩。在得知获奖的那一刻，其实我们每位音乐老师的内心都是五味杂陈，个中滋味只有自己能体会；在看到校园群里同事们送上的一连串祝贺的掌声和鲜花时，我们知道所有的付出都是值得的！

一颗有着梦想的种子

鸦群

小时候，幸福是一件东西，拥有就幸福；长大后，幸福是一个目标，达到就幸福；成熟后，发现幸福原来是一种心态，领悟就幸福。

而对于她来说，让孩子们获得成功，和孩子们分享快乐就是她最大的幸福。当你第一眼看到她，也许你就再也不会忘记她脸上的笑容，亲切，随和。这笑容，让她的同事们如沐春风；这笑容，让她的学生恋恋不忘。在繁重的工作面前，她从不抱怨，总是微笑着面对一切。

她，就是朱金妹老师。

我还清晰地记得12月份的那节曹校工作室的市级观摩课。一接到上课任务："认数"——一年级下学期的内容，她就忙开了。忙着备课，做课件，第一次试上在一（5）班，曹校、赵校亲临听课指导，参与听课的还有一、二年级的部分数学老师。一节课下来，金妹老师并不轻松，表面看整节课上得还算顺利。

在议课时，两位校长提出了自己的想法，曹校重点指出了在回顾反思数百数时，学生一会儿5个5个地数，数到50，又换成2个2个地数到70，又换成1个1个地数到100，她觉得，这样会扰乱学生的数数思维，让学生有点无所适从。可以换成先是10个10个地数到100，让学生充分体会到10个十是一百，巩固本节课的重难点，接着可以5个5个地数到100，数完后根据颜色区分也可以50、50地数到100，最后2个2个地数，数到100后，可根据颜色区分20、20地数到100。这样设计就可以让学生经历不同的数数方法，都可以数到100，可以充分培养学生的数感。

赵校则重点提出了例题的设计和习题的设计能不能形成一个整体，从生活经验出发，以数羽毛球贯穿始终，羽毛球有10个一筒的，也有5个、2个一筒的，这样可避免新课和习题之间转换得有点突兀，让整节课显得比较和谐、自然。

我们其他几位教师，也分别提出了自己的建议。

在议课的过程中，金妹老师记录得很详细，同时她也针对各位评课老师的建议提出了自己的想法。

第二次试上在一（3）班，听完课后，赵校有点着急，感觉这节课没改变多少，甚至还没有第一次试上顺利。在接下来的议课过程中，赵校和其他听课老师为金妹老师一个环节一个环节把关，落实到位。

第三次试上在一（1）班，这节课金妹老师进行了大改动，以绘本故事导入，在练习的设计中增加了过关比赛，过关比赛成功就取得一次投篮机会。这样设计有趣味性，适合低年级孩子。

但因为故事比较长，最后时间超了五六分钟。大家的意见是，故事要缩短，这对于金妹来说，又是件麻烦的事，因为配音是她自己配的，如果故事要缩短的话，那配图和声音就不吻合，这样又要重新去录音，真不是一件简单的事呀！

就这样，一次又一次地试上，一遍又一遍地修改，每一次的试上、修改，都像是一次次的告别，告别是通向成功未来的必经之路，每一次告别都是化茧成蝶的成长，背上行囊，踏上征程，坚韧前行。

辛苦的努力没有白费，金妹老师的市级观摩课受到了与会领导和老师们的一致好评。

孩子眼里的她亲切、随和，因为她把爱的雨露洒向每一个孩子。

有的孩子上课会也不举手，一个星期也喊不上一回，为了让每个孩子都有表现的机会，她把班上五十几位孩子的姓名写在纸上，编上号码，每天抽签，让抽到的孩子回答问题，抽过的就拿走。第二天在剩下的里面抽，对于特别差的孩子，她会专门为她“量身定做”问题，让他们也体验到被老师重视的幸福感。

开学初，我们年级组讨论要弄一个特色作业，每日一题思维操训练。我和珊珊的意见是每班选 10 个孩子来完成，如果全班都参与的话，第一增加了后进生的负担，第二增加了老师的负担，因为学生要做，老师必须要批改，否则就是流于形式，起不到什么效果，这样一来，老师就比较辛苦了。但她却不怕吃辛苦，把每周的思维操题让每个孩子都去试一试，把优秀学生的思维过程发在 QQ 群里，让孩子们和家长共同体验参与的快乐，分享着把一个个问题成功解决的喜悦。

她的这一举措效果很明显，在期末考试中，她们班的数学成绩稳居第一。

虽然在这学期中她经历了颈椎痛引起的手指发麻，因太繁忙，引起嘴角上火，起泡，但轻轻一句“只要学生好就行”，带给我们满满的感动。

她，就像是一颗种子，一颗有着梦想的种子，一颗充满正能量的种子。她梦想花开，但，她不迷恋花香，她始终不忘种子的使命：扎根、拔节、生长，向着明亮那方！

第三辑　成长足迹

有些温暖不打漂

唐婉

教务主任论坛随想（一）

——劳心与温暖共存

从“忙”的字形看，它不是什么好东西，可是，生活由不得你。有些“忙”，绕也绕不开。教务主任论坛发言，七拐八拐，还是绕到我身上了。平时胡诌几句还成，面对那么大场面脱稿而论，真有些犯难啊。可是，逃不脱。人不自信时，看什么，什么不好。看着获得一等奖的稿子，竟也看不上眼。于是这样折腾，那样折腾，前前后后又改了五六稿，可，越折腾越找不到感觉。时间一点点逼近，周五下午，发言思路还乱得很，我真有些急了。其实，急得不止我一人。曹校，人在南京，心却依然惦记着。十分钟的电话遥控指导还不够，下午特意赶回让全体行政听我试讲，结果我讲得他们一头雾水。不过，即使这样，她依然将担心换作鼓励。全体行政都为我捏把汗，就要讲了，我还没找着北。他们你一言，我一语，这样启发，那样示范，还不时地弄几句话宽慰我，一群可爱的人啊！为了让我集中精力做论坛的事，刘校长将检查电子阅览室、二（4）班教师交接班等事情默默做了。我的两个班级搭档都安慰我不要急，他们说“班上有我们呢，你一门心思忙你的”，范霞甚至还帮我改起了试卷。办公室的胡圣国和陈一叶，一个说我帮你做课件吧，一个说你周六再讲给我们听听。呵呵，皱巴巴的心被温暖一点点熨平。

周六，曹校顾不得休息，又请来黄主任一起为我出主意，拿主张，她甚至逐字逐句地讲给我听。赵校和许校在一旁，得空便给我说几句打气的话。在他们的帮助下，我终于有了点感觉。同样是周六，范元生中午 12 点多钟就赶到学校，为我选发言辅助照片，并和字画装潢店联系；刘校、王舒从家里奔过来为我找特色作业。这点点滴滴，我铭记在心。那时，我对自己说：无论怎样都不允许放弃，为了这些可爱的人。

周日，上场的日子。大概6点多钟吧，手机响了，汪竹芳出现在我家楼下。不知道她从哪儿听说我要上台，坚持要来帮我化个淡妆。冬天，窗上结着冰花的早晨。一周好容易才有一次的可以赖被窝的早晨，她却骑着电瓶车穿越整个城，从建设路奔到商业街为我化妆。拉着她冰冷的手，我不知说什么，只是又一次在心里对自己说：努力！

论坛中场休息时，一叶突然“从天上掉下来”，伸着大拇指出现在我面前，好温馨；我说得不是很好，魏蓉主任却不忘“包庇”，给我打高分；还有，曹校没有一点儿责备，一直微笑着看我，还帮我录了音。

还有一个人，应该放在心里的一个人，可是，我还是愿意说出我的幸福，让大家一起分享。这个人就是我家那位。周四接到任务，我说出自己的担忧。他说你认真准备，至于结果，不用想那么多，好好准备，我支持你。于是，他会在我累的时候悄悄递上一杯水，静静地温好一杯奶，看着我喝完；有时候，只是轻轻地在我身后站那么一会儿，然后默默走开；论坛结束，他只管小心翼翼地端上好饭好菜，论坛却一字不提。呵呵，这就是与我隔行，却息息相通着的我的那位。

有事在身，有些劳心。但，在劳心的同时，你发现自己并不孤单。在你的身后，或远或近，总站着一些默默支持着你的人。那温暖，常住心头，不像冬阳那般会打漂。

教务主任论坛随想（二）

——受累与成长同在

从受累的角度看，多做点事是吃亏。可是，回头细品，你却发现受累的过程其实是一种成长的过程。吃亏受累却是福！

很早就交代有主任论坛，但，自从知道是抽签决定上场与否后，我一直心存侥幸，迟迟未动手准备。周四抽了两次签，我都是空签，真乃天助我也！心说，魏蓉主任要抽到就好了，她一定能为学校争光，可是，她也没有抽到，我有些替学校遗憾。哪知我遗憾得太早，一会儿，我就接到通知说还是要上场。那会儿，我有点“恨”那个抽到3号签，却偷换了空白签的家伙。既然参与，就要遵守规则啊。不过，现在当我写到这里时，我还是要说感谢，感谢那位不知名的3号，让我捡到一次锻炼自己，展示学校的机会。

人到中年，依然说锻炼和成长，显得有些扎眼。但，真实的存在，不想掩饰。

因为要参与论坛，我必须要对自己的工作重新思考和梳理。从定位是否合适、起点是否准确、思路是否清晰、策略是否有效等方面，一一反思与建构。这些需要想，可是平时都来不及想的问题，因为论坛，我逼着自己想。想着想着，我会发现以往工作中的疏漏并寻觅调整的方向。

因为要参与论坛，我逼着自己围绕提纲脱稿说话，发现只要思路清晰，围绕观点自圆其说，也没什么可怕的。在学校大会小会开了很多，但，每次基本是照本宣科。迈出了这艰难的第一次，从容的第二次、第三次，会有的。

因为要参与论坛，我研究即兴回答问题的技巧。因此，场上回答专家的即兴提问，我做到了一点：不慌张。不过，智慧应答还远远不够。专家问了“留白与空白的问题”，还问了“你的个性是什么，曹校的个性又是什么？”呵呵，第一个问题，还有些靠谱。第二个问题太意外。如果说第一个问题是对我阐述不缜密的追问，那么第二个问题缘于何，不能短时间内捕捉，因此回答时，语言凌乱。想以“认识自己是个难题”来搪塞，又想以“问问我的亲友团”来转移，但，还是拘谨了，没敢。下次我就明白了，对于提问，未必要有问必答，可以留些悬而不解的空间。更糟糕的是我说自己“傻”。中年了，当着那么多人说自己傻，还真有点傻到家了。当然，严华银老师很机智，对我上不得台面的发言给予了很好的提升。嗯，专家就是专家。

因为参与论坛，我听到了理科教师对教务角色定位的冷静深邃思考，听到了尖锐却不伤人的言论，还听到了专家到位、中肯的点评。成长的路上，有这些点拨的声音真好。

因为参与论坛，我发现了差距，并找到了前行的方向。

你见或不见，信与不信，磨砺中，成长的感觉就在心里，不离不弃。看来，忙，有时也不一定不是什么好东西。

寻觅成长的节点

——崇明故事之碎片化的自我专业成长剖析

沈艳艳

有人说："教育是一场相遇，与学生相遇，与同行相遇，与自我相遇。"于是，崇明园里有了一个个故事，用爱陪伴孩子一同嬉戏成长，用情互助同事不分彼此，遇到故事定格成文字，爱和感动成为崇明故事的主旋律。一篇篇崇明故事，日不间断，堆积起来，就是高度；滋补心灵，凝聚能量，就是厚度。经由岁月，崇明园里的教育生活。今天，我的崇明故事是与自我的相遇，内心的挣扎更适合写在纸上，希望我的讲述能和你们有个内心的碰撞。

引子：任性，让自己只是一个观众

五月，镇江香江花城小学，小学语文教师基本功竞赛。粉笔字、课文朗读、即兴演讲、编讲故事一轮轮进行，选手们既紧张又不失条理，稳扎稳打；课堂教学展示一个个过招，经历挑灯夜战，却丝毫看不出疲惫；才艺表演更是把赛事推向高潮：有的一边吟诗一边画简笔画，有的融古诗、舞蹈、歌唱于一体，典雅美丽；有的是诗画合一，笔墨生香……

观战，本应是轻松自在的状态，时而欣赏，时而赞赏。而此时坐在观众席上的我却局促不安，甚至焦虑不已……这一次，只因任性，让自己只是一个观众。

惶恐，究竟缺失了什么？

一直一直，萦绕心头抹不去的不只是"基本功竞赛"这五个字，而是那一段经历、一些日子。十年前，2006 年还是"一三五"青年教师的我第一次参加句容市级基本功竞赛，赛事没有那么多项目，只是上了一节课，我轻松地拿下一等奖。当时有一个不成文的规定，凡是相同赛事获得过一等奖的不再重复参赛，我以为从此和“基本功竞赛”说再见了！

2013年，学校为了选拔参加江苏省小学语文基本功竞赛的选手，我又一次被推荐，登上了基本功竞赛的舞台。整个比赛历时三个月，几乎没有一晚是在12点之前入睡。依然清晰地记得在曹校长的叮嘱下，我拎着一块小黑板回家过寒假的情景。开学后比赛如火如荼地进行，我也铆足了劲，从校级到片级，从片级到市级，一轮轮比、一项项赛。我与另两位选手共三人一起获得了一等奖，可最终因只有两个名额竟没能去镇江参赛。结果只有接受，无论是否坦然，无法淡然自若。很长一段时间，我都不愿去想，但想与不想，它都在那儿！我和“基本功竞赛”又一次错过！

闲言少叙。

如果不是基本功竞赛，真难以感受时光的飞逝。这个三月，当比赛的通知又一次放在我的面前，我莫名害怕起来。回想三年里，我做了些什么，日子每天都很充实，也被琐事淹没了太多。与三年前比，我的优势在何处？我有胜算吗？我还允许自己失败吗？一串串问号打败了我，于是任性地做出了一个决定——逃避比赛。

来到曹校长的办公室，我直言不讳袒露了心声。校长真好！应了我的“任性”。长长舒了一口气，下班！原以为在“参加”“不参加”中纠结了几天的我，今晚可以睡个安稳，可连自己也没料到的是，一夜辗转反侧，我竟然失眠了！不断追问自己：我只是没有获胜的把握吗？只是苛求自己要做到完美吗？只是缺少了站在赛场上的勇气吗？仅仅是没有勇气吗？我究竟缺失了什么？

似乎找不到前行的方向，也找不到进一步提升的突破口，我陷入了惶恐和迷茫。

铭记，那些无法忽略的感动

日子照常，也有细微变化。师傅唐校长特意从北校区赶来，问我为何不参赛；刘校长明白我的焦虑，布置工作时小心翼翼的语气，还有一些事他亲自做了；赵校长把我拉一边，透过眼镜看我：“艳艳，不要想太多，结果不重要……”话音没落，我逃也似的走了，怕被看穿，准确地说是无法面对这一份份关心。

忐忑中再一次走进曹校长的办公室，校长微笑着坐在那，似乎料到我会来。

还没等我开口，校长说："决定了，就不要纠结，我不仅希望你能在专业成长的路上走得快，但有时欲速则不达，需要放慢脚步，我更希望你能走得远。"校长的这句话顿时让我觉得，她懂教育亦懂我们！我把这些日子的忧虑，内心的挣扎一点点道出来。曹校长轻声说道："这是教师发展的高原期，你所说的找不到前行的方向，找不到进一步提升的突破口，这些正是阅读缺失的表现。"曹校长声轻言重，一语中的！是的，这些年只零散地、浅层次地读了一些文字，几乎没有留下读过的痕迹；有时为了完成一些材料，极其功利地在书中获取只言片语。曹校长，她用自己日不停息、年不间断的阅读体会告诉我，从阅读中不断受到启迪、收获灵感，看到远方的光亮。"没有阅读的支撑，教师想向高处提升会很慢，但下坠的速度是很快的。"我在笔记本上写下了校长的这句话。

读书，是一天也不能断流的潺潺小溪，它充盈着思想的河流。一次任性竟在成长的节点上有了突破的方向，写到这，我觉得自己是幸福的。幸福还远不止这些，五月，镇江市小学语文教师基本功竞赛在香江花城小学进行，我作为大赛的工作人员也来到比赛现场。镇江市教研员张晨晖老师说："沈艳艳，曹校长跟我说了你的事，她嘱咐要让你观摩比赛的全过程，所以安排你计时、吹哨。"极其普通的一句话，却字字敲击我的心灵。这，就是我们的校长——一个怀揣教育情怀，为教师的成长用心到了极致的校长。她为我的任性埋了单！我无以言表内心的感动，唯有铭记！

这一次，我弄丢了"基本功竞赛"，有些沮丧；但我收获了感动，获取了继续前行的方向，还有阅读的力量，这亦是我成长路上不可或缺的。没有遗憾，也就无所谓人生。也许，一切都是最好的安排。

后记：又想，读书永远没有最晚的开始

"书到今生读已迟"，这话出自清代诗人袁枚之口，他是有感而发。在今天，亦如此。读书，永远没有最晚的开始。读书的时候，世界慢慢辽阔起来，那些想到的人或事，在近处，也在远处，在浅处，也在深处。用持之以恒的行动，步入阅读的轨道——这才是一条足以不断引发我的好奇与行动渴求的轨道。

最后，用郎平对"女排精神"的诠释结束我今天的讲述："女排精神"不是赢得冠军，而是有时候知道不会赢，也竭尽全力。是你一路走得摇摇晃晃，但站起来抖抖身上的尘土，依旧眼中坚定。

艰难困苦玉汝于成

——痛并快乐着的磨课过程

李珊珊

很有幸参加了新秀杯的赛课。虽然已不是新秀，但很幸运地赶上了这趟末班车，时间紧，任务急。比赛经过层层选拔，压力也是层层递增，快乐的感觉也悄然而生。

——题记

早就听说过痴迷阅读教学的同道、前辈们喜欢磨课，我行走于磨课的路上，也就是这两三年的事。因为入“磨”较晚，自然“磨”道不高。但每每从对一节课的反复琢磨，直至最后消磨到衣带渐宽，方才打磨出令自己满意的教学方案时，伴随着那思维之痛，一种强烈的快乐之感会油然而生。

一、万事开头难

要备课了，可是，总是无法落笔。习惯于先架构总体的教学思路，把整条思路走通了、捋顺了，才开始丰满细节。而最难的，就是要找到打开思路的那扇门。现在，门还没有找到，一切都无从谈起，无尽的苦恼。突然，有人“打扰”：“我们教研组先来讨论讨论，你就不要去参加了。我们讨论好了，来告诉你。”真是我的亲姐妹啊！吃饭的时候，她们不约而同围坐到我的身边，一边吃饭一边跟我讲她们研讨的内容。有人开玩笑说：“吃饭时间也不放松放松啊。”

走路想，吃饭想，睡觉想，看电视想……每时每刻都在想。

二、易稿坎坷多

初稿拿出来了，接下来就是细节的完善。这不是最难的，难的是怎样取舍那些细节，我总是很贪心，想把所有想到的觉得有价值的东西都一股脑儿地“倾倒”在课堂上，让学生一下子吃个饱。因为在我看来，这些冒出来的“灵感”就像自己的孩子，一个也舍不得丢。于是，教案变得无比冗长。

只好试教。第一次试上完，问题比较多，心如猫抓。沮丧地回到办公室，刚坐下来，大家就紧跟着进来了。赶紧站起来，想说点什么。秦老师说：“我们赶紧开始吧，把自己的想法说一说。”感激的话语就这样被挡了回去。大家你一言我一语，帮我厘清了思路。空教，一字一句地修改，模仿学生回答，用合适的评价语。终于，对文本的定位明确了，教学思路也确定了——就把课文内容的感悟和阅读方法的指导同步展开，通过有疑而读和抓重点字词感悟等阅读方法指导，努力提升学生的情感体验。

第二次试上，虽还未很尽人意，总算看到了一点“胜利的曙光”——稍加整理应该就行！一切释然，天朗气清，心情大好。

晚上，反复地磨教案，精致些、更精致些……虽然真正在课堂上只有30分钟，但对于一个上课的老师来说，脑海里对课堂的预设时间何止30分钟啊！整理结束抬眼看钟，已经22点30分了，电话铃声响了。这么晚，会是谁呢？一看，秦老师：“我仔细想了一下，你第一节课上，开始评委们还没进入状态，你必须开始就能抓住评委的心。所以我帮你仔细想了一个开头……”电话接完，通话时间42分钟。

第二天一大早醒来，打理好了来到学校。刚到办公室，就听见有人叫我，不用看，是秦老师，她也来这么早。她说：“我知道你肯定一早就来了，再讲一遍给我听听吧。”原来是因为我。我认真地说了一遍，她一直面带微笑地看着我，结束时说：“很好，很在状态。就这么上！”此时的鼓励如山中清泉沁入我心，她不愧为我们的领头雁。

三、柳暗花明处

终于，我站在了阶梯教室的讲台上，面对的是50双乌溜溜的眼睛，此时此刻，我心如止水，30分钟，属于我和孩子们的30分钟！

“磨”的过程是痛的：山重水复疑无路时之迷茫；因腹中空空，江郎才尽时之懊悔；为取舍做决断时之左右为难……这些痛，不磨怎能体验？“磨”的快乐也是无穷的：寻着柳暗花明又一村时之惊喜；阅读补给后短暂之满盈；当机立断时之快感……千般滋味，只有在反复揣摩中才能体验。这种伴随着思考的痛是一种精神享受。“只要功夫深，铁杵磨成针。”更何况是课？磨课吧，走向教学艺术殿堂的阳关大道。“磨课”，让我深深感受到了教学之路的宽广与魅力，更感受到了个体成长离不开团队，离不开团队精神的照亮。

比赛的过程是煎熬，但是磨课的过程是幸福。我想告诉大家，不要害怕比赛，因为“艰难困苦玉汝于成”。

夜来一笑寒灯下

贾基娴

我初学诗日　但欲工藻绘

这个三月，在忽冷忽热之间徘徊。春天落在了油菜花丛，金黄一片，那份色彩，诱得人眼馋，恨不得每天都能够肆意地徜徉在乡村的田埂地头。杨柳冒青了，满目的诗意和泥土的芬芳，让人沉醉。我也牵着自然的春色享受成长。

从实小片级入围句容市级基本功比赛之后，回顾自己的比赛历程，无论是才艺展示，还是朗读、粉笔字、即兴演讲、课堂教学……我都全力以赴。然而专业理论书籍阅读的缺失，是急待补救的章节。片级比赛现场答题环节，从第一题答错之后，我就追思：《语文课程标准》烂熟于心了吗？各种教育教学理论的体系核心，我梳理清楚而思辨过其中的区分及发展势态了吗？无源之水，无本之末，终是无法长流抑或参天而立的。

一切都像刚睡醒的样子，欣欣然张开了眼。我重拾起各类教育教学理论以及各种期刊，沉心静读，应和着清风流水，各种教学理论、语文课程标准等，在心中开始朗润出一些眉目。阅读自己不喜欢的书，是一件费时费力费神的事。反复地阅读和思考，几遍之后，艰深晦涩的名词、概念，化为通俗易懂；典籍理论的观点，回返于教学实践，又似乎有恍然大悟之感，又似乎云遮雾罩，不识庐山真面目……一切都在微微润湿的空气里酝酿，发酵。前行的动力，艰难的读书时光，让这个春天的我每一天都很充实，每一天都在进步。

纷纷红紫已成尘，布谷声中夏令新。一场雨，一场比赛，在镇江解放路小学的会场里，经历第一晚的理论考试之后的我，从容道来：“鱼缸中的鲨鱼为何再也长不大呢？那是因为它的生存环境局限了它。同样，我们的视野也如同鱼缸那样，扼制了我们的生长……”依然同片级比赛那样，才艺展示，还是朗读、粉笔字、即兴演讲一一轮番而来，不同的却是底气。当抽到课堂教学内容时，我窃喜而自信——《争论的故事》我能行！比赛前，团队给我的教材解读与教学打磨已让我对此文教学颇有心得了！

比赛结束返途之中，虽雨未歇，然心里却有“绿荫不减来时路，添得黄鹂四五声”的畅韵——我终究获得镇江市一等奖了！

数仞李杜墙　常恨欠领会

燥热随着暑热蒸腾，大大小小的理论试题，前前后后的教材解读，反反复复的文章朗读，长长短短的即兴演讲，练来练去，练得自己狂躁无比，真是“清风无力屠得热，落日着翅飞上山。”自己总是坐立不安——参加省基本功竞赛！数着暑期的日子每天溜过，看着各类材料时而清晰时而混沌，专注于阅读消化，专注于练字比照，专注于每日一讲，是的，我未敢懈怠。开学之后，镇江小语教研员张晨晖开启了巡回轮练的训练，奔波往返，真有些“为伊消得人憔悴”之感。

南京游府西街小学，省基本功比赛就在这里开始。一项一项地比过，过山车一般的心情，患得患失，百般煎熬。宣布结果的那一刻，得知自己只是三等奖，那份难受，我至今也无法言喻；眼泪，一直到请同事相聚表示感谢的那个晚上，才流泻出来：这成绩，实在是对不起忙前忙后的那些“伙伴们”，对不起学校领导为自己所做的一些各方面的安排和帮助，对不起自己的教练（张晨晖老师和王辉老师），也对不起自己的大半年的努力……

“昆仑之高有积雪，蓬莱之远常遗寒。”自己止步于此，望而不得，是自己真的立李杜之墙，而无缘领会吗？

汝果欲学诗　工夫在诗外

心境裹挟着冬日的寒气也逐渐静寂下来，虽不想回想自己参赛的日子，可见与不见，思与不思，总在那里，逃不掉，也挣不脱。而今回顾曾经，是因为自己还要有面对明天的信心和勇气。细细想来，自己还需持守着生长姿态，方能让自己行远而不迷：

器识。陆游在《渭南文集》卷十三《上辛给事书》中写道“天下岂有器识卑陋，而文词超然者哉？”是的，比赛是成长自己器识的良机。曾记得在演讲抽签时，一位选手对“更改教师节的日子”此题，滔滔而言，从多种角度驳论更改的不端，讶异之余，也比照出自己的孤陋，无以广博阅历为支撑，无以宏大视野为观照，无以器识心力为底蕴，何来“胸中之妙，充实洋溢，而后发见于外，气全力余？”阅览教育教学是为基石，通达百家诸类，重其身而养其气，才能自养心胸，窥察境界，才能“不畏浮云遮望眼”。所谓“工夫在诗外”，教学也是如此，回顾自己的训练历程，总专注于专业之内，而忽略专业之外的天地，“力孱气馁”，不能接“地气”，确实使然。

学行。我常常想，为什么每次唐老师跟我们谈起语文来，总有一种站在高处看语文的清醒？后来我陆陆续续读了唐老师的一些文章，发现唐老师总能在看似平常的教学实践中反思更有效的教学策略，总能在看似不经意的课堂教学中寻求学生的发展点，力求教学能为学生的发展找到最佳的生长点！学生也感觉“听唐老师的课不累”“听唐老师的课有意思”……于教学实践中不断自我深切反思，不断否定自我，又成长自我，让学与行同步，且行且思，且学且行，自己如果始终这样坚持，今天的我，是否会行走得更远？

钟爱。陆游谈及杜甫之诗，言及其忠爱：“少陵，天下士也……感汉昭烈、诸葛丞相之事，屡见于诗，顿挫悲壮，反覆动人，……少陵非区区于仕进者，不胜爱君忧国之心……”爱君忧国之心造就了“诗圣”；教学也是如此。有人说，无爱，不成教育；钟爱这份教育，钟爱自己的专业，才会为“衣带渐宽终不悔”，才会平等地看待每个学生，才会让自己在课堂之上，与学生自然亲和，共同成长；钟爱，才会让自己对专业有不竭的动力！

团队。比赛，不是一个人的战斗，而是一个群体的共同成长。自己一次一次地站在“巨人的肩膀上”，享受大家的意见，享受大家的智慧，享受大家的真情！一次次试教，一次次失败，一次次改进，一次次与书本对话，一次次与伙伴交流，让我真实感受到身在崇明这个集体的幸福，让我真切感受到教学的无限魅力，课堂的生命活力，语文的生活张力，让我发现了自己的不足与苍白，切身体会到多读书，多交流的重要作用。比赛过程中的学校领导以及众多老师给予我许多的帮助，我知道，感谢的言语是苍白的，我会铭记那些关怀和帮助，而在今后去帮助他人共同成长。

如今，自己已经超过35周岁，再次参加同类比赛几乎不太可能，可比赛让我领悟到专业成长正如陆游所言“法不孤生自古同，尽在山程水驿中。”我们学校曹慧校长鼓励我“成长比成绩更重要”！是的，我不去想是否能够成功，既然选择了远方，便只顾风雨兼程，我不去想未来是平坦还是泥泞，只要热爱生命，一切，都在意料之中！

因为感动，所以幸福

朱金妹

那是一个周六的下午。因为外出听课的原因，孩子们的作业没来得及批改完，所以来到学校把上周未完成的工作做完。待我批改结束已快四点了，来到办公室门口，戴上口罩和头盔准备骑车离开时，忽然看到了您——一手撑着腰慢慢走过来，一脸的疲惫和憔悴。“曹校长，您，您怎么了？”我不禁一愣，不知该说什么……您镇定地打起精神跟我解释：“今天去镇江参加新教师招聘的工作，早上五点多钟就出发了，现在才回来，正好到学校来看看，坐车坐得腰都酸了。”边笑边说着向办公室走去。

看着您远去的背影，我的眼睛湿了——好辛苦啊！周末还要工作，这么累了，还想着到学校来看看，应该是为了您心目中的“巴学园”，为了那些可爱的孩子。

看着您远去的背影，我的思绪万千……

还记得十一月份的那节珠心算研讨课，来指导的镇江市珠心算教研员钱志平老师的意见是，将珠算方法作为算法多样化的一种融进数学课中，同时学习“凑十法”和“珠算 +10 减 1”的方法，这是基于珠心算教学的思考。

而您基于学生的认知特点和教材的知识结构，提出了不同的意见——先教学数学上的“凑十”法，因为“凑十”法是一节数学的“种子课”，在数学上有举足轻重的作用。必须在保证学生牢固掌握“凑十”法的基础上，才能引入珠算的方法，把珠算的方法后移，放在课的最后学习。

尽管镇江的陈老师，还是有所坚持，但是您从儿童的角度出发、从教材的角度出发、从对课堂的研究角度出发，不拘泥于一种固化的融合方式，敢于思考创新的态度，还是深深地打动了她，让她不得不佩服地说：“崇明的曹校长是搞真教研的！”

接下来的几天，虽然您很繁忙，但几乎每次试上，您都坚持来听课，并参与研讨——怎样让操作不流于形式，而真真实实地在学生头脑中留下“凑十”的形象记忆，操作的度又该如何把握呢？什么时候进行算法的总结提升呢？练习的层次如何体现……

接下来的十二月份，您又忙于吴燕参加“镇江好课堂”的赛课和陈清在江苏省珠心算和数学教材培训活动上的展示课。您挤出时间来听了每一次的试教，并给出了宝贵的意见，大到课堂的板块设计，小到语言的组织和引导。

作为一校之“长”，您该有多少事情要去思考和安排。还记得，吴燕赛课那次，上午您还参加了“教师集体舞”的舞台彩排，下午您就赶到了比赛现场，为吴燕助阵加油！

说到吴燕，想起了她经过校级、片级、句容市级和镇江市级的层层比赛，当然每一个参赛的老师都是如此，就让我们看看几组画面来感受一下他们的辛苦——

“同学们……”讲台上的她神采飞扬地与孩子们交流着，有时面带微笑，有时神情严肃，或微微摆动头发，或动手示意……她每天与不同的孩子进行交流，然后开始上课，又因不同的状况而随机应变。下课后，又须收拾好心情，听一听其他老师对这节课的看法。又是一脸微笑——不论点评是肯定或否定。由于时间过于紧张，她总是现场拿本子做笔记，结束时，她又总会说一句话“如果还想起来什么，一定要打电话给我哦！”一举一动都透着尽职谦虚。

不论时间是否充足，她都会奔赴北校区。因为那儿有两个班的娃娃等着她，一堆作业等着她。匆匆忙忙来，再匆匆忙忙走。

不知不觉，已是黄昏。经过一天的洗礼，崇明园静了许多，孩子们的脸上多了一丝静谧的笑。她，又出现在了我的视线中，望见了我，您给我一个微笑。拂过的风，带着微笑，真佩服她，似乎不论什么时候心态总是这么好，给人以温暖，传递一缕温情。

接到女儿，有时直接回家，有时继续忙碌。要忙的不只是学生，赛课，还有心爱的女儿。小小、柔柔、嫩嫩的她，也需要母爱的呵护，近日因工作而忙，常记之而未做，取出一段光阴，陪你成长——有什么不会？近来成绩可好？每日是否开心？身体可好……灯光下，是她对女儿的悉心教导，两个人的身影，一大一小，走在成长的路上。

夜已深，电脑前，又是她。这个情境怎么设置能让孩子更投入呢？这个环节怎么衔接才能让孩子更易接受？街道上的人越来越少了，世界也清净了下来，似乎只剩这一轮浮在青云端的明月陪伴着她，头脑不禁有些昏沉，不，明天还要上课，脑海中又浮现出讲台下孩子们的笑脸，强忍着睡意，坚持了下来……

如此辛苦而忙碌的她，在那些比赛结果还没出来的日子，吴燕说得最多的话是“最担心课上不好，对不起大家，对不起曹校长！”她想到的不是自己，而是这个团队！因为您已经真正走进了教师的心里！

面对领导，您敢于说出自己的意见，体现的是对学术的“求真”；每一次与老师的研讨，您却又是那么谦虚，从不把自己的意见强加于人，体现的是对普通老师的善待和尊重；您的“真”和“善”照出了您人格的高贵之“美”。在您的引领下，崇明园里处处充满温情，洋溢着幸福。

“这里的动作可以这样设置”，还是那次研讨课，陈清在试教后的研讨中边说边亲自动手帮我改起课件来；“明天星期六，下午我有时间，可以一起聊聊课哦！”陈清打来电话跟我说。因为白天要忙于上课，有时试教过了，却没时间坐下来好好聊聊课，所以陈清把她周末陪儿子的时间也拿了出来，我的眼眶又一次湿润了，多好的同事！多么幸福的感觉！

“家长有什么怕的，他们听不懂，放开来上！”看着教室里坐着满满的学生和家长，第一次在家长会上上课的我，真的很紧张。胡主任关心、鼓励的话语，让我自信了许多。

“别怕，你是最棒的！我每次上课都是这样跟自己说的！”在宝堰丹徒实小上课前，吴燕调皮地鼓励我，让我轻松了许多！

“戴老师，一（6）班的电脑，用不起来！马上的第一节课要用到电脑。”这是刚来崇明园的第一天的第一节课，可能是自己还没掌握方法，在上课前几分钟焦急地打电话给戴朝江老师，心里嘀咕道：“人生地不熟，况且刚开学，谁都很忙，肯定来不了。”正想着，该怎么办时，没想到，戴老师一路跑着进了教室。

“来到这里，还适应吗？”刚到崇明园不久，早餐时，赵校关心地问我。我就跟她说起一（6）班投影不清楚，没想到上午第一节课，陈勤主任就来到了教室，帮我把投影调好了。速度之快、效率之高，真的让我感受到了崇明园对每一位老师的尊重。

“我来帮你拿！”每次去图书室借书，朱世琴老师，不管多忙，总会放下手中的工作，热情地帮我找到要借的书。

“你准备好了，就来录吧！”录微课，本来是自己的事，用专门的软件就可以。因为当时还不会用，只好去找刘冬老师帮忙在微格教室里录，而且还录了好几次，我都不好意思了。

“孩子小，边边角角处扫不干净！我就帮忙扫扫。”文印室的费师傅，每天早晨把自己的文印室打扫干净以后，还把行政楼和教学楼之间的走廊中间的下坡拐角处仔仔细细地打扫干净。

“放心吧，我来上！”每一次出去听课或校内的研讨活动，搭班的巫杏花老师、陈琦老师、张洁老师、王新雅老师都是这样说。

“你怎么现在才来？”上课的最后一天，看到陈清8点钟才到校，很奇怪地问她。原来她为了不耽误工作，早上6点去医院挂水，而且连挂了3天呢！

“好的，我来上！”当夏志香老师因病请假时，担任班主任的王红霞老师和赵荣华老师，勇挑重担超负荷地顶了上去，不仅认真地上好每一节课，而且还认真地批改好每一次作业和复习题。他们不仅完成两个班数学的教学任务，还要完成班主任的各项工作。

是的，这就是我们的崇明园，这样幸福的话语、感动的事情还有很多很多……

我想说“因为感动，所以幸福！”

站在路边给英雄鼓掌

葛志华

学校网站的《每周一读》栏目中，曾出现了2008年的一篇博文，名叫《坐在路边鼓掌的人》。其中，有句格言：当英雄路过的时候，总要有人坐在路边鼓掌。“英雄情结”是我们教育孩子永恒的主题之一，让孩子从小就要胸怀大志，长大建功立业，或如苏轼的“遥想公瑾当年，小乔出嫁了，雄姿英发。羽扇纶巾，谈笑间，樯橹灰飞烟灭”，或如指点江山，激扬文字，数历代英雄人物，今朝舍我其谁？

让他们怀着这些梦想上路，无疑是教育的一种正面激励。然而，理想与现实之间总有差距，总有人在成长之后，做起“在路边鼓掌的人”。

回顾一学期以来的科室工作，平淡而无为，就用《站在路边给英雄鼓掌》来作为教科室总结的题目。

此处的鼓掌，不是旁观，更不是绝望的羡慕；此处的鼓掌，是一种默默的服务，是一种无为之中的有为。一学期来，教科室的掌声，应该献给这些人物：

一、为骨干教师们鼓掌

唐婉、赵背花、许娟、刘玉明、胡圣国、石君发、唐海琴、陈清……一个个名字念来，是我们崇明园教师群体中的教学中流砥柱，他们的水平与业绩有目共睹，他们是骑着大马在专业道路上飞扬而行的开路英雄。教科室自3月份开始，真诚地为这些英雄们细致地做好申报句容市、镇江市级骨干教师的服务工作。虽然，有些人离开了这条英雄之路，也有些人仅距此路一步之遥，但教科室已经尽力给愿意行走在这条专业自觉之路上的英雄和准英雄们，献上了掌声。这学期，共有40余名教师申报骨干教师，25名被评为句容市级骨干教师，已经圆满完成学校三年规划的相应目标。我想，或许在镇江市级骨干教师名额上，我校也会有所突破。

二、为课题研究者鼓掌

专业成长的道路上，离不开课题研究。以课题去探索教育教学实际问题的意义，自不待我多言。教科室积极为那些致力于课题研究的老师们服务，指导他们如何结合实际问题提炼研究项目，如何做好课题的申报书填写等工作，以此来帮助教师提高专业理论与实践能力，拓展教师的专业深度。本学期，学校主课题立项为省“十二五”规划课题，另有6项课题立项为镇江市“十二五”规划或实验课题。现各项课题已经开始实施，学校召开了课题组会议，着力将自重教育研究向学校文化建设、德育、学科等方面进行迁移、辐射，一项实验课题开展了课堂教学研讨活动。

三、为自觉成长的老师们鼓掌

北宋大儒张载曾经说过：“为天地立心，为生民立命，为往圣继绝学，为万世开太平！”这是一种宏大的责任情怀，我们崇明园也是以“我很重要”为校训，打造自重责任教育文化。“以文化人，文而化之”，在我们崇明小学正是有这样优秀的文化氛围，大家有着积极进取、无怨无悔的人生态度，自觉发展，主动成长。

作为一名教师，要想仰望理想的天空，走稳现实的脚步，践行自己的责任，则必须提升自己理论与实践的履责能力。如何帮助教师在成长的同时发展自己，教科室本学期主要为那些自觉发展的老师们做好鼓掌工作：结合我校《活动推进方案》大力推进，推进省“教海探航”征文和省“师陶杯”论文评选工作，为确保重点教师、重点文章的锤炼与提升，科室先后提请了赵背花、唐婉、胡圣国、陈一叶以及我等人为教师们审阅初稿，给出修改意见，虽不是大家之见，但只求尽点微薄之力，力争学校教师参赛获奖较以往有所突破。正是很多老师为教育立心，为教研立命，自觉主动发展，一学期以来共上交“教海探航”征文初稿40篇，“师陶杯”论文，镇江市第二届“我的教育故事”论文40余篇。在省“蓝天杯”教学设计竞赛中，共有43篇论文获奖，省市级论文发表30余篇。

唯有自觉发展，主动成长，在自己平凡的岗位书写职业的乐趣，教科室热烈为这些老师鼓掌，积极推举这些教师参加市、县级骨干教师培训，在培训中成长；他们也不负自己的成长渴望，在历次句容市骨干教师培训的说课评优课竞赛中，崇明园的老师均有所获。我们还积极创造机会，让教师外出听课，参加业务培训，让他们行走在改革的理论实践的前沿之路上。

他们在成长，一直在路上。作为教科室，怎能不为他们欢呼鼓掌呢?

四、为崇明争得声誉的群体鼓掌

开学初，为创建“镇江市学生行为规范示范学校”，学校众多处室，全体班主任，每一个都在忙，训练、展示、再训练、再展示，忙碌、充实。相比这些轰轰烈烈的活动，红红火火的评比，教科室就是这里的黎明静悄悄。大局在前，创建在即，教科室尽量不给每个教师添麻烦，添负担，安静地做好协调工作，真心地为那些争得学校声誉的群体以及科室鼓掌，他们是为学校建功立业的英雄!

汉朝初期，经济凋敝、百业待兴，故实施无为而治，方赢得文景之治的盛世。老子曾说过“道常无为而无不为，侯王若能守之，万物将自化”，也就是说无为才能无所不为。站在路边鼓掌，并不是消极的什么都不做，而是有所为，有所不为。我们崇明园正处于拔节的关键期，必须有所为！作为学校的一员，作为教科室的一员，个人认为教科室在工作中应当做到：真正促进学校发展的，教科室必当作为；真正促进教师专业发展的，教科室定当作为；真正促进学生素养发展的，教科室义无反顾地坚持自己的作为；反之，那些不利于学校真正发展的内耗，那些消耗教师们大量精力、智力和体力却无所价值的，教科室定当不为！因为除了校长之外，教师才是一所学校最宝贵最有价值的发展资源！

我们崇明园的办学理念是“唤醒生命自觉，激活创造潜能”。我相信，当每一位教师在专业成长上都自觉觉醒的时候，当每一位教师都在学校发展中焕发着自己的创造潜能的时候，我们教科室就可以真正地无为了，就可以安心地成为站在路边鼓掌的路人甲乙丙丁了！

心怀阳光，一路追寻

——写在国培计划小学语文优秀青年教师助力研修结业之际

沈艳艳

生活中有一些遇见，注定让你牵挂；有一些经历，注定让你铭记。我有幸被学校推荐参加“国培计划小学语文优秀青年教师助力研修”，本学期已经顺利结业。回首培训时光，收获与感动同在。

时光清浅，窗外一缕暖阳斜照在课桌上，温暖，在这一刻充盈心间，不仅是因为有冬日里的暖阳，还有《读书是教师最好的修行》，一本专业书拉开了我们研修的序幕。有书、有阳光那是分外好的！周国平说过一句话：“阅读是与大师的灵魂交谈，写作是与自己的灵魂交谈。”我是多久没有交谈了，无论是与大师还是自己。总是抱怨平常的日子匆忙又浮躁，十日的研修让周围的一切都慢了下来，每每闲适的午休或是宁静的夜晚，正是一人一茶一本书的慢时光。不会忘记在一场场讲座里找寻导师推荐的书籍，并一一记录下：有专业的、也有文学的，在回程的路上，这几本书也陆续到达。吴忠豪教授《从教课文到教语文》如何突破“内容分析式”讲读课的“魔障”，如何将文本中的消极语言变为学生积极的语言应用；蒋军晶老师的《和孩子聊书吧——让孩子爱上阅读》，这是一本我们开展“群文阅读及整本书的阅读”极具指导性的专业书籍，你能看到蒋老师推动儿童阅读的技巧、诚心、坚持；后来又读到《送孩子去常春藤——20位常春藤妈妈的教育手记》，20多位妈妈陪伴孩子也从未停止过自我修行，将许多偶然变成必然、将许多坚持变成习惯。尽管这本书不是在“国培”班里读到的，但今天我也十分愿意把它分享给大家。

感谢研修，在这一段清浅的时光里，慢慢读、细细品，享受文字带给我温润及力量，充盈着我的内心和思想，我很珍惜。

我想：无论什么样的培训，我们终究要回到儿童那里，回到我们的课堂实践中。我带孩子们找春天、包饺子、过生日，拿大奖、收稿费，在生活中捕捉习作的素材。外出培训十天，心心念念着崇明园里的娃娃们，念念不忘，必有回响，他们似乎也有感应，我竟收到孩子们的信：

沈老师：

您好！您有一个魔力棒，我们喜欢您的语文课。最近学《大作家的小老师》，读到小姑娘头上戴着一个蝴蝶结的时候，您说："蝴蝶结是小美女的最爱，不信咱们班今天正带着蝴蝶结的举举手。"出乎我们预料的是，您自己也举起了手，引得我们哈哈大笑！我猜，那一定是您早有准备的！

您把作文变得浅浅的，和我们在崇明园里找春天，跟我们一起包饺子，用魔力棒对我们施了魔法，撬动了我们爱想、爱写的最强大脑，教我们用文字记录这一切。猜猜什么是我们最开心的？对，我们的习作发表啦！从一篇、两篇到一个专版，大大小小的习作我们发表了近百篇，还有稿费呢，嘿嘿，这可是我们的第一桶金！来个特写镜头——看，这是我们班的"小才女"龙菁菁，她一口气发表了十几篇习作，还捧回了"增华阁"比赛的金奖，了不得！了不得！

一篇篇发表的习作、一个个收入囊中的大奖、一次次属于我们自己的庆典。您夸我们真是棒棒哒！

小孔同学

读了信，顿时觉得一股暖流，我似乎看到了一双双清凌凌的眼睛、可爱的脸蛋和亲密的心灵。德国教育家福禄贝尔说："孩子就是我的老师，我就像一个诚惶诚恐的学生一样向他们学习。"我无比感谢我能成为他们的老师。唯有将研修的收获化作继续前行的动力，为学生服务才是我们的本职。

成长，是人活着的精神要义。不敢怠慢每寸光阴，又不想急于求成，好在一直处于行走的状态，经常驻足回望，汲取力量，心怀阳光，一路追寻。

我是幸福的

李珊珊

今天站在这儿，有些紧张，因为第一个崇明人的故事由我来讲，怕讲不好。可是，又觉得很自豪，因为我是崇明人，今天我是在讲述我们自己的故事。

大家都知道我接到了参加赛课的任务，这对我来说既是机遇又是挑战。抛开今天的赛课结果，我更想与大家分享的是我在整个过程中感受到的团队的力量和如沐春风般的温暖。

在校长室和教导处的直接关心下，从接到通知到现在，一直有一个强有力的团队在陪伴着我。大家群策群力，不遗余力地帮助我。

为了备好这节课，我的师傅魏蓉老师一直陪在我身边。从挑选教材到环节设定，步步走来，手把手地教！晚上备课时遇到了问题走不下去了，一个电话打过去，师傅比我还着急，直到帮我理顺了才挂电话，还不忘叮嘱一句："有问题随时打电话来。"

时刻都有艳艳陪在旁边，帮我出谋划策，锦上添花。有时到家了，突然想起了什么，就马上打电话提醒我。星期六，我们还聚在一起，一个环节一个环节地细细打磨，直到晚上六点多钟。

在第二次试教后，整个团队的老师牺牲中午休息的时间，谈自己的感受及改进建议。大家你一言，我一语，毫不掩饰，也毫无保留地说着。就这么说说、点点、想想、改改，一个中午因一场简朴却高效的研讨显得短暂美好！今天的课也因大家的建议，再上一个新台阶。

在参加复赛的前两天，曹校长为了这节课请来了教研室的周主任。上完课后，专家的指点与引领，让大家眼前豁然开朗。走出会议室时我的心情很糟，因为一团乱麻。就在这时，还是他们对我说，你一个人回家有的忙了，还是大家坐下来把课理一下吧！就这样，那晚大家又陪我到了 9 点。后来才知道，那天还是唐主任的生日，因为我，她忘记了家人的等待。

去比赛之前大家都对我说："珊珊，没问题，一定能上好。"课前所有的准备工作都是大家帮我做的，我站在讲台前等学生，真的觉得自己好幸福。带着大家沉甸甸的希望我走上了讲台。在熟悉的地方我看到了熟悉的笑脸。仍然是他们，放弃了聆听名家的讲座，一直陪伴着我顺利上完这节课。看到她们对我微笑，给我 OK 的手势，我觉得我真是最幸福的人。

大家出谋划策帮我指明方向，还有几个人一直帮我担当具体事务，这些不得不提。他们帮我准备教具，制作课件，分担课务。一句谢谢，他们都笑着说，这样就见外了。每一个见到我的老师都诚挚地对我说："祝贺你，珊珊！"我收获的，不仅仅是比赛的成绩，更重要的是大家给予我的帮助和支持。我想对在座的老师说："谢谢你们！比赛还没结束，我会更加努力，乘势而上，迈好崇明人坚实的每一步。"我还想说："让我们共同祝贺吧，因为我们同属于一个集体，我们都是崇明人。"

最后想用一句话结束我的讲述："已是深秋，但，春天的气息在崇明正浓！"

陪伴的快乐

贾基娴

小俞即将参加句容市级基本功大赛，由于备课环节是开放型的，学校安排我帮忙，我非常紧张，因为凭自己的能力还不能胜任这项工作，好在得知还有我的师父——葛老师加入，心里才觉得安定。他的才华和能力，句容小语界是有目共睹的。

中午，小俞告诉我们备课内容是《云雀的心愿》，三年前自己参加基本功大赛，也曾对这篇课文认真进行过教学设计，并得到师父的指点，但教学必须与时俱进，肯定不能将过去的设计“拿来主义”。再说，帮助别人磨课，不是把自己的想法硬塞给别人，只能是建议，让别人来参考和取舍。下午，我们坐在会议室开始了备课之旅。我和葛老师都主张开门见山，直接导入课文，因为课堂只有三十分钟，分秒必争，而小俞比较倾向于围绕“心愿”展开教学。课是她上，她是主角，当然得尊重她的意思。中年级段语文第一课时的教学无外乎初读课文，检查生字词；再读课文，厘清脉络；三读课文，抓住重点；最后写字、作业。大体思路如此，就看每个环节的设计是否巧妙，是否新颖。往往打动评委的就是一些小小的“亮点”，一些出人意料的“抓手”。而这，就是每一位参赛选手实力的角逐。

由于是第一次给小俞磨课，对于她的上课风格，语言特点，我们都不太清楚，只是纸上谈兵，大致将教学设计完成。

第二天上午，小俞开始试上，唐老师在上课之前骑着共享单车赶来了，这无疑又给了我一颗安定丸。唐老师在我心中就是一根“定海神针”，无论什么课，只要经过她的指点，立刻就会增色许多；无论什么课，只要得到她的修改，马上就会与众不同。她，就是我们身边的专家！

听完课之后，没有任何寒暄和套话，我们立即开始各个环节的梳理和修改。在厘清脉络环节，唐老师摒弃了原先设计中的地点转换，而是更为巧妙地围绕

“森林实在是太重要了！”这句话进行概述和讲述，有效地将文本语言进行转述。这样，课堂更为干净紧凑，重点更为突出，训练点也集中。

“专家”们走后，我和小俞开始“消化”过程，我觉得陪伴就是静静地聆听，听小俞把每个环节有条理地进行讲述。当然，陪伴也是轻轻地互动，给予自己的建议，提出自己的想法。小俞很不好意思，觉得我这样怀有八个多月身孕，牺牲午休的时间听她唠叨，简直是罪过。我想起自己比赛时也是这样，不好意思麻烦唐老师，不好意思麻烦葛老师，但是还是厚着脸皮去麻烦，因为只有得到他们的指点，内心才觉得自己不是在一个层次上重复劳动，而是有提升的。无数个夜晚，我在网络上麻烦着他们，我把自己的教学设计发给他们，他们总是放下自己的事情，第一时间提出建议。我再修改，再发给他们，有时连我都觉得自己令人生厌，但他们还是不厌其烦地优化着设计，肯定着我的劳动，鼓励着我继续前行。我永远无法忘记他们陪伴我的那些日日夜夜，回忆总是静静地躺在心灵深处，无数次让我激动、感动。正是他们的陪伴，支撑着我每天在面对自己工作的同时，还要应对繁复的比赛。正是他们的陪伴，支持着我在比赛的道路上走得那么长、那么远。他们住在我的心里，让我格外珍惜曾度过的荏苒光阴。现在有机会来陪伴别人，我觉得是给了我一次回馈的机会，虽然受帮助的人不是帮助过我的人，但是能像师父们那样传递正能量也是快乐的。

下午，小俞第二次试上，还是上午的听课阵容。这一次明显感觉小俞自信了，课也比上午上得从容，多了一些现场感，少了一些走教案的形式感。但是，唐老师和葛老师都是追求精益求精的专家，他们依然提出了一些建议。我陪伴着小俞开始二次消化，这一次多了一些底气，教学设计很快定稿，接下来对学生可能出现的回答做充分的预设，虽说没有预约的课堂有出人意料的精彩，但是有预设、有准备的课堂才会有底气十足的精彩。准备妥当，请来电脑老师做课件，帮忙设计、打印作业纸，全部忙完之后竟然晚上九点多了。回到家，老公责怪道：“你爱怎么忙我不管，不要虐待肚子里的我家小二。”正准备躺下，收到唐老师的信息，她担心设计中的有个环节会出现的情况。唐老师就是这样，时时刻刻关心着、引领着教师的成长，为每位老师的发展助力。我不知道那个晚上，小俞是怎样度过的，我在脑海里将教案放电影般过了一遍又一遍，几乎一夜未眠，仿佛明天登上讲台的是我自己。

陪伴，是一种精神上的慰藉，我不确定自己到底能给小俞多大的帮助，我也不知道她的课堂能不能得到评委的青睐，但是我觉得在帮助她的同时，自己也收获着，快乐着。从我自己的经历来看，我觉得无论怎样的日子，有人陪着，就不觉得苦，不觉得累；有人陪着，不再寂寞；有人陪着，满是温馨。基本功这条路真的很累，项目繁多，全面而专业。在比赛的过程中，我们总是扮演另一个自己，强大，坚毅，勤奋，豁达，乐观！其实，内心相当脆弱，泪水与汗水在无人区尽情挥洒，不是过来人，不是参与者，没有发言权。回望来时路，我总会潸然泪下，感叹走过的那段艰辛路程，更感谢一直陪伴自己的人！

幸福像花儿一样

——身处这样的团队

吴燕

又到了每位老师讲述“崇明故事”的时刻，“崇明故事”源于发生在我们每位老师身边的事例，所以，听来是那样真切而温暖。

窗外寒风凛冽，小雨淅沥沥地下着。雨点拍打在玻璃上的声音，把我的思绪拉回到了两个多月以前。在这样一个本该觉得寒冷的夜晚，我的内心却如同注入了一股暖流。

等待着……

两个多月之前，参加完崇明片级的数学评优课比赛，得知自己出线的那一刻，既兴奋又觉得隐隐多了一份压力。到了句容市级比赛，肯定更是高手如云，自己的专业素养是否能达到这样的要求呢？会上几年级的内容呢？比赛定在哪所小学举行？自己给自己画了许许多多的问号。

比赛前，教研室还没有正式通知下来。有一次，中午吃完饭从食堂出来，正好碰上曹校，曹校问我：“你们的比赛什么时候举行？”我只好说，还没有接到通知，但应该快了。

曹校这样看似不经意的一问，却激起了我心中的小小涟漪。曹校平时因为学校的各种琐事已经够烦心的了，还这么关心我这微不足道的小事，我又怎能不加油努力呢？

千等万盼终于等来了教研室的通知。那是一个下午，我正在班上上课，刘校敲门进来，告诉我下午赶去教研室开个会，关于赛课的。因为什么也不知道，所以也就心情很放松地去参加会议了。会议主要是说一些赛课的要求，还有抽签定了每个人上课的节次。我是低段的，定在周五上，我抽的签是上午的第三节，当时心想，还好，不用一直煎熬到下午了。这次比赛为了更多地考验参赛老师独立备课的能力，教研室只提前两天通过办公平台将内容发给参赛者。也就是我周五上课，周三早上八点才能知道所上的内容。

就以一颗平常心等待着教研室告知上课的内容吧，但上二年级的可能性较大，所以，在接下来的几天中，我也没有闲下来，把可能会选中的内容先重点准备。

知道内容的前一天晚上无疑是烦躁的，一夜无眠，顶着黑眼圈迎来了周三的日出。次日，内心反而又平静了。一到办公室，立刻打开电脑，进入办公平台，没有新信息，是啊，教研室哪可能会这么早上班？但又忍不住用指尖轻点鼠标。从 7:40 到 8:00 这短短的 20 分钟，不停地刷新再刷新，结果也是失望再失望，其间也打了两个电话给这次一起参赛的同行，她们也没有收到。

突如其来的手机铃声打破了我的焦躁不安。来电显示是“许校”。按通“接听键”，许校的声音从听筒的那方传来：“吴燕，赛课的内容定下来了，是二年级上册 ×× 页的观察物体。”“观察物体”这四个字一窜入我的耳膜，整个人就蒙了。我预想过会上的所有可能，就是没想过会是这个内容。

挂断电话，当时浮现在脑海的只有三个字“怎么办”。课的设计先不谈，怎么准备教具和学具？这一天必须把所有的事情全解决，要能保证周四至少试上一遍，因为周五就要正式上了。

准备着……

上午一上完课，利用中午的时间，疯了一样地在整个句容城里找上课所需要的毛绒玩具。首先大小要合适，款式最好是一样的，便于交流。转了一圈，我终于体会到了有时钱还真不是万能的。所到之处不是大小不合适，就是相同的个数不够。因为了解了我抽到班级的孩子人数，四人一组，最少要准备 9 个。最后，无奈之下，只买到了 7 个相同的小象，7 个就 7 个吧，还有两个再想办法。

下午回到学校，跑遍低年级的 12 个班级，为了那缺少的两只小象。定下心来开始备课，跟我搭班的章晓青老师和王小燕老师就对我说：“你的课就别烦了，我们上。”面对这两位工作中的好搭档，我的感激之情不言而喻。同组的陈清和王月琴老师曾经上过这一课，毫无保留地将课件发给我，让我参考。

胡主任更是经过我的办公室门口就进来询问我的进展，还有什么需要，这无疑给了我战胜一切困难的力量。

感动着……

我记得那个星期三下午要开全体教师会，但我们教研组的姐妹们为了帮我拉课都没去参会。一个环节一个环节帮我梳理。洪华和朱金妹老师都是低年级的元老级人物了，对低年级教材把握到位，给我提了许多好建议。别的老师都散会了，我们的讨论依然在进行，一直持续到了天黑。

经过一夜的奋战，课基本成型。抱着丑媳妇见公婆的决心走上了试上的讲台。曹校和赵校也亲自走进了我的课堂。因为心中缺乏底气，所以试上并不成功。在讨论的环节，大家真的是献计献策，毫无保留。尤其在解决一些难点时，赵校是一语惊醒梦中人，给我提了很多好点子，帮助我突破难点。

因为是在华阳四小赛课，所以大家建议为了激发孩子的兴趣，最好从四小拍摄一些孩子熟悉的环境和人物。胡主任毫不犹豫地说："我对四小熟，下午我带你去拍，最好带上范元生，他拍得比较专业。"还要惊动范老师，这多不好意思啊！到了下午，胡主任开车把我和范老师载到四小，一下车，范老师就架起相机，很专业地对我说："你说出你的要求，我保证按照你的要求来拍。"就这样从校门口拍到了教室，又从教室拍到玩耍的孩子，着实忙了好半天。

幸福着……

有了大家的指点，自己再把整节课的思路理一理，好像又找回了自信。星期五真的来临了，我不再烦躁，也不再彷徨，更沉着冷静了。我知道，这背后是许多人的付出，我不能辜负。

第二节课一上完，我就来到了上课的多媒体教室作课前准备。令我意外或者说惊喜的是，在门口看见了曹校正和别人聊天。后来听陈清说，曹校打电话问她，我的课是什么时间上，她卡准了我上课的时间特地赶来的，如果不是因为太紧张，我想我当时肯定会感动得哭出来。

上课前，陈清、王月琴和朱金妹老师帮我贴座位号，还不时提醒我一些注意点，另一个听课老师半打趣地说："你看你们这个团队，真是不得了啊！"

是的，我不是一个人在战斗，是整个团队在战斗，我们表现出来的是崇明人的团队精神。

课上完了，内心放空了又填满着。刘校和唐主任激励的话语犹在耳畔："要有自信！""上次在微格教室你上得很好，就像那样上！"……

要感谢的人实在太多，无法一一列举。这一份份沉甸甸的感谢，我无法表达，只能化作这一行行干瘪的文字，不优美，但却真诚。

我突然觉得我的心中盛开着一朵花，它的名字叫"幸福"。因为有了团队的力量，使它有了更充足的阳光和空气。我相信，它会开得更娇美，更鲜艳！

我和我的师傅们

张静怡

冬雨，悄悄地洒落到校园的树叶上，落到地面；微风，轻轻地吹过校园的每一个角落；落叶，吹落到校园的每一块小小的地方。冬天已至，天气变得越来越寒冷，可是校园里依旧暖如春天，因为这里每天都在发生着一件又一件平凡又感人的故事。

2013 年 8 月 20 日，是我到崇明园报到的日子，那时的好奇和紧张，到现在似乎还没有完全消失。从那天开始，我正式成为一个崇明人。崇明园的工作对于我这个刚加入的新成员来说，多多少少显得有些陌生。无论是教学工作还是班主任工作。犹记得开学不久，曹校长来听我的课，一节课就讲了三道练习题，因为课前准备不够充分，所以课堂效果不够理想。课后，曹校长和我交流了一些感受，提出了很多建议，让我在受益的同时，又增添了些许压力。就在我不知所措的时候，学校开展了“师徒结对”的活动，给我们每位青年教师指定一个经验丰富的骨干教师为师。就这样，开始了我和师傅们的故事。

在这次活动中我有幸拜高月娥和毕秀兰两位老师为师。一下子有了两个师傅，我暗自窃喜。她们教学经验丰富，是十分优秀的骨干教师。我和她们都担任五年级语文和班主任工作，工作内容和工作性质相似，并且都在一个办公室，为我向师傅们学习提供了得天独厚的条件。

高老师特别谦虚与温和。每次问她问题，她总会非常耐心细致地向我说说她的想法。首先是备课。一开始我不知道教案的格式，这时高老师就一一给我讲解，还把她的备课本借给我看，让我了解学校的备课要求。她还说备课不仅仅是把教学过程写下来，更重要的是为学生和自己设计一个共同学习的过程。但教案也仅仅是个预设性的指导，在教学工作中要学会随机应变，这样才能体现教案的价值。正是师傅的细心指导，我才能顺利地开始我的语文教学工作。其次是听课。学校规定师徒每周要互相听课两节，高老师的课堂随时向我开放，只要我去，她都随时细致地向我展示她的课堂。高老师不仅要向她的学生传授知识，还要教我怎样讲解知识和组织教学。听她的课是一种享受，教学内容丰富，组织有序，学生的积极性很高，尤其是她掌控整个课堂的能力让我十分佩服。与此同时，高老师也每周抽出时间来听我的课，从来没有不耐烦的感觉，她总是安静地坐在教室最后的那个角落，认真地观察整个课堂，并详细地做好记录。课后，她就花很多时间对我进行指导，分析我的教学内容，我的语言和动作，包括班上学生的情况，所有问题她都能一针见血地指出来。更重要的是指出问题后她会教我怎么把知识讲清楚，怎样组织教学，尤其是那些上课捣乱的孩子，要多留意多提醒，还要将孩子的情况及时告知家长，取得他们的帮助。最是作业的布置和批改。第一次检查学生作业的时候，唐主任也给我指出许多问题，叫我多跟高老师学习。后来，我就借高老师他们班的作业看，发现高老师的作业本都是归类好的，封面信息完整，还包了干净的塑料壳，学生书写工整，用笔统一，目录清楚，批改仔细。经过近一个学期的学习和整改，我班学生的书写和学习习惯都有了很大的改善。

毕老师性格爽朗，做事干练，在班主任工作方面，毕老师总是尽心尽力地帮助我。她能简洁明了地给我梳理班主任的日常工作，也会不厌其烦地告诉我怎么填写班级日志，怎样布置教室。当我们班有特别调皮的学生时，她会告诉我该如何处理。我给家长打电话或发信息时，毕老师也会留意这些细节。完了会告诉我哪句话说的不是特别合适，哪些措辞需要注意，和怎样的家长应该用怎样的方法。毕老师与家长沟通交流的经验真的非常丰富，到现在我都感觉自己只学到了皮毛，当然，这些皮毛的力量也是很大的，它们让我顺利地完成这学期的班主任工作。

我很感谢上天给我这样的缘分，我的师傅们给我太多的帮助和鼓励，让这一段工作旅途充满花香。正因为有你们，让我能更好地去面对以后的每一天。谢谢你们，我可爱的师傅们！

做一名有专业尊严的班主任

端家莉

从一名普普通通的乡村小学班主任到参加全国班主任国培班学习的专业型的优秀班主任，从一名校“十佳”班主任到登上镇江市首届班主任基本功大赛的领奖台，从一名默默无闻的小学教师到受市政府表彰的优秀教育工作者，一路走来，我踏过荆棘也嗅过花香，无论身处何地，心中始终装着一个信念——做一名有专业尊严的班主任。为了心中的理想，18 年来，我在班主任的岗位上且行且思，一步步走向专业成长之路。

一、我的带班理念——教育是帮助学生自我生长

我始终相信，教育是生长这句话。对任何人教育要起作用都必须经历一个自我吸收内化的过程，孩子也是一样。只有让孩子将正确的价值取向转化为自我的需要，教育才能真正实现人的生命成长。教师的教育艺术、教育技巧再好也需要孩子接受才行。2013 年 1 月在苏州班主任高级研修班培训中，听到李镇西老师说到这么一句话：人才不是培养，不是打造，而是生长起来的。我就更加坚定了自己的想法，于是，“自我教育”成了我当班主任的带班理念。我每带一个新的班级，我都会这样去做：

1. 给我们的班级取一个名字

一个人有了名字，知道了我是谁，一群人有了名字，知道了我们是谁。想让自己的学生喜欢自己的班级，并且以自己的班级为骄傲，愿意为自己的班级争光，我就从给自己的班级取一个名字入手，让学生有班集体的意识，从而为了集体荣誉自觉地约束自己的言行。我现在的班级是从三年级接手的，报到注册的那一天，我布置给孩子们的作业就是自己给班级取一个有意义的名字，要能说出名

字的含义。孩子们热情高涨，有的说取名“小蜜蜂班”，因为小蜜蜂勤劳；有的说就叫“向日葵班”，因为向日葵是我们学校的校花……后来大家一起讨论投票，给我们班级取了一个名字——“三叶草班”。三叶草是一种极为普通，极为常见的植物，它有着坚强的生命力，即使被碾压之后仍会倔强地挺直腰杆，长得生机勃勃。我希望我们班的每一个孩子都像一株三叶草，虽然平凡，但是有自己的颜色，自己的个性，自己生长的姿势。开学的第一节课就是《我的班级叫“三叶草”班》，只是一节课，孩子们便爱上了我们的班级。以后的日子里，不管遇到什么困难，我只要提醒学生我们是坚强的三叶草，孩子们便会团结在一起，一起向前，集体的凝聚力让我们班级很快在年级中脱颖而出，成为全校闻名的优秀班级体。

2. 寻找适合我们班级的管理方法

（1）班级日记。“三叶草”班的孩子们每天轮流写我们班级的日记，用班级中的故事潜移默化地教育学生。晨会课上，我们说班级中发生的故事，孩子们你一言我一语，很多班级管理中的难题自己就解决了。例如，卫生习惯不好、不认真做操、作业拖拉等这些班主任工作中的头疼问题，老师的说教常常让学生觉得厌烦，听多了也麻木了，可是从同学嘴里说出来感觉就不一样了。在学校里有这样几种教育形式：师与生、生与生、我与我。所以，用生对生的教育形式效果比师对生的效果要好，再把这种教育转化为自我教育，教育效果就会更上一层楼。因为孩子天生具有竞争意识，他们都不愿意输给小伙伴的。

（2）班级语录。在孩子们说故事，谈想法的过程中，往往会有一些话能带给其他孩子触动，我就会提醒学生，赶紧把这句话记录下来，作为班级语录。孩子们一看自己的话居然成了班级语录被记录下来了，心里的自豪感油然而生，自然会在各方面努力做得更好，这就是最好的自我教育。有的学生还把班级语录作为自己的座右铭，贴在课桌上，家里的书房里。很多家长看到我都说：“端老师，我发现我们家的孩子现在可自觉了，真是一下子就长大了，懂事了。还说什么合适的时间，合适的地点做合适的事情。”我听了觉得特别欣慰，因为这句话就是我们班级语录中的一条。由此可见，自我教育带给孩子多么大的影响。

每一学年结束，我们就会整理班级日记和班级语录，做成一本书。上一年，我们三（6）班的书叫——《走过三年级》。虽然我们班级的书不能出版印刷，但是我们把它做成了电子书，每个孩子都有，甚至有的孩子还把这本书发给亲朋好友欣赏。

（3）自我行为管理。自我反省，自我管理，自我发展，自我完善，这是我向往的理想教育模式，为了引导学生自我教育，我在实践中摸索总结出了“阶梯式自我行为管理法”。走进我们班的教室，黑板右边那小块装饰精美的区域上有这样一行字：“今天我要做到。”每个学生会对照自己，对自己提出不同的要求，有的学生说：今天我要做到不发脾气，有的学生说：今天我要做到微笑着和老师同学交流，还有的说：今天我要做到主动帮助同学……每一个要求都要求学生至少坚持三个星期，由同学、老师、家长做监督人，如果做到了，就会得到一张小奖状。阶梯式行为管理法从学生最近发展区出发，阶梯式引导学生自我行为管理，培养学生良好行为习惯的养成。

二、我的专业成长密码

我不算是个天资聪颖的班主任，但是我是个勤奋爱学习的班主任，也很喜欢做班主任。为了成为一名优秀的班主任，成为一名有较高专业素养的班主任，我一边在班主任工作实践中总结经验，反思做法，一边利用各种渠道学习相关的专业理论，所以，我的成长密码就是学习。曾经听著名班主任方海东老师说过，他每天坚持“四个一”工程：即每天上一节好课，每天读一个小时的书，每天和一个孩子谈话，每天写一篇教育随笔。和方老师相比，我自惭形秽，但是 18 年来，我每学期都坚持至少参加一次班主任培训，每次培训结束都要写学习心得。正是在培训中我走近了魏书生、李镇西、桂贤娣等知名班主任，聆听他们的教育思想，提升自己的教育能力，更重要的是他们给了我继续前进的动力和能量。在这 18 年中，有两次学习经历对我来说意义重大。

1. 一次学习

2012 年，经江苏省教育厅推荐，我有幸赴山东济南参加全国班主任国培班学习，在这里，我认识了来自全国各地的许多优秀班主任，成为他们的同窗，向他们学习请教。十天的时间里，每天一大早赶到齐鲁师范学院听教授的讲座。课间休息时间，大家探讨教育问题，各抒己见，我从中受益匪浅。中午只有吃饭的时间，下午再听讲座，一直到太阳落山，晚上我就在宾馆写一天的学习笔记，消化教授们讲的理论。那段时间虽然无比辛苦，但是和那么多的优秀班主任朝夕相处，我学到了很多班主任工作的方法、经验，当然还有一种回到课堂重新做回学生的幸福。这次的国培，我一边听理论，一边反思自己的班主任工作实践，才发现学习对一个班主任来说多么重要，也越来越坚定了自己要做一个有专业尊严的班主任的决心。

2. 一次比赛

2013 年暑假，记忆中那是一个特别炎热的夏天。为了代表我市参加镇江市首届班主任基本功大赛，从暑假的第一天起，我规定自己每天至少在书桌前坐上八个小时。20 天的时间，我把齐学红教授的《班主任专业基本功》这本书看了好几遍，边读边想，边想边写，读书笔记写了一万多字。快比赛的前几天里，我又看完了《小学班队会案例设计》这本书，并且自己设计了 20 多份小学班队会案例。在比赛中，虽然有很多不尽如人意的表现，只获得了这次大赛的二等奖，但是学习的过程让我的专业素养得到进一步提升，使我在今后的班主任工作中更加得心应手，也使得我在学生自我教育方面有了更多的思考。

这两次的学习经历让我在后来的班主任工作中更多地学会反思，寻找到更适合学生的教育方法，也让我在“自我教育”方面有了更多的想法，我会在这条路上行走着，思考着，开拓着。

第四辑　温情你我

“崇”读真情，“明”胜春光

夏志香

明代张大复在《梅花草堂笔谈》说道：“茶性必发于水，八分之茶，遇十分之水，茶亦十分矣；八分之水，试十分之茶，茶只八分耳。”这就是杭州的“龙井茶，虎跑水”被称“双绝”，名扬遐迩的原因所在。

2014 年 9 月，我从行香中心小学流动到崇明小学。我喜忧交加，喜的是，崇明是我向往的地方，如今梦想成真，不禁有几分欣喜；忧的是，多年来，身体总不给力，我能胜任崇明园的工作吗？在这样的时刻，我唯有从零开始，怀揣教育梦想，脚踏实地行走，书写《老兵新传》。我努力寻求那份教学的快乐，在苦与乐之间平衡。崇明园里故事多，典型多，榜样就在身边，故事感召你我他。我，就是一个被故事深深激励的人，所有努力的源头，发自那一个一个的故事里。

没有不好只有不同

“海不择细流，故能成其大；山不拒细壤，故能成其高。”曹慧校长以独特的知性魅力聚集起一大批富有才情和热情的教育教学能手。在她的领衔下，崇明小学声名鹊起。在大家的眼中，她因智慧而美丽，因谦虚而博学，因助人而平和，时时处处，用她的人格魅力感召着崇明人。

记得一次针对吴燕老师上完《认识厘米》一课后的教学点评，曹校关注细节，看问题特准确，讲做法也实实在在。她说：“课的开始呈现 3 种量法，有点突兀，可以把静态图画变为动态视频，用孩子配音录像呈现量的过程，更贴近孩子的生活，感知会更清晰，容易让孩子对新知学习达成统一认识。”她还说：“课上认识直尺时，应强调刻度 0，因为 0 表示起点，不论怎样的直尺，都是从刻度 0 开始的；课的后半部分，用直尺量比较短的物体或图形以及画指定长度的线段，最优化的方法都是从刻度 0 开始量或画的，教学中要注意方法的优化……”

句句切中肯綮，化解上课教师、听课教师心中的疑惑。评课之余，我感慨：“崇明园里教学能手多，相比之下，我只是个慢手、钝手，我有些惭愧，不能为学校争光添彩。”听之，她亲切地抚慰我，说：“你要自信一点，我并不是让每个人都要成为名师，跟自己比，有进步，就是好。没有不好，只有不同。我觉得你开朗了许多，能看到你脸上的笑容，真好！”其实我知道，她是在鼓励我，我心里特别感动，她总是能以包容的心接纳每一个人。

细微之处见恩泽，一枝一叶总关情。镇江教科所赵联老师来校开设有关教育观察讲座，我想把讲座的 PPT 拷贝下来，回家细细学习，结果我弄了半天也没打开电脑，颇感失望。在会议室门口，恰巧遇见曹校长，她以为我是来找她的，笑着问我：“有什么事吗？”我说：“没事，就是想拷 PPT，不会弄，没拷下来。”她热心地说：“不要紧，我让华星老师发给你。”我不好意思地说：“不麻烦了，不用，没关系的。”我回到了办公室，不一会儿，电脑上发出“滴滴”的声音，打开看，是葛华星老师传来的 PPT。我真没想到，她竟然把这点小事都放在了心上。当我通过 QQ 给她留言，以表感激之情，她却真诚地回信：“这没什么，我只是做了我该做的事。”她就是这样关心他人，小事也放心上，尽力做好每件事。

那年冬天，屋外大雪纷飞，因病手术在家休息的我更感寒气袭人。临近期末，曹校百忙中依然心系于我，和孔红霞老师相约来到我家中。一进门，她顾不上抹去发丝上的雪花，便问我可好，听我细说，给我鼓气。曹校亲切地说道：“好好休息，会好起来，我们等你！”她和孔老师带着对我的满满牵挂离开我家。望着她们离开的身影，我不由潸然泪下，温暖的话语一直在我耳边回荡。新学期开学，她来到我的办公室，关切地问我：“身体好些了吗？”我微笑着说：“好一些了。”她心疼地说：“不急，慢慢会好，我给您介绍一位好中医，你可以去看看，调理调理，会有帮助，我来帮你联系，好吗？”我感激地说：“谢谢！谢谢！”她就是这样，想他人所想，急他人所急。从她身上，我看到教师行走方式和生命质态，这也一直激励我坚持不懈地跋涉前行。

温馨团队精彩久远

每个人都可以走得很快，一个团队才能走得很远。崇明园里，一批老师在日复一日的坚持和追求中，团队协作，砥砺前行，共同发展。

组里的朱金妹老师，总是率先垂范，任劳任怨。集体备课、教研活动，她总是走在前面，给我以示范和指导；珠心算作业、平时的每周一练、练习卷，都是她打印好分发给我，让我省心省力。记得刚开始，我对珠心算教学一片空白，她看在眼里，急在心里。一天，她抽空走进我的课堂，一招一式教给我看，那亲切的话语、有序的教学、合理的节奏，让我受益匪浅！每次教研活动，她总能考虑到我的担忧，总是亲切地对我说："课堂上，孩子表现挺好的。"一次次的关心、帮助、鼓励，让我在学习中、反思中不断成长。

同组的赵荣华、王红霞老师也给了我莫大的关心与帮助。在我生病休息期间，是她俩勇挑重担，帮我代课，完成我两个班的数学教学任务。平日里，我遇到教学上有争议的问题，不太清楚的问题，总会问她们，每次她们都会耐心、细致地解释给我听。每每听之，都有一种拨开云雾见青天，柳暗花明又一村的感觉。

王晓燕、章小青老师与我这个教学新手搭班，吃了不少苦。因为我体力不足，又没有好的教育教学经验，没能为她们分担班级事务，把班级管理得更好。她们体谅我、帮助我，每日如此。每天清晨，她们让数学组长收齐作业送交与我，还利用晨会课帮我指导孩子做好课前准备，养成课上守纪律、善倾听、爱思考、认真写的好习惯。有时也会针对个别孩子的特殊情况进行教育，引导孩子树立正确的学习观。每次教研活动，外出学习活动，她们都很乐意地与我调课，甚至帮我代课、布置家庭作业，解决我的后顾之忧。

魏蓉老师，关心他人，细致入微，春风化雨。她见我气色不好，热情地握住我的手，关切地问："是不是身体不舒服啦？注意休息！"冬天的上午，她见我办公桌上堆满了学生的作业，心疼地说："这么多的作业要改，手冷不冷？"我说："还好！"下午，她带来一副碎花手套递给我，细声地说："改作业时，戴上它，手不冷！"偶然遇上我，也会关心我说："最近身体好些了吗？""看上去比以前好一点了！"一副手套，温暖了我整个冬季；一句句关心的话语，耳畔回响，心头萦绕。

刘金霞、曾宪东老师，与人为善，乐于助人。每次参加教学活动，我调不开课时，只要找到他们，他们总是乐呵呵地说："没事、放心！"简洁的话语传递着满满的温情。

王新雅老师见我情绪低落时，总会安慰我说："不要想太多，会好起来的。

笑对人生，人生没有过不去的坎。”她教会了我坚强。

戴佐承老师踏实能干。期末，组内交流会上，他感激地说：“上学期末，我没能与大家在一起坦诚交流，可你们不忘我，把荣誉的选票投给我，我非常感谢大家！”继而，他又谦让地说：“这学期，你们不要再把荣誉这一票投给我，要投给组里最优秀的人，最需要的人。”多么质朴的语言！

张洁、李珊珊、周倩雯老师，她们走到哪里，都是一脸笑容，是幸福教师的样子。那种美丽，无以言表。她们可能就是一本沁人心脾的书。

一路走来，不断地实践使我懂得了“累”字的内涵，“爱”字的结构。共同的愿景和梦想让我们结伴行走，彼此欣赏，相互取暖，编织梦想。“和实生物，同则不继”。我很庆幸，我来到了崇明。不似春光，胜似春光，寥廓江天万里霜。

点亮心灯一路前行

身体被命运捉弄，心灵却努力唱响进取之歌。我认真参加培训，着力提高自身的师德修养和业务水平。文化点燃灵性，也许我做不了优秀教师，更成不了名师，但我一直想做爱读书的教师。尽心尽力做好常规工作，踏进校园，我就会忘记所有的辛苦。课后，我及时反思教学行为、方法、效果，并记录在案。反思记录，就像是照镜子，照照自己每天成的像，是开心的像，还是沮丧的像……虽然很肤浅，但原汁原味。

我快乐地面对我的学生。说说二（5）班的成诗哲吧，他不善于表达，即便说出来，声音也特别小。写字慢，思维常常跟不上节奏，属于慢热型的。尽管这样，在我心里，他是可爱、可塑、可学的，只是慢一点，再慢一点。我一直鼓励他、等他……他一直默默努力着，进步着。不是花儿不开放，只是开得迟了点儿，迟来的花香特别芬芳。

宋代著名诗人杨万里曾写下“接天莲叶无穷碧，映日荷花别样红”。如果说教育事业就如同“接天莲叶”，正在走向“无穷碧”，那么每一位教师就要成为“映日荷花”，努力争取“别样红”，达到“春风放胆来梳柳，夜雨瞒人去润花”的境界。

回头看过，我如同翻过了一个又一个山头，翻过的不是终结，是为了看到新的路在前方展开。给自己点一盏教育心灯，我需要继续上路、修行。

“感动崇明”背后的故事

汪竹芳

感动，像一首飘荡在夜空的歌谣，宁静而悠远。感动，像一场洒落在久旱土地上的甘露，滋润而珍贵。

2012 年 9 月 10 日下午 3:00，“感动崇明校园人物”表彰大会在学校风雨操场隆重举行。随着一幕幕短片的播放，我们重温了一个个感人至深的故事，这些故事很真实，就像温暖你肌肤的阳光，也像畅快你呼吸的空气。故事里有你，有我，有他，有我们大家真真实实的身影。这些故事很简单，就像窗外的那一棵树，也像远山的那一抹绿，可简单的故事让我们感到诗的隽永，画的韵致，歌的悠远。这些故事很平常，就像小河里清亮的流水，汩汩地流进我们的心田，澎湃我们的心海。会场里一次又一次地爆发出热烈的掌声。

“感动崇明人物的事迹要做成纪录片。”一声令下，刘冬同志接下任务。几天的时间里累酸了胳膊，跑断了腿，还伤透了脑筋。“刘冬，人物怎么表现，取哪些镜头？”我跟在他身后急切地问。只见他抓抓脑门：“别急，我想想。”不一会他就有了创意，真是聪明的家伙，我心里不禁竖起大拇指。两天里，教室、会议室、阅览室、办公室，甚至老师的家里，我跟着他跑了个遍，问他：“后面的剪辑忙不过来，请个人帮忙好吗？”

“别，学校就一台机上能剪辑，放两个人在那也是浪费，就我一个来吧。”了了几句便把这繁重的活一人揽下。

“曹校长，我怕我的普通话不好影响活动效果。”

“汪主任，你再帮我纠正纠正。”

“我们办公室的老师一起帮着我纠正普通话呢。”

“曹校长放心，既然我接下这个任务，就一定会尽力完成。”

“小汪，我们再练一会儿吧，我把获奖感言都写下来了，这样肯定不会出错了。”

“小汪，我们再研究一下怎么走台吧，练熟了就知道到时候怎么上场，怎么站位了。”

“小汪，我还是不放心，晚上我们再到学校来练习练习吧。”

“尽管我的普通话不够标准，但我一定会把热情传递给大家。”

这些话都是出自自信满满的曾宪东之口，可强烈的责任感让他竟变得小心谨慎，甚至对自己有点苛刻了。

活动当天我化完妆急匆匆赶回学校，路上遇见李珊珊老师，她一看到我便笑语盈盈：“你今天真美。”我有些不好意思，停下脚步打招呼，一眼瞧见她脖子上系着的漂亮小丝巾，情不自禁说道：“哎，我怎么就没想到系这么一条小丝巾，还是你有创意。”“用我的吧。”说着珊珊立即解下脖子上的小丝巾，“这样跟你的妆容很搭，舞台效果肯定很好。”愣住的我乖乖任由她踮起脚尖，在我的衣领上系了朵美丽的花苞，心底暖融融一片：谢谢，珊珊！可就这一个小小的改变，却让赵校长多了一份心思，临开场前她拄着双拐来到台口：“曾老师，潘丰平老师有条领带你赶紧系上。”说完，身后紧跟而来的潘老师二话没说，解下领带帮曾老师系上。“这样就好了。”赵校长看着我俩，满意地点点头。应了赵校说的：“感动崇明人物评选指标太少，而感人的故事实在是太多。”

崇明处处皆感动，温暖在崇明，感动在崇明。

“冷宫”不冷

朱世琴

冬天已经在阵阵春雷的催赶下拖着沉沉的脚步离开了，春天已经到了，夏天还会远吗？夏天一定会给图书室送来温暖，送来阳光的！

没有空调的图书室地面和四壁都是白森森的瓷砖，书架清一色的都是硬邦邦的铁架子，两万多册的书还常年散发着刺鼻的油墨味和少许的霉味，开着门窗就是一个过风堂。风从脑后来，真能把人吹得体温尽散；就算关起来也是寒从脚底起，真正是体会了阴气包裹着全身的感觉。所以我们戏称这儿是“冷宫”一点不为过，进来的读者老师们宁可闻着熏人的书“香”，也会随手关门的，更不愿开着窗。有的读者老师甚至喜欢搬张椅子，坐到阳光下去享受光浴阅读。

一年来，我们虽然工作在这样一间“冷宫”里，可是心情却一点儿也不冷。每天总感受着读者老师们高涨的阅读热情，无论课务多繁忙，他们总是抽一定的时间来充电；时时接受着学校领导的关心与指导，图书室工作中遇到的难题或者缺少什么，我们总是第一个想到刘校，然后由他一一帮助我们协调解决；常态下迎接省市各级检查组，考察团的现场全面检查与参观，我们从不紧张，相反还有些兴奋。

因为我们每天生活很充实，工作有热情。杂志的有序分类与摆放；书籍的对号上架与整齐站位；五百多层书架，双面也就是一千多次的掸灰。来得总是那么早的汤老师，第一件事就是开窗通风，打扫卫生，再吃早饭。忙得浑身出汗脱去外套，而她却总是拿自己打趣：“我先劳动为的是好多吃点早饭！”其实作为家庭主妇的我们都知道：等白净的瓷砖干了，好让第一个早来的读者老师们不会留下脚印。中午学生们鱼贯而入，刷卡借走了一本本喜欢的书，却留下了一串串杂乱的脚印，此时，我们除了整理被翻乱的书架外还得拖地，那时候感觉劳动权当饭后锻炼，原先干干净净的拖把就是一支软橡皮。遇到阴雨天，小读者们大大小小的脚印画绝不比奥运入场式上的地毯脚印画逊色。但我们决不“收藏”此类作品，总是随之清理得没有蛛丝马迹。有句俗语：客来沏茶，客走扫地。我们把图书室当成了自己的家，热情地招呼着每一位大小客人，随时做到你踩我拖。

书香崇明，洁净崇明。我们虽因在图书室有点冷，但图书室因有我们在绝不让你冷！

爱拼才会赢

吴小秀

新学期新气象，走进崇明园，收获一片清新养眼的新风景，令人精神为之一振，顿觉活力满满。可能是因为有了好的开头，接下来的日子虽然紧张又忙碌，但感觉很充实，回味之余也没有留下什么遗憾。

最感激的是身边那些充满热情，充满正能量的同事，每当自己疲惫不堪将要懈怠时，她们匆匆而又坚定的身影总会跳入我的脑海中，使我振奋，抖擞精神赶上她们的脚步。其中印象最深的莫过于我的新搭档——数学老师傅蓉。

我们十几年前就认识，她那时在华阳中心小学任教英语，敬业且执着。记得句容首届小学生英语基本功竞赛，她和几个同事没日没夜地研究考题，尽心尽力地辅导学生，最终成绩遥遥领先，拿到了全市第一名。我向她表示祝贺，她轻轻一笑，说："是啊，真的太不容易了。好在'功夫不负有心人'！"这句话，至今回荡在我耳边。

再次见到傅蓉，是在崇明，她改教了数学，依然勤恳且用心。瘦小的身躯仿佛蕴含着巨大的能量，每天有使不完的劲儿。上课时，她的声音隔了两个班级的距离还能听得到。从毕业班回到四年级，接手两个差距颇大的班级，我为她暗暗着急，聊天时也提醒她："3 班和 4 班数学成绩悬殊太大，两个班不平衡，你会教得很辛苦。"依然是那淡淡的微笑，她轻轻地说："慢慢教呗，没关系。"

不抱怨、不放弃

傅蓉是这样说的，也是这样做的。四（4）班，家长非常重视，学生也给力，上课相对轻松些。而四（3）班，基础薄弱，拖后腿的学生比较多，课自然上得很费劲。同样的内容，可能在（3）班要花更多的时间。她不得不牺牲自己的休息时间，一遍又一遍给孩子们讲解、订正，不厌其烦。令人敬佩的是，她从不在别的同事那里抱怨辛苦，更没有轻言放弃。我们熟悉的是她平和微笑着的脸庞，一溜小跑的脚步以及很有穿透力的声音。孩子们渐渐适应了她的教学方式，开始慢慢进步。

一个都不能少

四（3）班有一些孩子是“老油条”，常常不交作业，假装试卷失踪，采用种种招数来逃避学习。面对这些不思进取的学生，傅蓉有妙招，那就是“一个都不能少”。她改试卷极快，上午第一节课考试的卷子，中午就能发下订正，绝不给那些孩子机会拖到放学。数学课堂作业，她采用面批，下课也不离开教室，留在讲台那儿一本一本“清”。这可苦了一帮习惯拖延的孩子，几个回合之后便被治得服服帖帖。为了强化学生们的基本功，傅蓉征求了家长同意后，班上统一购买了《计算高手》，和珠心算训练一样，每次课前练习。那一刻，孩子们专注的样子真让人惊喜。傅蓉每天来得很早，甚至比一般学生都早，凡是拖欠作业心存侥幸的学生，踏进教室都会倒吸一口凉气，因为数学老师已经在那儿一本一本清点作业本了。就凭着这股子韧劲儿，到了期中考试的时候，傅老师硬是将一个年级倒数第二的班变成了第二名，原来还心存疑虑的家长们彻底服了。

“我的课都是有计划的”

别看我和傅蓉是旧识，摊上和教学有关的事情，她还真能“拉下脸”来。复习期间，傅蓉因为需要兼顾两个班的教学，非常辛苦，而且时间相对固定，没有什么自行调整的空当。有一次，我跟她商议：“傅老师，周三最后一节活动课是你的辅导时间，不如将下午第一节数学课挪到第三节课吧，这样正好连起来上。”她肯定地说：“不行，下午我只能在第一节课来3班上课，其余没时间。”既然如此，我想着还是自己来上第三节课吧，她没时间，我正好和活动课连起来考一张试卷。没想到，学生正考着试，傅蓉走进来了，让学生将手头的东西收起来准备上数学课。这下我急了，赶紧说：“你不是说下午没时间吗？我语文还没考完呢！要不调明天哪节课给你好吧？”她认真地回答：“我只是说下午第三节课没空，没说活动课不上啊！”见我和小伙伴们都惊呆了，她还补充了一句：“我的课都是有计划的，每节课都有安排。”好吧，遭遇了这种“冷血动物”，我只能让学生们停笔，另外安排时间。事后，我长叹一口气：“下次一定要问清楚了，她的时间都是‘铁板钉钉’的。”

“尽到自己最大努力！”

期末复习时学生们很辛苦，老师其实更辛苦，除了上课，剩余的时间都在改作业。两个班一百多号人，几套本子下来，头昏眼花，腰酸背疼。虽然四（3）班进步很大，但与稳居第一的（4）班相比，均分依然有5分的差距，而教师在背后所付出的努力，所品尝到的辛酸旁人根本无法体会。“采得百花成蜜后，为谁辛苦为谁甜？”她就是执着地做一只小小的蜜蜂，甚至在周三、最后一天复习的最后一节课上，仍然夹着试卷匆匆而来，想再讲几道题。我忍不住说：“你累不累啊？刚在（4）班上的课吧！”她憨憨地笑，目光却坚定：“没事，尽到自己最大努力就好！”

有首歌唱得好：“三分天注定，七分靠打拼，爱拼才会赢！”崇明园正是拥有了这样一群敬业的老师，一群“爱拼族”，学校才会不断赢得声誉，赢得精彩！

我真的很自豪，因为我和“爱拼族”们在一起，爱拼才会赢嘛！

姐妹情“神”

——二年级全体教师的故事

陈学红

一、教师的故事充满诗情画意

表率

九梅级部大姐大，教六个班德与法。语言亲切有磁力，孩子们都喜欢她。年龄虽长不摆架，扫地冲水累不怕。老师外出她顶上，姐妹表率人人夸。

靓女

二姐鸦群打扮俏，顶课烧水勤打扫。数学教研她组织，常为大家备资料。双班教学有妙招，优生激励贴树苗，面对班级暂差生，时常偏心开小灶。

点子王

级部最大班主任，三姐庆英用功深。读书劳动在班里，悉心辅导暂差生。制度明星小达人，班级墙面传正能。团体比赛屡获奖，教学活动双项丰。

坚守

级部四姐夏志香，身体曾经遭受伤。高烧三十九度八，坚持两课不退堂。辅导学生寻良方，大锅小灶全用上。双班教学任务重，面向课堂要质量。

平凡

级部大妹巫杏花，班级卫生人人夸。虚心学习求上进，班级当成自己家。每天拼命去辅差，哪有问题在哪抓。平凡人做平凡事，坚持平凡见伟大。

完美

金霞排行叫二妹，做事风格求完美。今年是个大忙人，献身艺术心操碎。舞蹈展示少代会，协助训练鼓号队，诗歌朗诵编排舞，算盘舞能赛国粹。

拼命“三郎”

级部三妹是陈清，工作起来有点拼。身体怀孕全不顾，行政班级样样行。

开会上课随堂听，脚步匆匆忙不停。腰疼背疼腿脚肿，默默坚守硬汉型。

心理师

四妹高个叫方莉，虚心请教爱学习。教学管理都见长，兼修咨询诊心理。

人生哪里不如意，心里咨询找方莉。每周两个放学日，排解师生家长疑。

“牛”主任

五妹宏荷性子慢，班级管理堪模范。创新活动点子多，晨会特色全校展。

故事书法赛平凡，常比卫生和就餐。主持教研有起色，成绩突出人人赞。

快手

六妹陈琦有佳话，怀孕坚持不请假，腆着肚子帮代课，不误学生是她话。

做事快手不拖沓，班级活动效果佳，教学成果列前茅，比赛成绩顶呱呱。

后生可畏

级部七妹叫笪娟，代课开始有点难，虚心请教老教师，坚决不做门外汉。

年末数学顶双班，脚步匆匆两班转，辅导改卷加班管，这样代课我点赞。

画师

八妹最小徐纬嘉，天生丽质爱画画。代课工作较认真，学生都挺喜欢她。

平时总爱桌前趴，彩色画笔手中拿。苦心练就基本功，作品今日屏上挂。

男神

级部宝贝戴佐承，烧水拖地样样能。累活重活他包干，工作相处是福分。

值餐遇到俩孕人，体贴胜过丈夫疼。比赛训练暮色归，姐妹称他为男神。

感谢

最后说我陈学红，女儿高三忙没空。自身做得不到位，还望大家多包容。

兄弟姐妹情意浓，工作全靠亲协同。大家做事都积极，感谢发自内心中。

二、团队的故事富有传奇色彩

镜头一：我们的团队在坚守一个信念

开学一个星期，级部赵宏荷老师做了胆囊切除手术，医生再三嘱咐：因刀口长，至少要休养一个月时间。前两周学校安排了还有三个星期即将临盆的张静怡老师来代课。还有两周，二（5）班赵宏荷的课怎么办？答案是：我们级部的其他语文老师来承担。低年级语文老师都是班主任，一周就有实实在在的 8 节语文课，2节社团课，一节班队会、一节活动课，加上早读四次、中午值餐2到3次、晚辅导3到4次，再加上给二（5）班代课，教学任务确实很重。但老师们没一句怨言，而是欣然接受。级部陈琦有身孕，怀孕前期，反应严重：不是呕吐，就是腿脚肿得连走路都吃力，她为了给其他代课老师减轻一点负担，坚持要代两节课。当级部主任将代课安排表公布在级部群时，每位老师就开始认真履行自己的“代课职责”，按时给二（5）班的小朋友们上课。每次上完便及时、认真地批阅作业，然后把“教学接力棒”传给下一位老师，这样每位老师都能明确自己的授课任务，合理地调控自己的教学节奏，尽最大努力达到课堂的高效，让二（5）班每个孩子学得扎实而开心。虽然只有两个星期，但我们级部的语文老师在传递着一种责任，坚守着一个信念：不让一个班级落下，不让一个孩子掉队。

镜头二：我们的团队在传递一种正能量

本学期，我们二年级级部安排了一名代课老师，叫笪娟。笪老师以前从没有代过低年级的课，更没碰过珠心算的课程，可以说一切都是从零开始。为了能早点适应低年级的数学课堂教学，陈清老师每天第一节上数学课，笪老师就作为二（2）班一名“特殊的学生”在后面聆听。一下课，陈清老师就及时跟笪老师交流，强调需要注意的事项。领悟到课时“精髓”，笪老师再重新备课，第二天就上第一天聆听的教学内容。现场传授，巩固“消化”，及时反思，这种“传帮带”的方法确实很有效，笪老师很快适应了低年级的课堂教学。

一学期一次的教研课，笪老师也展示了自己的课堂教学。在评课过程中，数学教研组长鸦群老师在肯定了笪老师进步大的基础上也提出了今后需要努力的方向。在接下来的教学过程中，时常看到笪老师虚心向教研组长请教的身影，组长也毫无保留地传授教学经验。有这样的组长在前引领，笪老师的教学水平提升很快。等陈清老师休产假，学校也放心地把另一个班的数学教学任务交给了笪老师。

当得知期末句容市调研二年级数学时，教研组长鸦群老师常常来前面办公室（或电话）了解笪老师的复习进程，有计划地指导她如何更有效地去复习。级部其他老师也全力以赴，做好笪老师的“幕后工作”。“功夫不负有心人”，笪老师两个班的数学成绩挤入上游水平。有这样一个经验丰富的团队老师在传递正能量，再加上年轻老师肯吃苦、虚心学习，这团队的力量能不日趋强大起来吗?

镜头三：我们的团队不想错过任何一个精彩的镜头

两次省级活动中，学校都安排了我们二年级班级上展示课，沈艳艳老师执教的是二年级语文“水乡歌”。在试上时，年级组的班主任和语文老师们积极配合，训练常规、参与评课。在一次又一次协助试上过程中，老师们和孩子们都成长了许多。刘金妹老师执教的是二年级珠心算“三位数的进位加法”，课前，刘老师说课堂上要唱《大耳朵图图数字歌》。为了让年级六个班每个孩子能在短时间学会唱这首歌，级部安排刘金霞老师在课堂上教唱，班主任协助刘老师巩固，再通过班级群请家长督促孩子回去好好练习。在大家齐心协力下，所有孩子都能唱响这首歌了，在省级课堂上的两节课上，展示了我们年级孩子们的风采！这背后，凝聚了级部老师们很多汗水，为了就是能把精彩的瞬间留在与会领导和老师们的心中！

在省级数学活动的前夕，二（5）班班主任赵宏荷老师带领孩子们去北校区排练。由于镇江那位数学指导老师大雾天迷路来迟了，第一节课推迟了很久才试上，等上完课再进行二年级孩子排练，时间已经超过了 11 点。等回到南校区，已经 11 点 40 多了，赵老师和孩子们才吃上午饭。这美丽舞台的背后，老师和孩子们付出了很多，为了就是在展示会上那不能错过的精彩镜头。

省级数学活动后的第二天下午，我们学校开展了“校园十佳歌手”的比赛活动。二年级两个节目都进入了“校园十佳歌手”的决赛阶段，这在低年级简直就是一个奇迹。回想之前排练的过程，那些情景历历在目：比赛那周的周二才选好选手，周三办公室老师集中商议“歌曲串串烧”如何更精彩地展示。有了初步的决定，放学后便留下来排练，怀有 6 个多月身孕的陈琦老师指导并示范，其他老师协助排练。不知道多久，没有人去计时，直到手机电用完了，没法放音乐了才停止训练。周四那天下午就要比赛了，“歌曲串串烧”节目的动作还不是很熟练，为了增强演出效果，辅导节目的三位老师利用上午第三节课的时间带领学生去走台，反复训练动作。中午，团队的老师们给选手化妆、换比赛服，这样一“包装”，顿时给人眼前一亮的感觉，再加上表演形式上的创新，一亮相就轰动了全场。团队老师和选手们的辛苦训练，就是不想错过舞台上那精彩的镜头。

再来回忆一下省级珠心算表演的活动：台上的演员都是我们二年级的宝贝们，从接手训练到展示，只有一周的时间，人数多，时间紧，任务艰巨呀！级部老师承担了刘金霞老师的全部音乐课，这样刘老师就没有后顾之忧了。每天一吃完午饭，刘金霞老师和孩子们就扎进舞蹈房，一待一下午。“孩子们，加油，注意节奏要跟上！”那嘶哑的声音从音乐室不断传出。她既要放音乐，又要拍手打节奏；既要示范动作，又要鼓励孩子跟上节奏；声音沙哑了，腿脚跑肿了，她全然不顾，还是一个劲地指导着、叫喊着……随着赛事的临近，训练的强度越来越大，越来越关注细节，比方说：舞蹈时，节拍与音乐的磨合；服装上向日葵到底放哪里好，等等，每个细节的到位，就是为了让孩子在舞台上能更完美地展示自己，把精彩的画面留给在场的每一个人。

结束语：级部教师的故事充满诗情画意，级部团队的故事富有传奇色彩，这就是崇明小学二年级组。在这样的团队里，大家是相互理解、相互包容的，是好学上进、团结向上的，是一支凝聚力很强、充满正能量的队伍。每天在这样的团队里，一起学习和工作，我感到特别幸运和快乐……

百变女郎

吴燕

百变女郎，应该是穿着黑色的西装，戴着神秘的面具，有些妖娆，又有些让人捉摸不透。今天我故事中的这位女主角可没有以上的特质，既不妖艳，也不神秘，但却有百变的魔力。

她是一朵花，不妖艳却接地气。有的花，香艳无比，挂在枝头，却有孤芳自赏、不易亲近之嫌。她却像崇明园里向阳的葵花，温暖亲切近人。与同事探讨时，与家长交流时，给孩子上课时，她的脸上始终保持着那份自然不造作的微笑，让人如沐春风。印象中，从没看见过她和谁争执过，淡定是她的本色。她就是这样一位如夏荷一般温婉优雅的女子！

她是一个魔术师，变你所想，圆你所愿。每个人心中都有一个梦，梦里面应该是想什么就有什么，每时每刻都期待奇迹的发生，而她，就是这样一位在我最无助的时候能带给我惊喜之人。近两年来，在曹校的引领和崇明团队的帮助下，我的专业水平得到了极大的提升。我庆幸，一路走来，有这样的一群人陪伴着我，鼓励着我。每每经历磨课的痛苦，每一次试上完后焦头烂额，不知该何去何从时，她都会沉着冷静地帮我分析，并且和我一起寻找素材。有一回，不知道一节课的导入部分该如何设计，我向她倾诉我的烦恼。次日一早到校，她走到我的面前，往我手中塞了一本杂志《小学数学教学》。她说："这本杂志上，有一篇教学设计，我觉得开头的导入部分挺好，生动有趣，你可以借鉴。"她还很细心地帮我折好了页码，原来，失眠的不止我一人哈。上学期，我要参加一个省级录像课的评比活动，前后录了好几次，效果都不佳。评课的老师们反映我的语言不够吸引低年级的孩子，怎么办？她微笑着走过来，对我说："先别急，我记得去年听过这节课。当时上课的那位老师，语言很美，也很简洁。晚上，我回家再找找看有没有录音。"晚上，QQ一上线，她的信息就来了，给我发了一段录音。那一晚上，我就反复地听着录音，推敲琢磨。从那以后，我外出听课，也习惯了将整节课录下来。像这样的事真的在我们之间发生了太多太多次，有时，是她外出听课时做的笔记；有时，当我为教具的准备而担忧时，她已经在淘宝网上帮我搜索加购，然后电话问我可不可以……一张张荣誉证书的背后，倾注的是崇明团队所有老师的智慧。

她还是一个创意型老师，时时有妙招。本学期开始，句容教育界大刀阔斧地开展了片区教研活动，以片区教研促进教师专业发展，从而提高教学质量。出发点是好的，但，也有许多老师提出了担忧：老师们每天的工作量已经够大，每周还要再抽出两节课专门研讨，每组的研讨会不会流于形式，有没有效果，这样的片区合作能走多远？这学期，我们二年级数学组现场研讨共三次。在这三次研讨活动中，曹校长给予了我们很高的评价，能受此褒奖，作为组长的她功不可没。当别的教研组稀里糊涂好不容易熬过第一次教研活动时，她却在 QQ 群提前明确组员需要携带教学用书和教案。第一次教研活动，大家共读教学用书，分工读，她说："平时，忙于上课，可能会忽视最重要的教学用书，咱们就一起来学习探讨。"这样的教研活动简单实在。第二次的教研活动，组长要求我们共同观看教参后面配套的光盘课，而且，都是老师们急需的。她说："这些光盘课，都是花费了人力、财力的精品课，不学实在浪费了。"不出家门，照样能听到高质量的课，多好。临近学期结束的片区教研活动，要上一节展示课，结合展示课来评课。我们的组长就是这样一位不走寻常路，爱思考、爱实践的数学老师。她改变以往纯粹上一节课的模式，她在课堂上，让孩子现场进行口算和竖式计算比赛。比赛结束，由听课老师现场批改，然后同组老师围坐在一起共同整理和分析出错的原因。我觉得，这是一次计算教学的专项研究。

故事说到这，大家可能已经猜到是谁了，没错，她就是二年级数学老师——朱金妹老师，我心目中的百变女郎。

春天的气息正浓

唐婉

虽是秋天，感觉如春，因为有一种美好在萌发。

十一月的第一天，也是新的一周开始，珊珊代表崇明参加了片级品生赛课。几天来，我一直很纠结，把崇明、实小还有河滨放到一起，在句容，应该是一种高层次的竞技。三所学校的能人相对集中，但三所学校一次只能出一名选手参加更高级别的比赛，有些残酷！尤其对手中有实小，我成长的第一工作站！还有，实小的选手是朱海燕，心里更觉不是滋味。上次语文赛课，因为艳艳，我欠珊珊一次机会。而珊珊和海燕，一个是曾经和我一起摸爬滚打的战友，一个是正和我站在一个战壕的战友，心怎能有所偏?

刘校让我和他一起去当评委，我没答应。这样一种咄咄逼人的做事风格，我不喜欢。既然是评委，还是该从专业上考虑。魏蓉和王庆芳两位老师在品生上很有自己的思考，她俩去更合适。其实，每一个人做事退后一步，别人也会给你留一片天空。实小看我们从专业考虑评委，他们也派了戴丽等专业老师当评委。还有河滨路的两位评委，最后能抛开自己学校的得失，站在公正的立场发言。所有这些，我更坚信：相信别人，也能赢得别人的信任！

我希望自己的做事方式能促进第一次片级赛有一个公平公正的开端。不偏不倚，公平竞争，谁好谁上！这对每一位老师都将是公平的！按照这一想法，我想我们能做而且也是必须做的，就是帮助珊珊把课上好！

珊珊不负众望，课堂表现出色，我很高兴。至于正式结果，我不想主动打听，自有公平。我更期待上面能根据实际情况，多给一个名额。海燕今天课堂整体感觉不如珊珊，但她独立钻研把握教材的能力很强。还有，河滨的那位小老师，课堂并不一无是处，也有很多值得学习的做法。

抛开今天的赛课结果，我更想表达的是：我看到了希望！看到团队作战的希望！珊珊这次课上得好，首先是她个人吃了很多苦！望她近日憔悴的面容，就能知道她牺牲了多少睡眠和带儿子的时间！这个中辛苦滋味恐怕只有她自己知道。

如果说她的努力还有为自己的成分，那么，她身后的团队的表现则是一种精神上的追求与趋同。

为了备好这节课，她的师傅魏蓉老师一直陪在她身边。从挑选教材到环节设定，步步走来，手把手地教！艳艳总在一旁帮她出谋划策，锦上添花。星期六，她们仍聚在一起，一个环节一个环节地细细打磨，直到晚上六点多钟。还有，在珊珊第二次试教后，刘校、王庆芳、方莉、贾基娴、王舒、葛志华等老师牺牲中午休息的时间，谈自己的感受及改进建议。刘校长说："编儿歌要比写公约亲切活泼！"方莉老师说："费尽力气做的小动物头饰，只当成某一个小组的队名，可惜。可以让小朋友看反面来猜小动物，在认识动物中命名小组。"葛老师说："认识小动物环节要整合，要厘清教学层次。"贾老师说："谜面不应以课件静态呈现，而要以语言及肢体灵活表现。"王舒老师说："动物知识赛题太复杂，什么濒危动物，学生不懂，赛题要简洁明了。"王庆芳老师，更值得一提。这次因为时间紧，没有公开选拔参赛人员，作为一名专职品生教师，她有些想法。但，她很快抛开想法，积极参与研讨，不仅提出了自己的一些想法、做法，还提供自己外出收集的好资源……还有很多老师周五因为值班，没有及时参加交流，但她们都抽时间和珊珊交流了自己的感受。大家你一言，我一语，毫不掩饰，也毫无保留地说着。就这么说说、点点、想想、改改，一个中午因一场简朴却高效的研讨显得短暂美好！珊珊今天的课也因这次研讨，再上一个新台阶。

大家出谋划策帮珊珊指明方向，还有几个人一直帮她担当具体事务，不得不提。

戴朝江利用一天时间，毫无怨言地帮珊珊赶作课件。周日晚上，王月琴老师又根据教学环节修改情况，帮着修改课件到深夜。范元生老师利用周日休息时间，帮珊珊赶制精美的动物形象。和珊珊搭班的吴燕老师更是辛苦，毫无怨言地接下班主任的全部工作！还有三（1）班的陈琦老师，以及来实习的蔡成老师，他们都爽快地承担了戴老师和范老师的临时代课任务！

为珊珊课堂上出色的表现骄傲，为片级公正评课的良好开端欣慰，更为正在兴起的团队自豪。已是深秋，但，春天的气息在崇明正浓！

豆浆飘香

潘丰平

月黑风高，路灯睡眼惺忪。

食堂总管陈相宜，高挑个儿，波浪鬈发，性情耿直，大家都亲昵地称她陈姐。陈姐今晚穿着高跟鞋，款款而至崇明食堂，准备泡黄豆磨豆浆。食堂门厅里传来“咯噔、咯噔”的清脆脚步声，校园显得越发寂静。突然，“哎哟”一声大叫，陈姐摔倒在地，顿时一阵眩晕，眼冒金花，鲜红的血柱从小腿伤口处喷涌。陈姐那叫一个钻心疼哇，急忙用左手摁住小腿肚，可是血流不止，殷红一片很快渗透了裤脚，她心里不免一阵惊慌。

随即，陈姐镇静下来，右手从口袋中掏出手机，按下免提，因剧痛而声音微弱。

“老公，我在食堂台阶这儿不小心绊倒了，你快来，啊，好疼哟！”

“和你说过多少次了，你就是不听，这大晚上的跑学校干吗呀，等我，马上到！”电话那头传来老公饱含责怪而又焦虑的声音。时间不长，一辆小车闪着双跳灯，在陈姐身旁戛然而止，车上跳下一位粗壮大汉，慌忙扶起陈姐，来人正是陈姐的老公。

“走，赶紧去医院！”

“别急，你先帮我，去操作间……把黄豆泡水桶里，明天早上老师们要喝豆浆呢。”陈姐捂住伤口，强忍着痛断断续续地说。

“老婆，这都什么时候了，你还惦记着老师们的早餐，你看你裤腿都被血染红了，不要命了呀！”老公愤懑不已。

“我还能撑会儿，你，你先泡豆子吧。”陈姐蜷曲着身体，脸色苍白，呻吟道。

“你呀，唉！我的话就是耳边风。”老公抚摸着陈姐血淋淋的伤腿语重心长说，“岁数大了，不比年轻的时候了，做事还这么风风火火的，真不知爱惜自己。”

“曹校长信任我，才把这重任交给我，我得做好，服务好师生，对得起大家呀！”陈姐嗔怒道，“别废话，先泡豆子，后去医院。”

几十年的老夫妻了，老公知道陈姐的脾气，拗不过她，便三步并作两步，飞奔进操作间，将黄豆倒入桶中，拧开水龙头，水“哗哗”倾泻而出。可老公心急如焚，流水呀，你怎么不更快点流淌呀，那边爱妻腿上还在流血呢。“流水不知人情暖，黄豆有意催君去。”老公泡好黄豆，抱起陈姐，小心地放进车内，然后一脚油门，汽车直奔句容市医院急诊室。

急诊室里，灯影晃动，围观者长吁短叹。大夫大声斥责老公，“再来晚点，恐怕病人要休克了！男人要照顾好自己的女人。”老公万分委屈，搓着手心想：“大夫呀，我说的管用吗，这些年她把学校当作家，没日没夜地加班，唉……”大夫剪开粘连在腿上的裤子，惨不忍睹呀，皮肉外翻，腿骨清晰可见，老公见状，泪眼婆娑，心疼得无以言表。大夫立即进行止血、缝针手术，伤口缝补了13针，远远望去，犹如一条硕大的蜈蚣趴在陈姐腿上，确实有碍观瞻。手术做完，大夫坐在诊桌前勾画几笔，递给老公一张单子，说：“缴费去吧，需要住院观察，休息一周。”

陈姐一个视美如命女人，看着腿上的道道针线，很是惆怅，转念想到明日浓浓豆浆又将满屋飘香，脸颊顿时泛起一丝光晕。她趔趄着站起身，扔掉住院单，扶着老公的肩头，坚定地说：“走，老公，我们回家去！明儿大早我还要磨豆浆呢！”

风会记得每一朵花的香

朱伟芳

一个人的存在，到底对谁很重要？这世上，总有一些人记得你，就像风会记得一朵花的香，凡来尘往，莫不如此。

一

每一次去行政楼饮水机那儿打水，在楼道旁总会看到正在拖楼梯的小杨。照例，她会给你一个甜美的笑容，喊一声“早”，提醒你小心，楼梯滑。一切那么自然，仿佛一缕阳光照进你的心里，再不好的心情都能被她的笑容融解。在我们的印象中，打扫卫生的总是那些中年大妈，她却是个娇艳甜美，时尚大方的辣妈。也许你会认为她是走后门进来的关系户，只是来混混日子，拿一份工资的。可每周一例会，你走进整洁明亮的会议室，踩在一尘不染的地板上，坐在永远摸不到一丝灰的椅子上，心情不是一般地好。如果你认为她仅仅是打扫行政楼的，以为她很清闲，那你又错了。中午用管家式的服务为学生打饭，用自制的钳子捡拾操场上、灌木丛中学生偶尔“不小心”丢下的垃圾，还校园干净整洁。你在校园中往来之间看到她在操场上靓丽而忙碌的身影，那一刻，我分明闻到了虞美人的芳香。虞美人原来是草，它默默积蓄，终于等到绽放，瓣瓣艳丽，香味淡雅幽远。小杨，就是那一株亭亭玉立的虞美人。

二

师生们或许不认得崇明的某个老师，但经师傅我们都熟悉。我们亲切地称呼她“经阿姨”，学生则热情地喊她“经奶奶”，可见她的人气之高。每天，她脚步匆匆地奔走于教学楼、科技楼的若干个厕所。除了打扫地面，冲洗厕所，经阿姨还要经常处理一下偶发事件：学生恶作剧抛进厕所的垃圾，堵住了管道，她通常要花一两个小时疏通，不怕脏，不怕累；美术课后，洗脸池通常会被颜料、墨汁染成了“大花脸”。经阿姨总是不厌其烦地擦洗，让它们恢复如初。虽然有时她嘴里也絮絮叨叨地埋怨这些“熊孩子”，但我分明听出她对这帮孩子的宠溺，她理解孩子们的淘气行为。我们丢在门口的垃圾袋还没来得及扔掉，她经过时已悄悄地带走了，事后去感谢，她却很淡然地笑着说：“不要紧，顺便。”望着她永远匆忙的身影，我们都知道她淡然的神情背后有诸多的艰辛：老公生病在床，需要她两头兼顾，用瘦弱的身躯支撑起这个家。有时，看到她别一枝栀子花在胸前，经过她身边有清香扑面，沁人心脾，这就是栀子花，虽平常，却不惹人轻视，看似俗气，大俗却大雅。

三

黝黑的皮肤，大而有神的眼睛，魁梧的身材，背着一个工具包奔走在我们校园里。洪亮的声音，往往先于他的人传到，我们都知是赵师傅来了。初识赵师傅，是因我们办公室闹鼠患，放在抽屉里的零食，第二天准会喂了老鼠。百思不得其解，明明锁了抽屉，为何进得来？后来终于发现桌下木板间有空隙可钻，抱着试试看的态度，去找赵师傅想办法，他满口答应。不仅帮我封好了空隙，而且将全办公室同事的办公桌都封好了，包括一张没人坐的桌子。他说万一以后有人坐，还是会遇到麻烦，不如顺手全部做好。多么朴实的语言，想的真周到！可能有人会说，学校出钱，他出力，何乐而不为？可贵的是，这纯粹是他利用自己的私人时间，自己的材料，八张桌子，花了他一上午的时间啊！学校请他帮一些小忙的人数不胜数，家里漏水了，水龙头坏了、装修上的小麻烦等等，他总是热情相助，有求必应。校长在会上偶尔提起他，把装修户丢弃的苗木移栽到我们校园的角角落落，浇点水施点肥便绿意怡人，给崇明园增添了许多亮色。我们看到了他那颗牵挂崇明的赤子之心，真正的“讷于言，而敏于行”的实在人啊！一次，他伸出手给大家看，青筋突出，手指粗大，长满老茧，满是裂痕，爬满皱纹，令人触目惊心。有人会认为他的手脏、丑，可这是一双勤劳的双手，它们是美丽的。这使我想到了凌霄花，无甚香味，喜欢攀缘，一朵一朵，把一棵普通的树，打扮得无比亮眼。它哪里是借着高枝炫耀自己，分明是毫无保留地捧出一颗热诚的心，给崇明，给你，给我，给大家。

小杨、经师傅是我们学校的临时工，而赵师傅是我们学校请来做事的木匠，我们笑称他为“半个崇明人”。他们平时在自己的岗位上，做着校园生活中最细小而普通的事。可普通人也有耀眼的一面，如果没有这些普通人，我们崇明园美丽与整洁，将距离我们很遥远。要想崇明好，普通人不可少。不论是塔尖的名人还是塔身的一线人，都应该尊重那些工作在底层岗位的普通人。

夏天到了，风轻扬，崇明园的风和煦而温柔，带来阵阵花香，有月季、蔷薇、牵牛花……还有一些不知名的花草，香味隽永、悠长，浸润着我们崇明人，我们伫立在风中，久久不愿离去。

风会记得每一朵花的香。

坚持梦想，总会遇见隆重的庆典

——写在2012年9月17日

唐婉

教师节，来了又走，走了又来。在这样反反复复地来来走走间，没有多少期盼，也没有多少深刻的记忆。常常是在孩子的贺卡与鲜花中苏醒节日的心情：哦，今天是教师节，是自己的节日呢！今年这个节记得有些清晰。一是因为这一路的行走，有一些关心呵护自己的人，如友，更如师，无以为报，要把在心里说过无数遍的话说出来；另一个原因是我要上台领奖——句容市崇明小学首届“感动崇明·校园人物”奖。曾经获得过比这高的荣誉，但那些证书大都是几经辗转再传到手上，登台接荣誉还是第一次。

第一次领奖，奖杯、鲜花、证书一一接过，再握话筒，显得狼狈，不过，狼狈得有些甜蜜。会前，办公室通知要发表获奖感言。可能是一种感恩情结吧，当时冒出的第一念头是唱一首《读你》。我以为，“读你千遍也不厌倦”这句歌词能承载我全部的情感。里面的那个“你”很有本事，可以是语文教育，可以是崇明小学，可以是我们的团队，可以是帮助我的人，可以是我身边的同事，还可以是我的学生和家长。我为自己的创意激动了好一阵子。为了保证声音尽量甜润一些，上台前我一口气喝了半瓶矿泉水。可是，就在台上，我竟然临时改了主意，准备的没唱，没准备的脱口说了！情动辞发在那一刻得到最好的注解！

水晶奖杯熠熠闪光，

五彩的花朵悄悄绽放！

我的心啊，

也怦怦作响！

向日葵团队的伙伴，

相信你们也和我一样！

这是

对我们坚持理想，
坚守信仰的最高奖赏！
不犹豫，
莫彷徨！
让我们
将所有的谢意化为行动的力量！
秉承向日葵的田野精神，
继续出发，
向着梦想！

呵呵，不是诗，只是觉得用这样的排列方式更能传递彼时的心情。把这段话献给自己，面对物欲横流的现实，我依然守着那清贫的梦想；面对教育的诸多无奈，我没有丢失自己的教育信仰，带着孩子慢慢走，慢慢赏。我用这段话献给我们，一群追日的人！面对浮躁、急功近利，很多人都缴械投降，在抖落一身灰尘的同时，也抖落了曾经闪耀的理想的光芒。而我们能静下心来，沉静在我们的世界里，书写理想的篇章！这段话更是献给他们，坐在台下的，像我们一样有着梦想与坚守的人。上台领奖的是我一个，能受得起这个奖杯的是一群人，不是吗？

走着走着就累了，走着走着就老了，这是很多老师的工作状态。可是，我们身边有很多人仿佛是走着走着就明白了，走着走着，内心如同这秋日的天空，澄澈明净笃定了。心怀理想与信仰，不停地走，走，走——

你看，一年级的陈清老师，没有停留在对于一年级组织教学的牢骚中，而是在分析孩子的名字对于组织教学的重要后，为每一个孩子准备了席位卡。一张小小的席位卡，让孩子们找到属于自己的位置，让任课老师很快报出孩子的名字，也让陈清老师向着专业理想前进了一步。

再说和她搭班的费云芬老师，努力寻找理想与现实的平衡之路。基于课程标准的同时，不忘拿出源自心灵的勇气，用每天清晨的阅读点亮孩子的生命……在这样一个容易迷失信仰的年代，还有多少人能持之以恒的为一个隐约的梦想奔跑？

可是，我们的身边有很多很多这样的老师（不一一细数），他们还在不与时俱进地追逐着被现实压抑的奄奄一息的梦想。面对遥遥无期的理想之路，没有怀疑与迟疑，坚定地行走，这难道不令我们所有人感动吗？奖杯上只刻着我和团队的名字，但，这份荣誉，属于有梦想，有信仰，能坚持的人！他们的名字刻在我们的心上。2012 年 9 月 10 日，那是一个无星的夜晚，但，崇明小学的天空上群星璀璨。

有人说，追逐梦想的人注定是孤独的。可是，我们不寂寞，我们不孤独，因为我们的身后站着懂我们的人！他们让我们相信《犟龟》的哲学：只要上路，就终究没有落空那回事。虽然有时还是难免实现不了愿望，但，却有另一个更隆重的庆典意外地开始了！

感谢这些可爱的人。

留住美好

费云芬

“名校名师”活动结束了，参会的老师纷纷在“向着明亮那方”的微信群里盛赞本次活动的精彩与难忘。作为崇明人，我真的很高兴，我们的活动举办得如此成功，我感到很自豪！现在静下来，回顾下整个活动的准备过程，采撷几个特写镜头，让美好的记忆留存在我的教学生涯里。

刘长珍老师的“红苹果”

根据活动进程，学校安排听课老师在 8 号中午观看我们二年级孩子的“闯关”活动。我们的孩子在一年级就“闯”过两次，都非常喜欢这个活动，借机也督促孩子们对学过的内容进行及时的整理、复习。二年级老师都积极准备起各自的“闯关”内容。刘老师为了让孩子对她负责的项目更感兴趣，决定用“摘苹果”的方式，让孩子挑战生字读音。可是“红苹果”从哪来呢？上网找呀！刘老师在网上看了又看，选了又选，终于挑到了自己满意的“苹果”。可是，北校没有彩色打印机！如果带着孩子一个一个地画，可能苹果上的拼音就看不清了，再说，刘老师还要带着孩子排练识字节目呢，分身乏术，怎么办？好在有强大的学校群，刘老师在群里轻轻问了下，哪里方便彩色打印？胡校立刻回复说，可以去南校打印，只要把文件发过去就可以。不到下班时间，刘老师就拿到了她精心挑选、内容丰富的“红苹果”和装“苹果”的小竹篮。

“闯关”那天，果然，刘老师那边的人气最旺，有好多孩子排着长队等着“摘苹果”呢。

王媛媛老师的“台湾行”

在“名校名师”活动中，王媛媛老师承担的是新教材《识字 5》的教学，这篇韵文主要是以台湾各大景点的名称串联而成，让孩子能从爱台湾的山水开始爱上祖国的宝岛台湾。

为了让孩子们对台湾著名的风景名胜有形象的感知，王老师动足了脑筋：先是整理各景点的风光照，做成 KT 板，让孩子们能模拟去台湾旅游；后来在专家建议下改成做去台湾旅游的微课，让孩子更直接地欣赏台湾的迷人风光，孩子们学得兴味盎然。为了帮助孩子们理解两岸人民盼望团圆的心愿，王老师还特地创作了一首儿歌，配上音乐，指导三年级的学生朗诵给小朋友听。教案定稿了，是不是可以休息了？王老师没有停下忙碌的脚步！为了摸准孩子们在课堂上可能遇到的难题，她不知试教了多少次，北校二年级 5 个班全试上过了，就抽空去南校二年级上。选择的上课内容安排在二年级下学期，因此王老师又到三年级试上了两次。最终，她自信满满地站到了课堂上，带着孩子们完美地呈现了《识字 5》的教学，让听课的老师收获多多。

艾旭的姓名课程

艾旭是我们二年级最年轻的一位老师，她承担的任务是最重的，除了要准备中午的“闯关”，开场的识字节目，迎接句容市的经典诵读比赛。她还要整合我们语文老师做的生活识字内容，向与会老师讲述我们的姓名课程。

随着参加实践的老师越来越多，艾老师的讲稿内容是越来越丰富，要整理的信息也越来越多。为了能把我们学校做的姓名课程讲得活泼有趣，她尝试着把孩子介绍自己名字的录像，小朋友诵读姓名歌的录像和自己家姑娘耳濡目染在家念《百家姓》的录像一一搜集整理好，穿插进自己的讲述中来。试讲的时候，张晨晖老师帮她把风格定位于富有朝气，可爱的大姐姐，原本内敛的艾老师又开始挑战自己了！她把张老师示范的声音录下来，在家反复听，对着镜子不知道练习了多少遍。功夫不负有心人！活动当天，艾老师的讲述一结束，就有好多粉丝过来跟她要 QQ 号，加微信了。

王舒老师精心制作的花絮

因为工作需要，王舒老师暂时离开了北校，但这次活动她必须全程参与，因为唐校交给她一个重要的任务：制作本次活动的花絮。内容不仅包括每位老师的前期准备工作和活动现场的精彩镜头，还要把这次活动的缘由用“诗音画”的形式表现出来。

王老师从 11 月初就在思考：用怎样的方式，给到会的老师留下难忘的印象。为此，她还专门建立了讨论组，组织我们聊聊各自的想法。大到整体的语言风格，表现形式，小到配乐，照片的挑选，王舒老师事无巨细，一一考虑到位。我们除了会把活动的一些照片通过讨论组群发给她，也没什么金点子，完全靠她自己琢磨。活动前，她已经做了几种风格的微视频，供我们交流。每一次看到她发视频，我就知道她又熬夜了。8 号下午放学，我们都按时下班了，她还跑到三楼拷贝当天的活动照片，准备开夜工。谁知，她的电脑却在此时罢工！好在有“及时雨”大兵，赶到学校找到软件，倒腾了半天，电脑终于正常运行了。那天晚上，王老师又忙到了半夜……

第二天中午，时间已过了 12 点，根据进程，李亮老师的综述前，大屏上播出了王老师制作的花絮。虽然只有短短的几分钟，可是，你看见了吗？会场的每一位老师，脖子都伸得长长的，眼睛睁得大大的，屏幕上那一行行文字似乎唤醒了他们心底的某种情愫，一幅幅画面，叙说着崇明人追逐梦想的故事。即使肚子空空的，心里却是暖暖的。老师们都被她制作的花絮感动了，都不舍得离开会场。李亮老师在后面的综述中也反复表达了对崇明人的敬意！

生活中不一定每天都能遇到美好，而我，因为有这样一群小伙伴同行，跟着唐婉老师去追梦，去行动，并亲历了圆梦的欢乐。时光荏苒，青春无悔！

我很重要

俞正霞

我调到崇明不满半年，教一个班语文和思品，是名普通教师。就是这样一个小我，在崇明园却找到了自身存在的价值，深切地感受到——我很重要！

（一）豆腐烧百叶

连续吃了几次豆腐烧百叶，我很纳闷：怎么总是这样搭配呢？看起来是两样菜，其实是竹篮抱竹笋——一家人，都是豆制品呀。从营养角度看这样搭配的确是单调了。我向熟悉的老师打听：学校食堂的菜谁管呀？刘园园老师告诉我：李景生或者陈湘宜。

一次吃过午饭（恰巧那次也烧了豆腐和百叶）和鸦老师一道走出食堂，正巧在门口碰到李老师，我就向李老师“发难”了：“李老师，豆腐怎么总和百叶烧呀？不都是豆制品吗？”李老师连声说是，我又说：“可以换个菜烧豆腐呀，比如豆腐烧虾米。”“好的，好的，谢谢。”见李老师态度友好诚恳，我又加了句：“李老师，可别怪我嘴刁哦。”“尽管提，有意见尽管提！”

没过两天，又烧豆腐了。果真，不是百叶和豆腐配了，换了虾米。

（二）阳光体育

毕竟初来乍到，很容易将崇明的一切与原学校实小作比较。开学快一个月了，发现崇明竟然没有阳光体育活动。这可是国家明文规定的呀，而且实小等学校开展得如火如荼，既是教师又是家长的我有点急。

那天去阅览室看书，巧遇曹校长，就向曹校说了自己的疑惑，还讲了实小的做法。曹校告诉我她正在考虑这个事呢，还向我讲了她的想法，我顺着曹校的思路提了一点建议，得到曹校的肯定。满怀希望的我兴冲冲地回到办公室，把消息告知对这件事有同感的严华老师。

一个星期过去了，又一个星期过去了，严老师问："阳光体育怎么还没有动静呢？"我也心急，说："领导要酝酿制订方案的吧。"私下里，我用QQ跟校长留言：南开中学被称为三点半，什么意思呢？三点半开始教室里不允许有人，这是张伯苓校长的规矩。这个时候你必须去操场，不会体育没关系，你只要在操场上待着就行，走走路呀，踢踢脚呀。这个规矩是刚性的，任何人都不能破坏。这是我在一篇文章中刚看到的。曹校，我们崇明的阳光体育活动什么时候开展呢？上次期中考试小结，刘校讲到我校孩子体能测试成绩不容乐观，我们都感觉到孩子的活动量不够。真该动起来了。

过了五天，曹校来话了："在吗？有空来一下哦。"看到QQ信息，我立即去校长室。曹校向我解释了没有回话的原因（到镇江参加中高评审），告诉我这就动起来，还有具体的做法……第二天，果然，音乐响起来了，学生动起来了！

（三）关于班主任

自教书以来，除怀孕生孩子那两年没当班主任，其他时间一直在做班主任，也一直思考班主任的工作如何开展。2012年写了一篇《走出量化考核的怪圈》，参加省教海探航论文比赛获二等奖，算是我对班主任工作思考的一些总结。

来到崇明，没当班主任。可新上任的端家莉主任却找我谈班主任的事，还让我把那篇已发表在《江苏教育》的论文带来给她看看。

感动！不论是李老师、端主任，还是曹校长，在他们身上我看不到一点"为官一方"的架子谱子，看到的是实实在在把事情做好的姿态——那么朴实无华、低调谦和。当有人提出中肯的建议时，哪怕此人如我一介草民，当权者能正视、重视，并改变。如此迅速地回应，真正让我感到"我很微小，但我很重要！"

我想，当每一位教师以一个主人身份出发，不仅考虑到自身教学，还能考虑到学校管理的方方面面，当学校管理层能做到"虚怀若谷听四方"时，一个优良的管理体制就这样产生了。当一个个"我"都能找到自身存在的价值，众多智慧的河流（个人）被大海（学校）容纳，学校才会成长，并一步步长大！

耳畔再次响起费云芬老师的一句话：只要你是块金子，崇明就会想方设法地打造你。让我们都成为那块重要的金子吧！

衣带渐宽终不悔，为伊消得人憔悴

陈琦

万物为什么生长？天地为什么不荒？那是因为生命有了珍爱的力量，那是因为生命有了珍爱的阳光。每一段生命都是一条挣扎奋斗的路。为师者，我们要把爱的种子细细播种，呵护稚嫩的生命，沐浴阳光，茁壮生长……

——题记

2013 年 9 月，我有幸成为崇明小学教师中的一员。在这里，没有华丽的语言，没有惊天动地的故事，但我常常会被身边的一些人，一些事深深感动，为那平实中的温暖，为那平淡中的坚守，为那平和中的智慧。在我身边，就有这样一位老师，会让人不由自主地追随着她的身影。她的可贵，缘于真实而宽厚地爱着每一个孩子，坚定而执着地追寻着做教师的幸福！对她而言，这种职业的幸福感足以温暖她的一生！她，就是“性情中人”——刘金霞老师。

师爱，让孩子舞动奇迹

2016 年 12 月，我校举办了省级珠心算活动，我班的孩子有幸被选为珠心算舞蹈的小小表演者。孩子们很高兴，却急坏了刘老师。

“时间很紧，辛苦你了！”从接到领导布置的任务开始，刘老师就深感这份嘱托的分量。时间仅有一周，要想把一个舞蹈淋漓尽致地呈现出来，难度可想而知。她和孩子的父母并肩作战，为创造这一奇迹而奋斗着。早上练，中午练，晚上放学继续练；教室、走廊，舞蹈房，处处有她忙碌的身影。“孩子们，加油，注意节奏要跟上！”一遍又一遍的指导，嘶哑了她的喉咙，她却并不在意，依然忘我地舞动其中，与孩子们一起在音符中跳跃！表演服装怎么办？刘老师在网上一遍又一遍地寻找，一个小小的细节，她都要反复比对、重新选择。夜深了，她与家长们还在微信群里不厌其烦地沟通，废寝忘食，只为展现出一场近乎完美的舞蹈！

从接手这个舞蹈以来，她像一根弦似的绷得紧紧的，休息时都在琢磨舞蹈动作。走进教室，眼睛必定会搜索舞蹈小演员的身影，提醒他们注意练习舞蹈的时间，不能迟到了，一天不知道要重复多少次。

伴随着赛事的临近，训练的强度越来越大，细节要求越来越严，例如，舞蹈时，节拍与音乐的磨合；服装上点缀的向日葵到底放哪里好；等等。为了让孩子们在舞台上能更完美地展示，刘老师几乎每天都要和家长进行交流，了解孩子的身体状态和情绪变化。家长们常常说："孩子有福气，遇到了这样一位好老师。"他们的感激之情溢于言表。舞蹈训练之外，刘老师总会在课余时间与我积极沟通，了解最近学了哪些新内容，协商怎样来补习等等，总之，不让孩子们落下一点文化课程。

终于到了正式演出的那一天，舞台上，刘老师难掩脸上的激动之情。望着那群快乐自信、朝气蓬勃的孩子们，她欣慰地笑了。演出大获成功，现场的掌声经久不息。精彩的节目为整场活动添上了漂亮的一笔。每当刘老师和我们讲起舞蹈训练的那些事情时，总是一脸的幸福与骄傲，竖着大拇指，为孩子们点上大大的赞。她不知道，我们在心中都为她点赞！因为她的努力，孩子这段成长的历程洒满了灿烂的阳光！

师爱，让孩子诵出艺术之歌

"打开你的心窗，甩掉你的烦恼，拿出你的自信。"这歌词是刘老师的真实写照。她所教的学生最大的特点就是自信、活泼、有激情，这与她的快乐教育、自信教育是分不开的。

2016 年 12 月学校又迎接了一大盛事——江苏省"名师名校活动"在我校举行。为了展示我校师生风采，刘老师又一次承担了孩子诗歌朗诵部分的指导工作。由于参与人数众多，孩子的年龄偏小，在训练时各种问题不断出现。那段时间，她的嗓音是沙哑的，面容是疲倦的。即使如此，她仍将自信阳光的一面展现在孩子们面前，鼓励孩子一次又一次地登上舞台参加训练。课余，她主动找那些容易怯场的孩子聊天，打开心结，拥有勇气。她将自己的乐观开朗，传染给了每一位孩子，他们在舞台上像一朵朵绚烂的向日葵，向着明亮那方，露出自信迷人的微笑。由此，崇明孩子的自信与快乐也传递给了与会的每一位老师。

“爱是什么？爱就是竭尽全力帮助每一个孩子。”在刘老师眼里，孩子们都是那么可爱，那么重要。她总坚信，每一个孩子都是最好的天使。她努力创造机会，帮助每个孩子成为“最佳”，去赢得热烈的掌声。

“刘老师是一个极具人文关怀的老师。”熟悉她的人都会这么说。在她眼里，学生的情绪是不是愉快，情感是不是丰富，性格是不是开朗，意志是不是坚强，这些是与学习知识同等重要的事情。所以，在她的课堂上，她都在担任“心理保健师”的角色。班上有个孩子学习成绩好，有号召力，但有时缺乏自制力，语文、数学课他比较“规矩”，可是音乐、美术课上，他却成了“自由电子”。这不，他又在音乐课上“捣蛋”了。刘老师找他谈话，刚问一句：“作为班干部，你怎么带头闹呢？”他脸红脖子粗，顶撞起来：“哼，老师不公平，好多人说话，为什么只说我？偏心！”说完便要回座位。刘老师一把拉住他，风趣地说：“又是唱歌，又是说话的，嗓子干了吧。先喝口水。”等他火气渐渐平息，刘老师便轻言细语，耐心疏导：“点名也好，检讨也好，老师都是为了严肃纪律，如果听之任之，课就上不成了；有错认罚，男子汉要敢做敢当，宽容坦荡，拥有一颗坚强、大度的心。”刘老师的一席话，让孩子心服口服，主动认了错。

师爱，让有才情的孩子生命飞扬

“教孩子六年，就要想到孩子今后的六十年。”对于有才情的优秀学生，刘老师更是不遗余力地给予关注，施行“扬长教育”。课上，她带领孩子们一起走进艺术的殿堂，感受艺术的魅力、博大和深远，让艺术充盈着学生的心灵，为孩子们的生命润色。

刘老师还是一位非常注重教育细节且充满生活激情的人。在她的课堂上，有孩子们喜欢的音乐，有可以倾听的故事，有感动于生活的哲理。她努力给优秀学生提供更多发展自己、提高自己的机会，让学生在不断发现自己的潜能中成长，而这种不可捉摸的巨大的心灵力量又能激励学生更积极地投入活动中来。她指导孩子们参加“少代会”展示红领巾的魅力，指导舞蹈《同桌的你》荣获市级一等奖，另外，她指导的节目多次获得了句容市，镇江市和省级一等奖。

有一首诗最为动人，那就是师德；有一种职业最为美丽，那就是老师；有一种风景最为亮丽，那就是师魂；有一种平台最为神圣，那就是三尺讲台。“衣带渐宽终不悔，为伊消得人憔悴”，这神圣的伊，就是伟大的教育事业，她无怨无悔，把所有的热情都奉献给了可爱的孩子们！

刘老师，向你致敬！

与您同行，如此幸福

吴燕

女人如花，您有花一样的美丽。女人如花，您有花一样的智慧。女人如花，您更有花一样的胸怀。毫不夸张地说，您是我们全校师生心目中的女神——我们敬爱的曹校。在工作中碰到任何难题，只要有您在，就会倍感安心。其实，真的不敢说，与您同行，总觉得自己成长的步伐太慢。我只有默默地跟随您的脚步，一步一个脚印，脚踏实地学习、成长，才不会辜负您的信任。

惰性是阻碍人成长的最大恶魔，而它却隐藏在每个人的身体里。上学期，在团队的帮助之下，我有幸获得了镇江市优质课评比的一等奖。于是，不要好的我就想，终于可以停下来歇歇了。殊不知，这样的想法是多么地愚钝和可笑。可能，连上天对我这样的“不务正业”也看不下去了，于是，这学期我又重新经历了备课、磨课、试上这样循环往复的“痛苦”。

这学期最具有影响力的教育大事件莫过于镇江好课堂了，而我也很幸运地通过层层选拔，可以代表句容市参加镇江市的好课堂展评活动。其实，这份幸运并非从天而降，这份幸运凝聚着我们这个团队的智慧。

周末的讨论

镇江好课堂的赛课内容是在前一周的周六上午网上公布，而在前一天的晚上曹校就打电话问我课题以及抽签的事宜。她还叮嘱我拿到课题后先自己思考，周日再去学校讨论，争取周一就能试上一遍，当时心里暖暖的。后来听说，那天晚上曹校刚从外地回句容，却还能想到这些微不足道的小事。

那个周六的上午，没能像往常一样睡到自然醒，打开 QQ 群，你一言我一语，已经是一片热闹的景象，我也赶紧回复。带着一天的思考和困惑，周日一早到校，同来的还有我们组的几位老师，当然也包括曹校。打扰了各位周日本该拥有的美梦，我在此深表歉意。讨论时，曹校听着我的思路，时而抬头朝我看一眼，时而低下头用笔在纸上写着什么，时而也会中途说上那么几句。最后，曹校边写边说，你们看，是不是可以这样设计。她说着自己的设想，我们听了都连连点头，她的思路新颖，有着对教材的深入解读和有效整合。这就是曹校的睿智！

凌晨的回复

有了曹校的指导，我对课的感觉渐入佳境。之后的一周免不了就是每天的试上、调整、再试上，曹校几乎是全程参与。时间就在这样痛苦的经历中来到了周末，希望它的节奏快一点，能早点解放，又盼望它能放慢脚步，可以准备得再充分些，人就是这样的一个矛盾体。

根据镇江教研室的要求，最迟周一必须要把教案整理好上交，也就是周末两天必须要把教案定稿。曹校安慰我说："没事，就按这个思路周末把教案整理好，发给我看一下！"

周日把教案通过 QQ 传给曹校后，等待着曹校的回复。晚上十点后曹校还没有回复，后来得知她外出有事，我想，可能要到周一才有空帮我修改了。

周一第一节课就忙着试上，没空登录 QQ。等试上完，曹校坐下来和我交流的时候，她说，这个地方，昨晚我给你改了一下，你可能没有看到。我当时觉得好吃惊，我下线已经将近 11 点了，曹校那个时候还没有发送文件呀？曹校后来又说，她回去的确已经很晚，修改好发给我已经凌晨一点多。我除了感动还有一份小小的受宠若惊，作为一校之长，居然能帮一个普通的教师修改教案到凌晨一点多。

短信的嘱托

周三就要正式比赛，周一是在学校的最后一次试上。试上完，曹校就一些细节之处做了提醒。因为我要赶回北校上课，走得比较匆忙。等在北校自己的班级上完两节课已经是中午，掏出手机，查看到一条未读信息，点开一看，是曹校发的：有空时，给我回个电话。赶紧回拨过去，嘟了几声后，手机接通。曹校说，估计我在上课，所以发个短信给我，真细心啊！她在电话中跟我说，其中一个环节是不是可以这样设计，也就是让学生自己选择小朋友来回答问题，然后再对对方作出评价。看似不起眼的小处理，却蕴含着大精彩：舞台让给孩子，让生生之间互相评价，这就是生本课堂啊！

电话刚挂断不出两分钟，短信的提示音又响起，还是曹校发来的：课的节奏要有快有慢，声调语速要抑扬顿挫！我感觉我就像是曹校羽翼下的孩子，温暖着，幸福着！

临赛的鼓励

时间不快一分也不慢一秒地来到了赛前的最后一晚。教案基本已经定型，毕竟也反复上了那么多遍，但该有的紧张却一分也不少。明明想好的，临赛前一晚一定要养精蓄锐，早点休息，但一不小心时针已经临近数字 10 了。熟悉的电话铃声响起，按下接听键，亲切的声音从听筒另一头传来。曹校说，还没休息呢。我说快了。她又说，今晚就不要太迟了，早点休息，躺在床上再想想一些细节，相信自己，你会是最棒的。本来忐忑的心情，因为有了曹校的鼓励，突然就有了信心。

是啊，有什么好怕的？有这么真诚和睿智的特级教师的引领，我有的只是感动和幸福啊！

遇见你，是最美的意义

刘舒秀

1月25日，2018年的第二场雪如约而至。

我在班级QQ群里发出一条@全体成员的信息：窗外飘着雪，心里却涌动着温暖。朋友们，真心感谢你们。这件事，从昨天到今天，失钱是小事，原本因为信任危机而受伤的心，被大家感动着、温暖着。群里的家长纷纷帮我证明，想办法，还有不少家长主动联系我要求帮我承担……谢谢，谢谢大家，这就足够了。这世界，从来都有不美好的一面，但是良善是大多数。幸运的是，这美好的大多数是你们，我亲爱的家长朋友们，感谢你们的支持，2018让我们继续为了孩子的成长努力。

这是一场“收费风波”的结尾，我想用它作为我和家长们之间故事的开篇。细细回忆着我和家长们这半年来相处的点滴，如同这窗外飞雪，薄如鹅绒，轻不压枝，却在不经意间，就浸染了整个世界，纯洁而雅致，映照出心底的万千温柔。

遇见，从一场美丽开始

2017年，秋天，文昌园向日葵，笑得灿烂，一朵一朵，一簇一簇，热热闹闹。D一楼，一年级八班的黑板报上，几朵向日葵盛放着“美丽文昌欢迎你”。

“妈妈，你瞧，我们班的向日葵旁边还有这些彩色的小花呢，真好看，别的班级可没有。”

“是的，那是因为，我们班级的孩子们是棒的，所以老师专门为你们布置的。”

说着，我摸了摸孩子的小脸，触到那一脸藏不住的得意，看向家长，那眼里分明也掠过欣喜。

几天后，花店给我们送来了两盆巨大的绿植，附有这位家长写下的话语：刘老师你好，开学工作辛苦了。我为班级买了两盆龙须，送给老师和孩子们。愿我们的教室永远最美丽！

这一场遇见，注定了从美丽开启。

活动，要做最好的自己

12 月，学校各年级要举办诵读比赛的活动。这是我们孩子进入小学后第一次上台表演。我给孩子们选好诵读的几首童谣后，在群里公告大家回家督促孩子们背熟，练习动作。消息一出，家长们十分珍视这个展示的机会，纷纷询问着装要求。我说考虑到天气原因，就穿校服吧。这时，班级家委会主任林妈妈，主动联系了我，说起统一服装的事。我有些为难，涉及“统一”“强制”“收费”这些敏感的字眼，总是不太好的。她说：“刘老师，你放心，有我们家委会呢，我来征求大家意见，如果都同意，我们就买。”

说干就干，很快林妈妈就在群里发布消息，征集家长意见。当晚，一份全班孩子的服装尺码电子表格发到我的 QQ 里，我惊讶了：“这么快？”她说：“我想赶在双十二之前买好，有几名家长没有回复，晚饭时间我一一打了电话确认，只有贾丽丽家没有联系上了。”当得知贾丽丽家孩子多，条件不太好之后，她说没事，有我们家委会在，一个都不能少。在她的带领下，家委会成员分工协作，选衣服，挑配饰，下单收费，有条不紊，甚至分摊了贾丽丽购买服装的费用，出力又出钱。

诵读比赛的那天，孩子们穿上了喜气洋洋，充满年味儿的服饰，配上朗声诵读和整齐的动作，吸引了评委纷纷点赞，一举摘得桂冠。

在家委会的带动下，每有活动，家长们总是倾力付出：广播操比赛前夕，家长们每天上传孩子的做操视频；跳绳踢毽子，家长和孩子们一起练习；爱心义卖，家长为我们提供义卖商品，制作宣传海报……

在活动中成长，在活动中收获，做最好的自己，有家长的支持，孩子们定会不遗余力展示自己。

团圆，只为我们在一起

12 月 29 日，庆元旦活动，我在班级群里问：特别的日子，不想只是吃吃零食看看电视，想给孩子们过个不一样的元旦，大家有什么好的建议吗？

有家长提议：团圆，最应景的就是包饺子了。一石激起千层浪，此言一出群里家长纷纷响应："对啊对啊，包饺子。""好玩又好吃""需要帮忙吗？"接下来，我觉得自己完全成了"局外人"，只见 QQ 群里消息迅速刷屏："我做馅""我买饺皮""我来带锅""我最会包饺子""还要一些一次性手套和桌布"……

很快，家长们就自己安排好了做饺子馅，买饺子皮，来现场帮忙，带锅碗瓢盆调料等杂七杂八的人选。我看得眼花缭乱，心里乐得开花，弱弱地提醒一句："那什么？肉挺贵，买肉的钱大家平摊一下吧。"立刻，家长一句话就证明我这句话的多余，"只要孩子们高兴，我们家长出点钱没什么。"

活动当天，爱心妈妈们来到教室，贴窗花，吹气球，排桌子分组，手把手教学。教室里暖意融融，饺香扑鼻，看着家长们忙碌的身影，孩子们吃得喷香的笑容，我竟有瞬间的恍惚：我是在教室吗？这分明是一个有着 47 个孩子的大家庭啊！

2018 年 1 月 26 日，雪霁天晴，阳光一刹那充满整个世界，即便空气凛冽，白雪微残，那一刻依旧感觉到光明和温暖，这便是阳光的意义。2017，一场老师与家长的相遇，心与心的碰撞，爱与爱的互养，这便是教育最美好的意义！

在路上，遇见美丽的风景

夏志香

在我们教学的日子里，总有一些人，一些事让我们心怀感动。也许一句不经意的话语，一个寻常的举动，一次别样的经历、体验，会让你久久难以忘怀。其实，在我们的身边从来不缺少美。最美的风景就在我们的眼前。

这学期，我主要担任的是四（4）班数学教学工作。四年级数学教学，对于我来说是第一次。我是一位教学新手，对教材知识体系还不够熟悉，对知识的重难点把握也不够准确到位，没有教学的好方法、经验、策略……总之，存在着很多未知与不解。

记得开学的第二天，“认识升”教学之前，我来到四（5）班，向刚上完课的赵校借用量杯、水桶等教具。她倾其所有，真情捧出。不仅把我所需用的教具递拿给我，还向我聊起了她上课的感受。就书本的一道习题：比较3个杯子的容量，哪个最小，哪个最大？说道开来。只见她手拿粉笔，对照题目，边讲边在黑板上画，提醒我要引导学生注意观察3个杯子在形状或外形上区别，将书本的静态图变成动态的操作图，通过演示向学生说明图意，使学生在观察、比较、分析中找到答案。讲完一题，又找到课本与之相似的一题，让学生还原图意，清楚表述，正确解答。数学中经常用到求同求异思维。做完两题，同中寻异，揭示教材的用意，呈现知识的本质。她如是娓娓道来，入情入理。此刻，我就像一位新入职的老师，而她就像是我的导师，搀扶着我该如何读懂教材，如何向学生表达教材的用意，突出教学的重点难点，关注教学的细节。过后细想，我借的不仅仅是教具，更多的是教学的智慧。这让我相信，与智慧的人在一起，自己似乎也会变得智慧一些，学中生慧，教学还真的能让人开心，教学是件美妙的事。

课堂是教学的主阵地，是师生共同提升自我的场所。赵校以课堂为生命线，严格要求自我。一次，她要到行香小学送教，来我们班试上。课上，她精神饱满，抑扬顿挫，激发热情，主张探究，引发思考，辨析提升，突显本质，充满趣味。她在追寻自我教学的完善，给我们留下美好的印象，给了我们很多教学的思考。生动、活泼、有趣的课堂得益于正确解读教材，准确把握学情，巧妙穿针引线，灵活机智调控。顺势而为，让学习有了落脚点。

9 月 30 日，刚刚上完第二单元，我们四年级组就组织月考。各自监考、流水阅卷、登分记录，了解整体学业情况，组内老师从上午忙到下午，赵校也不例外。流水阅卷时，赵校见我体力不支，便把较容易改的页面让给我，却把较难改的页面留给了她自己。她手疾眼快，笔在一张张卷子间来回穿梭，唰唰唰，一个个红钩钩伴着少许的叉叉、圈圈跃然纸上，一沓又一沓，最先完成分工阅卷任务。在分工阅卷时，她没有以领导的身份高居一旁，而是和我们在一起，并肩作战，拣重提效，以身示范。关心同伴，做出榜样，不仅在温暖人心的话语间，更在一个个细小的行为举动上。一个不断追求完善的人，也会帮助身边的人不断完善自我。平日教学中，我边学边教，边教边反思，一步一步艰实地走在教学的河沿，摸着石头过河。有时走着走着，就会遇到一些绊脚石，让我不得不停下脚步歇歇，思虑思虑我困惑的地方，有的地方自己琢磨琢磨能想明白，有的地方拿捏不准，我会问问身旁的同事、平行班的老师。而问的最多的是赵校，每每问她，她总能亲切地、不厌其烦地解释给我听，给我满意的答案。组内王化森老师上研讨课前进行磨课，她也亲力亲为，出谋划策，点拨细致，深感受益。难忘画面，留存心间，温暖教学。

成熟的稻穗会低下头感谢肥沃的土壤，香气诱人的桂花会把自己藏在枝叶间感谢一片片叶子提供的养分。谦虚的人总能以仰视的姿态来欣赏别人的优点。一次单元测试，放学前我向学生发放了测试卷，并在黑板上写下各分数段的成绩人数，让学生了解自己的学业情况以及全班的总体成绩情况。路过班级的赵校探头看了看，并向我竖起两个大拇指，还跟张煜老师说我教学认真，爱钻研教材，待学生温柔。之后，她还以别样的夸赞方式称我老夏，说道："别把我们甩得太远。"听了她的话，我不知说什么是好，我只觉难为情，我只是偶尔一次往前走了一点，我没有她说得那么好！相反，倒是她的教学态度、教学精神在一点一滴地感染着我。

教学的日子里，不缺乏故事，不缺乏美景。细数教学经历，有一种花香的味道弥漫我们的身心，有一种情感温润我们心灵，有一束光点燃我们的心田，照亮我们前行的路。在路上，我们会遇见美丽的风景。

致青春已逝的“老腊肉”

毕秀兰

苏教版五年级语文下册教材中有一篇课文《水》，作者马朝虎用朴实的语言，真实地记录了自己家乡缺水的现状以及人们对水的渴望。文中最震撼人心的，也是让人比较心酸的镜头，是母亲用一勺水给四兄弟洗澡。一勺水让极度“饿水”的四兄弟舒服得“啊、啊”直叫。水，不仅是马朝虎村子里最珍贵的东西，也是所有人生命中不可或缺的珍宝。虽然我们所生活的环境中暂时不缺水，但如果半天不喝水也耐受不了。不过这种状况在我们级部不会出现，因为在我们身边有一位勤劳的“老腊肉”——王荣老师。

一早，跨进办公室，就会听见“滋滋”的声音，这是水壶在烧着开水。更不用问，桌上并排放着的水瓶已经灌满了开水，供你随时饮用。不用担心断水，因为王老师随时关注着。“还有水吗？我来装水。”这是王老师每次进办公室说的第一句话。由于王老师承担的是体育课的教学任务，而体育课又基本安排在下午，所以经常是三节课连上，这对于王老师来说是相当劳累的，课间十分钟的休息就显得尤为重要。就是这十分钟，你会看见王老师拿着水壶一趟趟地灌水、烧水、灌水、烧水。只要有王老师在，烧水的事情其他人根本不用操心，更插不上手。王老师就一句话：“烧水我来！”简简单单的几个字，平平淡淡的一句话，却如炎热中的一丝凉风，让人舒服、感动。

现代社会飞速发展，给年轻人创造了一个展示自我的大舞台，这是个“小鲜肉”的时代。不过，鲜花还需绿叶衬，要凸显“小鲜肉”的“鲜”，就得有“老腊肉”的“咸”陪衬。你听，“今天你要嫁给我了！”“我真的还想再活五百年！”你不会想到这是“老腊肉”朱洪海老师在引吭高歌吧。

这学期，我有幸和朱老师合作。本以为朱老师不再年轻，工作中如果遇到什么事情会难以协商，没想到这根本不算个事。也许是工作的繁忙，更也许是所带班级的特殊，身体终于透支——我累倒了。在我休息的几天里，朱老师义无反顾地承担起班主任的工作，而恰巧那段时间学校活动较多，上课、活动、比赛，朱老师忙得不亦乐乎。他自己身体也不是很好，但他却毫无怨言，总劝我安心休养。在平时的教学中，经常会听到朱老师暖心的一句话：“累吗？累了我来！”“你有事尽管去，有我呢，放心！”即使血压飙到180，嗓子哑到说不出话，他依然坚守在自己的岗位上。沙哑的声音飘荡在教室里、走廊上。课堂上激情飞扬，课余的悉心指导，一个青春已逝但童心未泯的“老腊肉”，在平凡的岗位上书写着不平凡，书写着崇明园的大爱。

虽然这是属于“小鲜肉”的时代，“老腊肉”们的青春已逝去，但他们的激情却如日中天，崇明园也因为有了这些“老腊肉”，天更蓝，树更绿。

做一个快乐的牧羊人

——我和孩子们爱上童书阅读的故事

费云芬

一直以为，一个像样的教师应该是那个牧羊人。他会首先考虑到为他的“羊儿们”寻找精神生长的原野——一片思想的沃野。在那里，即使我们身处狭小的教室，我们的孩子却能看到远处的山，高处的云朵和深处的海，听到课本里发不出的声音，欣赏到黑板上画不出的色彩。如果这一切真的实现了，这个牧羊人就是一个快乐的牧羊人。而我，正是这样幸运的一个牧羊人。

遇到几个“种树的人”

那年暑假，因为向往大学的生活，就来到扬大进修教育硕士，正好遇到了“亲近母语”课题组的岳乃红老师。当时，她的《班级读书会 ABC》已经面世，几次交谈后，岳老师慷慨地送了我一本她的专著。我细细研读了徐冬梅老师的总序后，有种豁然开朗的感觉。原来，我们的阅读内容可以这么丰富，我们的阅读课可以这样上，我们做语文老师的可以把孩子带上这样诗意盎然的旅程。还等什么呢？赶快把这些“种树人的种子”搜来，滋养自己枯竭的心田。于是，见到薛瑞萍老师的书就收，有空就拿出来浏览。丁筱青老师的书前后看了好些遍后，就主动借给同事看。从她们的书中我还认识了一个“种树的男人”，并很快读到了他的《阅读儿童文学》。第一次拿到这本书，我是一口气看完的，因为是借的，我还做了很多笔记。过了几天，我还是自己买了一本，借给同事们看，自己也方便时常翻阅。

寻找“绿草地”

跟着“种树的人”在“阅读的森林”里转了几圈，我开始为班上的“羊儿们”寻找滋养他们的“绿草地”。好在我们学校藏书还是挺丰富的，光学生阅览室就有两个，走进去，粗粗浏览，竟能看到中国少年儿童出版社的美国纽伯瑞儿童文学奖金奖系列作品：《花颈鸽》《海蒂——木偶百年历险记》《伍德龙一家》《自由人》《蓝色的海豚岛》《天使雕像》《黑色棉花田》……纽伯瑞银奖系列：《贝丝丫头》《时代广场的蟋蟀》《夏洛的网》《雷梦拉八岁》《雷梦拉与爸爸》以及其他的国际经典童话：《洋葱头历险记》和《从罐头盒里出来的孩子》……

真幸运啊，我们的孩子能在阅览室遇到这些童书。于是，孩子们有了自己的一片“绿草地”。

相信这些童书会为孩子们打开一扇窗，把世界带到他们心中。

发现一个迷人的“花园”

从“种树的人”那里听说过很多绘本，可惜因为我们身处的城市太小，竟不能找到一本那些有着动听名字的图画书。偶然听朋友介绍了“小书房——世界儿童文学网”，注册登录后，我仿佛走进了一个绘本的花园。接下来的课堂上，这些五彩缤纷的绘本开始绽放在孩子们的眼睛里，闪耀在他们的脑海中。我高兴地看到，徜徉在绘本花园里的孩子们，依旧是那么天真，那么快活，还有热情。瞧，读完《爷爷一定有办法》，很多孩子写出了自己的模仿版：《妈妈一定有办法》,《奶奶一定有办法》……读完《鸭子骑车记》，孩子们知道有时候尝试一下新鲜的玩具，会带来很多的乐趣。读完《幸运的一天》，孩子们为智慧的小猪鼓掌喝彩！读完《大脚丫跳芭蕾》，很多孩子被贝琳达优美的舞姿所折服，他们丝毫没有注意到她的大脚丫。读完《彼得王子和泰迪熊》，孩子们体会到了做一个普通人的快乐。读完《花婆婆》，孩子开始思考自己能做的“第三件事”是什么？……

自由自在地吹笛子吧

一个牧羊人，能有片“绿草地”栖息，常常还能欣赏到“花朵绽放”的绚丽，还有什么奢求呢？就自由自在地“吹笛子”吧。铃声响了，“笛声”也开始悠扬回旋在教室。今天我读莫利斯·卡列姆的《我学写字》，明天你读谢尔·希尔弗斯坦《自私小孩的祈祷》，后天大家一起读米尔恩的《跳》。一周的诗歌读下来，没有多少讲解，学生却写起诗来，并且有滋有味。诗歌可以写，小说可不可以写呢？那就让“笛声”继续充盈在耳畔，引着“羊儿们”往山坡跑吧。接下来的日子，他们听着《捣蛋鬼日记》《我和小姐姐克拉拉》《夏洛的网》《毛毛》……的节奏，越跑越快，渐渐都聚拢过来。不过，他们的脚步不再随意，不再凌乱，而是清晰的，整齐有力的。有一天，我欣喜地发现，我们队伍里有了大大小小的“领头羊”，他们不仅通晓各种曲调的笛声，甚至把更多的羊儿带进我们的队伍，大家一起奔跑，一起快乐地在草地上自由自在：愿意读书就读书，愿意写诗就写诗，愿意讲故事就讲故事。一样的是大家都那么兴致勃勃，那么认真投入。慢慢地，善良，勇敢，真诚，智慧这些品质就像太阳照耀着这些孩子的每一天，给予他们一生的温暖。

真想永远做一个快乐的牧羊人！天天和孩子们在儿童文学的“绿草地”上流连忘返，让童趣尽情弥漫，让童言热情踊跃，让童年的笛声飘扬得很远很远。

第五辑　润物无声

我的班级是江湖

贾基娴

江湖并不是个传说，江湖并不在那遥远的地方。

走进我的班级，你会发现这里就是江湖。英雄侠士济济一堂，个个身怀绝技，人人个性鲜明。每日可听切磋武艺的私语，每日可看门派纷争的恩怨。

武林霸主——赵无眠

此人身高、吨位，位列班级武林霸主之位，无人有异议。

“老师，我们踢毽子，他捣乱，抢我们毽子，还把我们毽子扔到楼下去。”

“老师，刚才你们班有个同学去厕所的路上撞我，把我撞倒了。”

“老师，我刚才从你们班一个同学面前走过，他就骂我，我说他不该骂人，他就打了我一巴掌，还继续骂人。”

每天接到这样的“弹劾奏章”不计其数，不仅自己班，左邻右舍也相继哭诉，下课十分钟一分钟也不会消停。找到此君，他满头大汗，玩得不亦乐乎，意犹未尽地来到你面前，一脸无辜“我就是想跟他们玩玩啊”“他们就知道告状”……嘴里喋喋不休，与他四目对峙，看不到他的一丝歉意，一毫难为情。

下课如此，上课照旧，要么吃东西，要么扔橡皮、纸屑砸人，好不容易安静了，那是自觉无聊了，弄本书在看呢。

家长也来告状了，什么东西没了，什么孩子被欺负了，诸如此类，大抵离不开此人。无人敢与他同桌，尽管如此，一学期前后同学换了五六个，每换一个，第二天就要接待同学及家长来访。

刚开学没两周，发现这家伙天天喝咖啡。这不，一走到他身边，浓烈的咖啡味扑鼻而来，问他：“你爸妈给你喝这个？”笑着点头称是。后来同事小周一盒咖啡成了空壳，大家正在办公室讨论这咖啡飞向何处时？我猛然想起班上这位大仙，他抽屉还剩两包呢，多方调查，加之证据确凿，他无奈承认，在检讨书中赫然写下：愿意赔老师十元钱！

无独有偶，我们班去图书馆借书，一下课，图书馆馆长发现图书室的玩具、口香糖、咖啡不翼而飞。班级同学举报，此君有嫌疑。一番长谈，几位老师轮番上阵，在要调取监控录像的“威吓”中终于承认。类似事件如长江之水绵绵不绝，无数次让人忧心无眠，故称此君赵无眠。一学期，他以最多的投诉，成功登顶班级武林霸主的宝座。

此霸主在拔河比赛中尽显英雄本色，只见他将那么粗的绳子拴在腰间，屏气凝神，气沉丹田，就等发令哨响，咬紧牙关不动摇，力拔山兮气盖世。真是“无眠一出，何以争锋！”班级武林霸主地位，任凭谁都无法撼动！

狮子吼——“小布什”

未见其人，先闻其声，因为名字与美国前总统布什相似，我们则称他为“小布什”。

那可是我们班的顶尖高手，嘴上功夫在一帮小伙伴中绝对是翘楚。

一大早，只要你刚从楼梯爬到走廊，就会听到一阵尖叫：“老师来啦，老师来啦！”紧接着是一阵急促的奔跑声，让你哭笑不得。

上课插嘴最在行“哎哟，这都不会。”“哈哈，笨死了。”“你来，小布什来回答。”只见这时的他，慢吞吞站起来，好似身体有千斤重，抓耳挠腮，支支吾吾，含含糊糊，在同学们的哄笑声中不红脸。

坐下之后，又开始重复上演他的拿手好戏。

下课，满教室、满走廊撒开小腿，一边跑一边呼喊，一会儿倒地，一会儿翻滚，一会儿哭了，一会儿笑了，天生的演员，有时天真得让你觉得可爱，有时讨厌得让你觉得可憎。

不知道什么时候，他练就了这身独门绝技——狮子吼。时时爱讲话，处处能讲话，而且嗓门奇高，更令人称奇的是嗓门永远洪亮，从未沙哑过，不知道经常口含什么牌子的润喉片。上课、吃饭、排队，有他的地方就有热闹的喧哗，有他的地方就有无穷的欢笑。苏轼有诗云“忽闻河东狮子吼，手掌落地心茫然”，我们却是，日日闻得狮子吼，天天见得机关枪。

娇贵公主帮

班级各大武林高手，绿林好汉，来不及一一细表。那一边上课一边傻笑，好似中了三笑逍遥散的“王好汉”；那上课就做冬眠状，下课复活，功课“全线飘红”，作业基本靠抄，考试基本靠蒙，排名基本靠后的“刘将军”；还有明察秋毫，严于待人，宽以律己的“丁司令”等等，单女中豪杰，巾帼英雄撑起一片天，绝对秒杀“女人能顶半边天”之说。

我家有女初长成，娇贵刁蛮无人识。

“老师，我家是女孩子啊，你看她的脸上留了一个疤，你说怎么办？”这是由于体育课上跑步手插在口袋，不肯拿出来，结果摔跤的小主儿。为这事，家长三番五次登门造访，要老师给个说法，要一起跑步的孩子及家长给个说法。

“老师，我家女儿晚上写作业的本子找不到了，我就让她别写了，跟你说一声，明天到学校别骂她啊。”

“老师，我家女儿上课看了看窗外的风景也要被老师罚站，这是不是处罚得重了一点啊，她只是个小女孩啊。其实，我对那个老师早就有看法了，我跟你说啊，她……”

“老师，今天我们家闺女感冒了，体育课、广播操就让她在教室啊。”

“老师，我家女儿的水杯可是她生日时国外的亲戚送给她的，你看，被那个同学碰掉在地上，摔成这样，我女儿都心疼死了，哭了好久呢。你看，怎么赔啊？”

家长如此态度，一帮公主们对自己则更加疼爱了。

数学作业“计算并验算”，畜小主则把验算画去，只计算。10道数学计算题，小主只做5道。语文作业凡是习作、阅读，小主一概一字不写，凡是要写“你有什么感想？”“你想说些什么？”小主一律空白。英语作业“三英一中”，小主从来都是一英一中。今天被留下来补昨天的作业，到了明天依然重复着昨天的故事，日复一日，从无改进。哭红了脸，揉红了眼，那只是片刻，明天我依然如此“咬定作业就不写，任尔东西南北风”。

家长来了，“老师啊，你们翼校通又不天天发，黑板上的作业她又不记下来，我们也不知道作业啊。真没办法，我们也不想管她。”“老师啊，她在家就是这样，磨磨蹭蹭，丢三落四，我们说她，她比我们还能说。”

还有“欣格格”，整天在本子上画着芭比公主，小手链、小手镯、小项链、小玩意令人眼花缭乱，头上发辫、发卡、发箍层出不穷，连指甲也染了色，还有可爱的 hello kitty。

如此众多的英雄侠士，是不是也该用水泊梁山的 108 位来排个队呢？这样是不是就形成了一个“聚义厅”？这样是不是更加有利于形成班级凝聚力，使得班级蒸蒸日上？

班级江湖每天都上演不一样的精彩故事，预知下回内容，且容我歇息月余，再给列位看官絮叨絮叨。

一次失败的“嫁接教育”尝试

王振元

去年接手了一个六年级班，班上有一位特殊的孩子。此孩名叫吴昊，家里条件优越，爸爸是四星级酒店大厨，经常带一些荤菜回去给他解馋，所以他越来越喜欢吃肉，长得特别胖，体重达到一百五十斤。胖了就带来生活上的不便，学习习惯又差，家庭作业经常不交或迟交。和家长交流，家长也表示对他的家庭作业完成情况束手无策。他的父母一度对他的学业不抱任何“期望”，放任之。

针对这种情况，我决定采用激将法试一试，由于学生中午都在学校代伙，给我提供了弥足珍贵的教育契机。我告诉他不完成作业只准吃素菜，不允许吃荤菜。他一听我这个“苛刻”条件，眼光就黯淡下来了。当天的作业完成得还是比较及时的，在以后的家庭作业中，吴昊也会出现作业迟交的现象，但是不交作业的现象已经不再出现。看来吴昊不是“缺作业”，而是“缺荤”啊！

“缺荤”教育就是看准了学生的“软肋”，一招制敌，直击要害，使他能及时调整学习态度，纠正了不良学习习惯。

今年接手了一个五年级班，班上有一位叫徐冉的同学，也有像吴昊一样不交家庭作业的习惯。有一次，全班只有他一个人没交家庭作业，我问他不交作业的原因，同座小倪调侃说：“王老师，徐冉的名字起得不好，徐是慢慢的意思，冉也是慢慢的意思，徐冉就是慢慢慢慢的意思，所以他来不及写作业。”我批评了小倪的不严谨，示意徐冉坐下继续听课，因为我已经想好了应对之策：“嫁接”吴昊的教育方式。中午轮到我值餐，我把徐冉叫到跟前：不完成作业不许吃荤菜。徐冉面无表情，我窃喜，以为得到了应有的教育效果，放学前肯定会收到他补写的家庭作业。放学前，我特地走到徐冉面前，徐冉还是没有写好。此时，我很恼火，难道他不吃我这一套？平静了一会儿情绪，和他聊了起来：“徐冉，你的作业为什么还没有写好？”徐冉还是面无表情。原来他就是一个热衷于“面无表情”者，这是我的误判之一。他说：“老师，我没时间补写。”我追问道：“你对老师提的不完成作业，不准吃‘荤菜’的要求有什么想法？”“老师，我不喜欢吃荤菜，我喜欢吃素菜，我在家都是吃素菜。”他答道。随着这一谜底的揭开，我陷入了沉思：原来如此，我走错道了，走“反道”了！

这是一次失败的“嫁接教育”尝试，也给我的教育教学带来了很多启示。

一、充分了解学生

著名哲学家苏格拉底说过，认识你自己。教师的首要任务应该是帮助学生认识自我。一个班有几十位学生，他们每个人都有不同的家庭教育环境，有其不同的个性，形成其不同的学习习惯。一个好的教育方法可能适用于一部分人，但对于另一部分人则不一定适用。教育教学中鼓励因材施教，就是根据不同的学生选用不同的教育教学方法。比如，对吴昊使用不准吃“荤菜”管用，但是对徐冉不准吃“荤菜”就不管用。所以教师要做个细心人，充分了解每一个学生，找到真正适合他们的教育“切入点”，多表扬，少批评。让学生能正确的认识到自己的长处与短处，这样教师才能做适当的教育。学生有个性的彰显，有思想火花的闪耀，有深远意义的进步。

二、给学生“慢长”的机会

著名作家池莉说过，孩子在我们眼里永远是座冰山，我们永远只能看见浮在水面的一部分，尖尖的一小部分；他们更大的部分更多的内容都藏在水面之下。所以教师不要“看扁”你的学生。一般学困生都有一个共同点：完成学习任务有一定的困难，他们对学习存在某种程度上的“畏惧”。教师应摆正心态：允许他们“缓一缓”，给学生“慢长”的机会。缓一缓，教师要有“将军额头能跑马，宰相肚里能撑船”的雅量，能宽容大度，能辨清是非，能敏锐地发现学生问题的症结所在，能采用有效的方式进行引导教育。学生是一个发展中的人，只要不是原则性错误，教师都可以“缓一缓”，给学生一个自我调整的机会。

三、让学生看到你的爱

其实师生关系的最佳状态是“互爱”，孩子们具有差异性，对孩子们的态度应该是“只有不同，没有不好”，只要孩子努力了，就算成功了。教师的职责是教书育人，其实我们应该倒过来：育人教书。知识传授的重要性不容忽视，但孩子的品格、兴趣和个性更加值得教师关注。教师在应试教育的大环境下，挥舞着考试的大棒，以分数论成败，但是不要眼中只有冰冷的分数，眼中要有人，一个个鲜活可爱的个体。如何搏得学生的爱，除了眼中有学生，还得有具体的措施，与学生互敬、与学生打成一片，让他们感觉到你是他们的一分子，让学生看到你的爱。孩子喜欢上某位教师的课，他这门学科肯定不会太差，原因在于亲其师、信其道。每个老师都是爱孩子的，所以要想搏得学生的爱，教师需要有大格局。让孩子看到你的爱，并感受到你的爱。

一次失败的“嫁接教育”尝试，一次并不特别显眼的教育失误，暗示着教育行走永远在路上，一刻也不能停止，不然会跟不上学生的变化。愿学生看到你的爱，愿学生看到我的爱，这种愿景一直萦绕在我的心头，温馨而弥远！

“心”育无声，“爱”让教育绽放美丽

陈学红

孩子都是个性迥异的独立个体，作为教育者的我们不能统一化地处理他们出现的问题，更不能实施“一刀切”的教育。我们应当选择最切合实际的个性教育，让他们走出“困境”，重拾快乐！

故事一：乐乐战胜了自身胆怯

期末复习的第一天，我刚走进教室，就接到乐乐妈妈的电话：“陈老师，乐乐不能来上学了，南京医生说他要住院观察，至少也要二十几天。”家长边说边抽泣。听着家长的哭泣声，我想问又不敢问乐乐的病情，只好安慰她说：“乐乐妈妈，孩子的身体要紧，您要相信医生，孩子会平安的。”电话就在家长无奈的一声“嗯”中挂了。

那天晚上，我辗转难眠，一直担心着胆小而又倔强的乐乐现在怎么样了？第二天早上，我上完第一节课就给家长回了信息：“尊敬的家长，您好！您昨天的一个电话让我的心久久不能平静。作为一个孩子母亲的我，心情跟您一样焦急；作为您孩子的班主任，我有责任也有义务知道您孩子的病情，告诉我孩子的情况，好吗？”不一会儿，乐乐的妈妈打来电话，激动地告诉我：“陈老师，乐乐正在进行第三项的检查，前两项检查已排除白血病的可能，应该不是最坏的结果，谢谢老师！”听到这个好消息，我那颗悬着的心终于落地了。在乐乐接下来的治疗中，我不时发信息给家长，鼓励胆怯的乐乐好好接受医生的治疗，争取早日康复！半个月后，健康的乐乐回来了，在家独自复习了一天就来学校参加考试，结果语数总分 198 分，家长既惊讶又兴奋！在临走时，乐乐偷偷地告诉我：“陈老师，每次妈妈看到您发的信息，都会读给我和爸爸听，读着读着，眼泪就流出来了，大家都夸老师您呢！”望着天真可爱的乐乐，我情不自禁地抱起了他，泪水已模糊了我的双眼。

故事二：瑶瑶走出了“亲情困境”

瑶瑶刚进崇明园的时候，成绩全班第一。然而，无论是上课还是下课，她的脸上很少见到笑容，她总是默默地拒人于千里之外，对于同学的关心只是偶尔的一笑，碰到老师用眼睛示意表示尊重。是骄傲？还是狂妄？我百思不得其解，隐隐有些不安。偶然一次路过她家，我听到了一些邻居的议论，“瑶瑶这孩子真懂事，没有父亲，成绩还这么好……”我顿时惊呆了，我怎么也不能把表现优秀的她，和她残缺的家庭联系起来。这到底是一个怎样的孩子呢？

有一次，我正巧在瑶瑶家门口碰到她的母亲，和她母亲聊起了瑶瑶的情况。瑶瑶的母亲说：“瑶瑶小时候有个很爱她的父亲，那时候的瑶瑶幸福得像个小公主，每天家里家外听到的都是她银铃般的笑声。可是在她小学二年级时，父母之间的矛盾大了，最终闹得不可收拾。于是，她父亲选择了离开。从那以后，瑶瑶就像变了个人似的，没有笑声，不再又蹦又跳，不哭、不闹、不多说话……我曾经很担心她的状况，可是懂事的她，只会让我宽心，慢慢地我也就放心了……”

听完这些话，我震惊了，这是怎样一个坚毅的女孩啊！她那瘦弱的肩膀，稚嫩的心灵是怎样承受这些过早的压力的？她是怎样一步一步地走到今天的呢？我今天的“光临”，是否会给她更大的打击呢？我不禁为我的冒失而后悔……

第二天，我给她写了封信：孩子，你好！你的坚强是老师的榜样；你的懂事是老师的财富；你的微笑是老师的期待！

我希望用我的真诚和希望给她更多的梦想，可是，她似乎还是没有改变。我明白，心灵的创伤不是用一次苍白的语言就可以修补的。但我相信，只要坚持下去，就一定可以治愈她受伤的心。

转眼间，春节了。大年初一的早上，睁开迷糊双眼的我，想起了瑶瑶，她是否也和其他的孩子一样感受到新年的快乐呢？是否也拥有新的心情呢？我拨通了她家的电话：“请问瑶瑶在吗？”她母亲在叫她了，片刻，我听到了一个睡意十足的声音。“喂！瑶，你好！老师啊。”“哦。”“瑶瑶，新年快乐，愿新的一年里我们的瑶瑶能够天天开心，天天进步！”“哦”依旧是那样有气无力。“那就这样吧，Bye-bye”。我虽不甘心她的无动于衷，可是也没有办法，我没有想到她竟然一点也不激动，一点面子也不给我！我失望透顶！在这样的反复中，我迷迷糊糊地又睡着了。忽然，我被手机的音乐声吵醒了，“喂，老师，是你吗，早上是你打电话问候我吗？”电话里传来瑶瑶急切的声音，我从来没有感到她这么急过，“是啊，怎么了？”“真的是啊，老师我太高兴了，那时我还在梦中啊，刚才，我还以为我在做梦呢？我妈告诉我是真的！”听着瑶瑶在电话那头快乐的声音，我的眼睛也湿润了。我定了定神说：“瑶瑶，你知道吗？我从没感到你这么快乐过，我真希望你以后还能这样。”电话那边寂静，我分明听到了啜泣声，“谢谢你，老师，真得谢谢你！”我含着泪花：“好，我收下了。”

电话挂上了，我为这个迷糊的小女孩感到好气又好笑，又兴奋于她的变化。

开学了，刚进教室，一声“老师好”迎面而来，伴着笑声，竟然是瑶瑶，我欣喜地看着她，心中的喜悦无与伦比。真好，真的很好！今天的天，真蓝！

故事三：杨杨打开了“精神枷锁”

“陈老师，杨杨在座位上哭得很伤心。我问她什么事情，她也不说。那哭声影响班级同学早读呢。”我刚进办公室，值日班长就急冲冲地走进来报告情况了。我立刻走进教室，把杨杨带出教室询问。她泪流满面地说：“老师，我肚子很痛。”说完，捂着肚子蹲了下去，看她痛苦的表情，我连忙拿出手机，说：“那老师联系你奶奶，让她带你去医院检查一下。”

下午，杨杨没有来，我估计她正在医院接受治疗呢。

第二天早晨，我刚上楼，就听见教室那儿有人大声地哭闹。原来是杨杨哭着抱着她奶奶的腿，不让她离开。我走过去，蹲下身，问杨杨：“你已经是二年级的学生了，难道还要奶奶陪着你上学吗？”

“老师，我的腿疼，我想让奶奶陪我一会儿。”

“她在说谎。昨天去医院检查，医生说没有问题，下午让她来上学，她不想来，我就没送来。今天我送她来，又说腿疼，不想来上学，总是找理由。”奶奶着急地说。

“那这样，让你奶奶带你去复查一下，好不好？如果没有问题，一定要让你奶奶送你来上学。昨天的课都落下来了，今天再不上，成绩会掉下来的。”

她含着泪默默地点点头，然后背着书包慢慢地跟奶奶走了。那天下午，她来上学了，好像也没有什么事情。放晚学，我把她留下来了，叮嘱她明天自己走进校门，不要让奶奶送进来了。如果违约的话，要写说明书的。

第三天，我早早地走进教室，发现杨杨还没来，我就站在讲台旁，期待着她独自背着书包走进来。没想到的是，当我看到她时，是被她奶奶左手抱、右手拉着进教室的。杨杨脸上还挂着泪水，想必刚哭过。我在惊诧中听见她奶奶说："奶奶不走，就在外面，你自己读书。"然后她奶奶让我到外面去说话，她握着我的手，我感觉那手在颤抖，沉默了一会儿，她向我道出了事情的真相："陈老师，这孩子中邪了！早上出门时她说只要一走进学校门就看到一个人影子在跟随她，她很害怕。但是她只要一回家，就什么事都没有，有说有笑的。你看这怎么办？""怎么会有这种事？"我一脸的疑惑。那天早上，杨杨奶奶留下来了。杨杨一下课就到办公室去看奶奶走没走。快到晌午时，奶奶要回家做午饭给卧病在床的老伴吃，于是提前回家了。杨杨下课见奶奶不在，走进教室趴在课桌上又哭泣起来，在我再三劝说下，才勉强吃几口午饭。下午的第一节课，她几乎是在恍惚中度过，左看右望，盼望着奶奶早点来接她。为了不让她老想奶奶，我把她的好伙伴找来，让她们主动找她玩，分散她的注意力。只要她上课有一点专注的表现，我就在课堂上大力表扬她。数学单元小练习，耽误了好几节课的她竟然得满分，为此，我花了近 5 分钟的时间去表扬她，鼓励她。杨杨胖脸蛋儿上终于露出了久违的笑容，那天，她是最开心的！

第四天的早上她有点平静，可就在她奶奶准备回去时，她好像觉察到什么，不顾老师在上课，冲出教室抱住奶奶的腿，声嘶力竭地哭着，几乎整个校园的人都能听见。从她的神情和动作中，我感到那个无形的影子在折磨她，她痛苦到了极点！"这样下去怎么得了，孩子的精神会崩溃的……"围观的老师在谈论着。后来，领导建议家长带孩子去南京看看心理医生。

正逢国庆长假，在浙江打工的父母亲赶回来带孩子去南京做心理测试，结果一切正常。听了这个消息，我心里真高兴！心想：放假七天，杨杨在家休息，这样假期过了她就能正常上学了。

美好的想法总是那么短暂。八号上学那天，跟着奶奶来上学的杨杨还是泪流满面。奶奶的陪伴还是少不了，上课常走神，成绩也下降了。我把情况及时向家长反映了，家长征求了一下孩子的意见，准备转学。下午，家长办了转学手续，一家人来到教室门口接她走并向我告别，家长是多么地不愿让孩子离开呀，但也无奈！杨杨好像觉得无所谓，跟着家人头也不回地走了。我站在教室门口，眼睁睁地看着这样一个优秀的学生从自己的视线中消失，泪水情不自禁地流了下来，我痛恨自己没有办法拯救这个孩子，真是个失败的老师。

那天晚上，我无心备课，早早地上了床，躺在床上回想最近和杨杨相处的日子。当想到杨杨最后离开我的那一刻，我的泪水又止不住地流了下来，我不甘心我的失败，咬着牙拨通了杨杨家的电话。“你好，请问你是谁？”甜美的声音，一听就是杨杨。“我是陈老师，杨杨，你还好吗？老师就是有点想你了，想听听你说话的声音。”电话那边寂静，我分明听到了低泣声，“谢谢你，老师，真的谢谢你！”我含着泪花：“好，我收下了。”

第二天，我无精打采地走进教室。抬头一看，杨杨正在座位上认真地读着语文，简直判若两人。那天的晨会课，我激动地对学生们说：“今天是我最高兴的一个早晨，你们猜是为什么？”学生都瞪大眼睛直摇头。“我最高兴的是我们班的杨杨回来了！杨杨，过来老师抱一抱，让老师感觉一下这是不是真的？”我抱着她，泪水再也控制不住，夺眶而出，我感觉那泪是甜的！

那天放学，她奶奶抓着我的手，激动地说：“陈老师，杨杨昨晚上怎么也睡不着。一大早就起来，哭着对我们说，她不想转学。我们问她为什么，她说舍不得这里的老师和同学。今天早上，是她自己走进来的。我真的很感谢你们老师……”

每每回想自己与以上三个孩子的故事，我都会反思自己的行为。作为班主任，我们要在工作中树立“心育”意识，用一颗“爱”心去引导学生健康地发展，这样，才能让教育之花永远绽放！

“差班”就真的差吗?

俞正霞

什么是差班？班风不正？纪律涣散？成绩落后？或兼而有之？

新学期，我就接了个“差班”——五（5）班。

分班时，我对五（5）的印象一片空白、一无所知，而最初得知这是个“差班”，源于分班后一位领导对我说的一句话：“这个班差的，你要多费心啊！”我心一惊，刚开学的热情火焰开始摇曳、降温……

工作还得继续。我加入了五（5）班级群，发出了我的第一则通知：亲子打扫。

很快有家长响应，二十八日下午，三个孩子，两位家长来了。家长自带卫生清洁工具，一边擦着门一边低低地对我说：“我们班差的……”

又听到这句话了！看来这个“差”已“深入人心”！

报名了。这是我和五（5）班全体家长第一次会面，我决定开个简短的家长会。

“各位家长，本学期由我担任这个班的班主任，已有人跟我说我们5班是差班。目前，我没感觉。但作为我本人来讲，不论学校安排什么班给我，我都会尽心尽力，让班级有发展，让孩子们有进步。哪怕真的是差班，我也决不抛弃、不放弃！”

掷地有声的话迎来了如潮般的掌声，这掌声给了我信心和勇气。

终于，开始了我和“差班”学生的亲密接触。

开学第一天。“老师早！”“老师早！”一个个还叫不出名字的孩子，背着书包鱼贯而入，大声地和我打着招呼。

第一印象挺好，孩子们都很有礼貌。

上课了。孩子们端坐着，专注地听着。读起书来，声音好响，炸得我耳朵都受不了了。

“同学们，你们读书的声音很响亮，但是齐读的时候，并不是声音越高越好，而是要沉下心来，想着课文的内容去读，这样才能读得有感情，这样的朗读才叫好。如果是在课堂上回答问题，你可以用刚才那响亮的声音。知道吗？”

再读，声音明显低了下来，也能入心了，听得顺耳了。“同学们一点就通，一教就会，真了不起！”兴奋的眼神暴露出孩子们内心的喜悦，被老师肯定了，当然开心。

一段时间下来，如果还有人来说我班是差班，我不敢苟同。孩子们彬彬有礼；很多孩子都很勤劳，乐意为班级服务；大部分同学学习态度端正，学习氛围良好，写作业时，特别安静；大型集会时，孩子们遵守纪律，表现出较强的自控力……这个班带得挺顺畅的，并不比我刚送走的优秀毕业班差啊。

眼保健操比赛，我班拿了第一。赛后学生作文中写：这是我们班第一次拿到一等奖，我太高兴了，原来我们班并不差呀！

是呀，哪怕班上有几个特殊学生、问题学生，我们也不能以偏概全，就断定一个班是差班呀。

“同学们，这次眼保健操比赛，我们为什么能拿第一名？对，早在一个月前，我们就开始了准备，每个星期老师重点教一节操，你们学得很认真。正因如此，我们才取得了这样好的成绩！这样的成绩是你们用自己的努力换来的！同学们，你们真棒！为自己鼓掌！”

掌声如雷，孩子们信心爆棚。

期中考试了，成绩在年级排名倒数。自然，班上差生多，尾巴长，还有智力发育迟缓，连一年级水平都达不到的学生……哦，我终于见识到，原来众人眼里的“差”，就是成绩差！

“同学们，考试成绩出来了，我们班倒数——”孩子们才坐直的小身板弯了下来。“但是，我们跟优秀班级的差距在缩小，所以，我要表扬大家！你们在努力，你们有进步！”孩子们又挺直腰身，直勾勾地看着我。“同学们，相信自己，只要努力，你就会进步，你就会收获好成绩。至于班级成绩排名，你们不必关注。你们只要关注你自己，你进步了，我们班就会进步！同学们，继续努力，我们一定会越来越棒的……”我握紧拳头，孩子们小嘴抿得紧紧的，定定地看着我。我知道，我已在孩子们的心中播下了“信心”的种子。

什么是“差班”？如果仅以成绩论英雄，倒数的班级自然是差班。如果换一个标准呢？或者再多几样评价标准呢？不给班级“戴帽子”，不让孩子有阴影。我们要做的是唤醒，唤醒孩子沉睡的心灵；是激励，激励孩子不断前行。这才是教育的艺术。

百花齐放春满园

高柏珍

星期一下午，我和往常一样坐在办公室里精心批阅学生的周记，周记内容五花八门，但大都是写日常生活琐事。当翻开张某的作文本时，我怔住了：老师，您心中有我吗？这是周记的题目，并用红笔在下面画了一条横线，以引起老师的注意。仅这个题目，就足够吸引我，于是我迫不及待地读起来。

“高老师，您常对我们说，您心中时时刻刻装着全班每一个同学，您爱我们每一个人，可是我觉得您并不是太爱我，还有那些像我一样不善言谈的中等生。”

我诧异了，作为一名工作近三十年的语文老师，我对待学生一向是一碗水端平，每个学生都是我的最爱。这个平日里少言寡语的张某怎么会这么评价老师呢！好奇心驱使我快速地读下去：

“高老师，对于那些后进生，课堂上您常让他们起来回答问题，让他们上黑板，课下还经常给他们单独辅导，他们稍有进步，您就大张旗鼓地表扬；对于那些优等生就更不用说，出人头地的事您几乎都让他们去干，课堂上他们大显身手，对此，您常露出满意的笑容。课下他们围着您有说有笑，我真羡慕他们，我觉得自己好孤独，好寂寞，像一只被冷落的小鸟。”

读到这里，我陷入了沉思：真的是这样吗？工作中我真的忽略了这些中等生吗？是呀，班中大多数中等生都成绩平平，他们不善言语，不善表现自己，但他们安分守己，极少给老师找麻烦，做事小心谨慎，按时认真完成作业，性格都偏内向。也许真的是我错了，自己并没意识到，我的心情开始变得难过起来。我双手捧起周记本，一字一句地继续往下读：“高老师，我上低、中年级时年年被评为校阅读小明星，可自从上了高年级后，学习成绩下降，再也没当过。我多想在小学毕业前能再当上一次啊！高老师，您说我的愿望能实现吗？”

多懂事的孩子，多有思想的孩子！泪水模糊了我的双眼。据了解，张某的父母都在外地工作，父亲很少回来，母亲一周回来一次。大多数时间是他和奶奶在家，学习全靠自己。这样的学生难道还不够优秀吗？我的工作太失误了！我快速拿起笔，激动地写下了简短的评语：

老师非常感谢你！你是个很了不起的好学生！努力吧，你的愿望一定会实现！

从那以后，张某的学习劲头可足了，见了我一个劲地笑，我多次找他谈心，他也愿意跟我说心里话。从此，我除了重视张某，更重视所有被忽略的中等生。

在厚爱学困生和优秀生的今天，教师也要把爱的阳光雨露洒向中等生。透过张某、李某等中等生，我看到了班级中间层的巨大潜力。只要教师信任他们，给他们展现自我的机会，给他们多一份关心、爱护，他们就会更迅速地成长起来，他们就会得到进一步的发展，他们就会健康快乐地成长。抓两头促中间的做法对中等生是不公平的，老师在抓两头的同时，千万不要忽略那些渴望老师关爱的中等生。

“一枝独秀不是春，百花齐放春满园。”如今，在课堂上，我努力坚守着一个教师的底线：“每一个学生都是可塑之才，让每一个个体都努力绽放着自己的美丽，决不让任何一名学生掉队。”看着如百花竞相绽放的学生，教师的心中怎一个“幸福”了得！

二年级的班级日志

——记录我和二（1）班孩子的故事

周信慧

今年，我教二年级！二年级（1）班，换了“帅”，班主任成了我——周老师。每天学校生活，又会有怎样的故事发生呢？

“不翼而飞”的作业本

期末复习期间。一天临放学，我布置了孩子们订正听写的作业。正当大家收拾书包准备放学的时候，小庄同学告诉我，他的听写本找不到了。我一听，急了。今晚的家庭作业就用它订正，这也是每个孩子一学期字词方面的错题本啊！丢了它，字词复习哪有针对性嘛！于是我瞪他一眼：“赶紧找！找不到要从头补哦！”听我这么一说，这娃嘴一撇，哭了。

唉，说起这娃，那是全年级出了名的哭包，眼泪真不值钱，动不动就哭。题目不会写，哭；课文不会背，哭；作业本忘记带，哭；老师嗓门一大，立马掉眼泪，吓得跟什么似的。这不，本子找不到，眼泪就止不住了。我只好告诉他，回家再好好找找吧！

放学送完路队，我回到教室转了一圈，想着能不能从什么地方找到那本听写本。当我把目光聚焦到班级边柜里的一摞旧作业本上时，灵机一动，随手翻了翻，真的就夹在其间。显然，这应该是人为的。蓦然想起曾经也有一次，也是小庄同学听写本丢了。娃补好丢失作业后的某天，我也是在旧本子堆里找到了他的听写本。是谁这么捣乱呢？有捉弄人的嫌疑！我寻思着，既能轻易拿到本子，又能把它迅速地放在边柜的旧本子堆里，靠近小庄的同学可能性大些。想到这儿，我开始推测小庄同学的同桌小许同学。这个小姑娘有嫌疑，可也不能妄下断论。

晚上，我联系了她的家长，请家长帮忙问问小姑娘有没有把同桌的听写本藏起来。家长很快回复："没有。放学前，她还帮同学找过，却没找到。"我请家长再好好跟孩子谈谈。回复过来的是孩子承认了错误，并向我道歉，请求原谅，保证不再犯。我让家长问她藏哪儿的，果然告诉我藏在了柜子的旧作业本里。看来果真是她无疑了。我告诉家长丢作业本的孩子很伤心，还挨了批。这位家长听后态度很诚恳，当即要跟对方家长解释道歉，我告诉他不用了。我觉得，"肇事"孩子的家长已经知道孩子的行为，并进行了教育，也做了保证，教育的目的已达到，声张便没了必要。

第二天到校后，孩子主动向我承认了错误。家长也给我发来信息，询问孩子是否道歉，并再次表示了歉意。看得出，许同学的父母很重视这件事，并认真对孩子进行了教育。我便放心了。

我又把小许同学叫到面前，和她谈了心。为了弥补对小庄同学的歉疚，我"罚"她为小庄同桌做十件好事并记录下来向我汇报。后来问了她，她告诉我她做的好事有：主动帮他把掉在地上的铅笔捡起来；讲笑话逗他开心；陪他上厕所；等等。听着孩子这萌萌的答案，我忍俊不禁。其实，我留意小庄同学的这一天，都是开心微笑着的。

就这样，一场风波便在和谐中平息了。

这件事让我感觉，班主任处理班级事务还是要有艺术的。人非圣贤，孰能无过？面对犯了错的孩子，我们该怎样去教育，促其改正？是"龙颜大怒"、大声训斥，还是爱心呵护、正确引导？面对犯了错的小许同学，我及时联系家长，沟通中有理解，沟通中有宽容。这样，家校联手，获得了强大的教育合力。面对"受伤"的小庄同学，我让"肇事"同学帮他做些好事，也弥补了些许亏欠，更促进了同学间的友谊，同学关系更加和谐。

欢声笑语庆元旦

岁月不居，时节如流。一年一度的元旦佳节要到了。学校安排各班级自行组织庆元旦迎新年活动。以往，孩子们都是自己吃吃零食、看看动画片、简单随意地度过，我觉得这样没什么意义，今年该怎样庆祝呢？

我们决定自编自导自演一台联欢会来庆祝元旦、迎接新年。主意拿定后，便想到征集节目。消息发到群里，等了半天，家长都没回音。直到放学前，才收到两个家长报来的节目。我心有点凉凉，心想，预想要黄了。没有节目，这联欢会怎么搞啊？巧妇难为无米之炊啊！于是，放学前，我又跟娃们说了这事，希望他们能够积极参加。

下班回到家，就看到有家长陆续在班级群里申报节目。我让他们报清楚表演者、表演形式和节目名称，并一一记录下来。等到晚上六点半时再看，“哇”，报了好长的一串。记录下来，有了 19 个节目。够啦，截止吧，否则时间也不够啊。

这里还有一个小插曲呢！因为时间有限，节目够多，我在群里告诉家长“报名截止了”，还想表演的以后班会、“六一”都有机会展示。但后来很晚很晚了，我还接到了一个家长的单线联系。他给我发了一段孩子弹奏尤克里里的视频，弹奏是初级水平，也并不流畅。家长央求我给孩子一次表演的机会，虽然孩子水平很差，但家长实在拗不过孩子，不想打击他的积极性，无奈请求于我，并再三表示抱歉。我二话没说，立马同意，另增补了一个名额，家长感激不尽。

有了节目，得有串词。我联系了一位平时很热心的妈妈，她犹豫着说没写过。我忽然想起以前教过的苏教版语文教材，里面有一篇教孩子们“学做主持人”的口语交际材料，便推荐给了她，鼓励她去尝试一下，她答应了。真好！

我把所有的节目精心安排了一下出场顺序，制成了一份我班庆元旦迎新年联欢会节目单。整整二十个节目，内容够充实啊。根据串词挑选了四位主持人，把节目单连同主持台词用粉色纸打印了四份，嘱咐他们回家练读练熟。为了保证节目顺利进行，我还联系家长发来了下载好的音乐伴奏，一一整理到位。

周五到了。一早就看到表演节目的娃们发型都梳好了，辫子扎得各有特色。一些表演的道具也带来了，看来家长们很重视啊！

到了下午，演出正式开始，来帮忙闯关活动的三位妈妈们也全程参与了节目。四位小主持人闪亮登场，呵呵，俨然有央视春晚主持的架势。二（1）班庆元旦迎新年联欢会正式开始了！虽然教室舞台小了点，可这演出水准并不低啊！他们各展才艺，显然是训练有素的。一个个节目精彩纷呈，赢得了一阵阵掌声。

参演节目的同学不遗余力，尽情发挥；欣赏节目的同学静静观看、热情鼓掌。一下午的时光充足又温馨，幸福而美好。

作为班主任的我，一边欣赏一边拍照记录。终于，赶在当天晚上九点半，我把做好的联欢会美篇发送到班级群，获得了家长们的一致点赞！虽然辛苦，但很激动，我只是一个记录者而已，我要给全体孩子留下一份美好的回忆。

生活是需要仪式感的。仪式感，会让你在平凡又琐碎的日子里，找到诗意的生活，找到继续前进的微光，找到不愿将就的勇气。《小王子》里说，仪式感就是在日复一日循环的日子中，让某一天、某一个时刻，变得和其他的日子不一样。这样精心组织的一次庆元旦迎新年联欢会，势必给每一位孩子，特别是参演的孩子留下一份童年的美好记忆。这样充满仪式感的联欢会，让孩子们的才艺得到了展示，也增进了师生间和同学间的相互了解。

一沙一世界，一花一天堂，二（1）班的精彩故事还在继续……

给你写封信

王舒

1. 和时间赛跑

轩轩：

你好！

老师给你出个谜语，看看你能不能猜对：这个世界上有一个奇怪的银行，它给每个人都开了个账户，每天都往大家的账户上存入同样数目的资金，令你当天用完，不准把余额记账，不准预支和超支。如果用不完第二天就自行作废。哈哈，聪明的你一定脱口而出：是时间！

没错！时间的脚步是无声的。冬去春来，天回地转，稍不留意，它就会从你身边悄悄溜走。它不会给延误时间的人以任何宽恕，也不因任何人的苦苦哀求而偶一回顾。可是，连续好几个早读，老师来到教室，见到大多数同学在读书，你呢？要么忙着交作业，要么忙着打扫卫生，要么忙着补昨晚的家庭作业，要么忙着和同学说几句悄悄话……老师看在眼里，急在心里。

轩轩，你一定知道，聪明的人，今天会做明天的事；懒惰的人，今天会做昨天的事；愚蠢的人，会把今天的事推给明天。作家林清玄说：虽然我知道人永远跑不过时间，但是可以比原来跑快一步，如果加把劲，有时可以快好几步。那几步虽然很小很小，用途却很大很大。聪明的孩子，相信你一定能做时间的主人，珍惜我们眼前的一分一秒，时时刻刻抓住生命的这根弦，让它弹奏出生活中美妙的音乐来。

既然如此，那就从现在开始，与时间赛跑吧。

祝：

做时间的主人！

你的朋友：王老师

2012 年 2 月 16 日

2. 请理解我，因为我很关注你

亲爱的小宇：

你一定觉得老师最近很奇怪，怎么总是在找你的碴。其实不是的，请理解我，不是我一直在挑你的毛病，而是因为我很关注你。

课堂上，你没有坐端正，我会走到你身边，拍拍你的肩膀，那是善意的提醒："要坐好啦！"写字时，你的速度总是那么快，而字呢，有点糟糕吧？我又啰唆了："你就不能端正态度写好吗？"那天做操，同学们排队到了操场上。你从厕所出来，在升旗台的楼梯上飞速冲下来。我站在队伍中，又是焦急又是生气。我罚你站在升旗台上，没有两分钟，觉得不合适。大庭广众之下，这么做太不给你面子了吧？我又赶紧把你叫下来。没过几天，中午在食堂吃饭，你竟然没有排路队，独辟蹊径回到教室。

……

老师一次次地责怪你，你心里一定很不服气。

你知道吗？其实，在老师眼里，你是一个坚强乐观又具有智慧的男孩子。课堂上，当别人回答不出问题时，你总是滔滔不绝说出自己的见解；谈到读书，老师在感叹你的课外知识那么丰富；作为组长，你每次工作积极负责，老师对你充满感激……你是个多么聪明的孩子！可是，老师想提醒你：当你想做一件事情的时候，不妨试着想想后果。万一你从楼梯上摔下来怎么办？你没有排队万一发生什么后果怎么办？孔子不是有句话"三思而后行"吗？希望你不仅感受到我对你的责备，也要感受到我对你的关心。

真的，因为"爱之深，责之切。"

真的，因为我很关注你！

祝：

进步每一天！

你的朋友：王老师

2012年2月23日

3. 自信是成功的第一秘诀

雯雯：

你好！

你知道吗？在老师的眼里，你是一个听话、懂事、学习也比较努力的孩子。一直以来，你虽然很少和老师讲话，但老师看得出你内向的性格里藏有的倔强，一次听写不好，第二次你一定会全对；老师交给你的任务，你总会完成得令老师满意。从你的表现，我知道，你是一个求上进的好孩子。

今天拿到练习的成绩，看到你很失落的样子，老师很难受。但老师还是想告诉你，在前进的道路上，哪里会总是一帆风顺呢？或许你会认为自己付出了，却没有得到回报，但你要知道失败是人生的考验。在失败面前，有的人屈服了，于是一事无成；相反有的人笑对失败，总结教训，于是就会有突破，有提高，会享受“山穷水尽疑无路，柳暗花明又一村”的喜悦。一次失败、三次、五次失败算得了什么？跌倒了，再爬起来！不要自卑，自卑会吞噬人的聪明才智，自卑会束缚人的手脚，拖人向后退……只要努力了，就问心无愧；只要拼搏了，未来就会无比辉煌。老师真诚地希望，如果你学习上或者生活上有困难了，可以找老师商量，我愿意做你的良师益友。

最后抄录居里夫人的一句名言，让我们共勉。“我们必须有恒心，尤其要有自信心。我们必须相信我们的天赋是要用来做某种事情的，无论代价多么大，这种事情必须做到。”

祝：

早日扬起自信的风帆！

你的朋友：王老师

2012 年 3 月 23 日

4. 学着去爱，学着宽容

亲爱的小齐：

升入六年级以来，为了作业问题，老师都不记得找你谈了多少次话了。老师也曾“大发雷霆”，但更多的时候，老师只想和你谈谈心，可你总是一言不发。

下午你妈妈来学校找到老师说，昨天接你放学，你竟然玩失踪。妈妈心急如焚，好不容易找到你后，你竟然对她说："你不是我的妈妈，我有新妈妈了！"你妈妈一边和老师说话，一边情不自禁地流下了眼泪……

孩子，请你相信我。在这世界上，我们能决定的事很少。我们不能选择自己的出身，不能左右他人的意见，不能满足自己的心愿……我们是如此孤独与无助，这就是生活。所以我们要学会珍惜，珍惜生活给予我们的平常事物，珍惜自己能决定的每一个机会。例如认认真真地完成一次作业。这个道理，老师也是很多年以后才明白的。

不要说"不爱"，千万不要。爱一个人，就应该爱他脚下的土地，就应该接受他背后的阴影。他们是生你养你的父母。也许以你的年龄还不明白这个道理，那就给自己一点时间，学着去爱，去理解。记住，爱和宽容是一对孪生兄弟。

孩子，老师一直以来都想和你随便聊聊。我们不聊分数成绩，也不谈理想抱负，老师只是希望从今天起你能做一个快乐的人！凡事积极努力，做好自己；学会与人沟通，化解压力。不妨多交点能给你做出正确指引的好朋友。多读点书吧，它会给你带来快乐的。

祝你：

快乐每一天！

你的朋友：王老师
2012 年 4 月 12 日

我的反思：

班主任工作是一份需要耐心、需要爱心、需要责任心，讲究方法的工作。班主任工作方法千千万，以信激志是成功的一招。朋友间的通信是传递友谊，亲人间的通信是传递亲情，老师的信融注了对学生的一片真情。给粗心的孩子写一封，下次做事他会更加小心；给贪玩的孩子写一封，下次他可能会用功读书、努力学习；给常迟到的同学写一封，下次他可能会按时到校；给自卑的孩子写一封，从此他可能会找到自信；给家庭不幸的孩子写一封，从此他可能会找到温暖……老师给学生写信，无形之中会缩短心理距离，增进感情交流。写信的内容各不相同，长短也不固定，可以是对学生委婉的批评、善意的提醒；还可以是对学生改正错误的真诚鼓励和表扬。让学生觉得老师时常关注着他而备受感激，反过来他就能更好地理解你、支持你的工作。看到老师的信，学生会乐于接受老师的教育、指导、建议；看到老师的信，家长会深受感动，会更积极地配合老师做好子女的思想工作。千万别小看短短的一封信，它或许会成为青少年克服困难、奋发向上的动力源泉。

花开无声

刘圆圆

时钟嘀嗒嘀嗒，捕捉大自然美好的一切：春天娇艳的鲜花、秋天丰硕的果实……花静静地开着，蕴藏新的生机；花轻轻地谢了，迸发新的生命。这不由得使我想到被称为祖国的花朵的孩子们，现在的他们正是那含苞待放的鲜花，在肥沃的土壤中茁壮成长。作为一名小学教师，我的梦就是他们，我的全部也是他们，我用眼睛捕捉他们生活中的每个镜头。

一、“他不会说话”

我第一天踏入一（1）班教室，就发现班上有位独特的孩子，他叫刘舒畅。他不愿意和小朋友说话，不愿意和老师说话，甚至很少笑和哭。当老师与他交谈时，他从不正视老师的目光，而是极力躲避。我在与他奶奶交谈的过程中得知：孩子在家是个极有主见，与小伙伴相处很融洽的小朋友，家长也无法想明白其中的原因。经过一段时间的观察，我发现他并不是由于陌生而产生的自我封闭，而是已成为一种心理问题了。明确这点后，我决定从他的兴趣爱好入手来与他交流。课间活动时间，其他小朋友都会选择喜欢的区域，与好朋友一起玩，分享游戏的快乐，而唯独刘舒畅，他进入教室后张望半天也不知何去何从。我看到后，觉得这是个好机会，就走到他身边，示意他把椅子放在我身边，我蹲下身子轻轻地问他：“刘舒畅，能告诉老师你喜欢什么游戏吗？”他看了我一眼，又试图逃离我的视线，把头偏过去，不说话。其他小朋友见了，还特意跑到我身边说：“老师，告诉你一件事：他不会说话。”“他不会说话。”多么刺耳的语言啊，让我的心颤了一下。面对他的“无情”，我束手无策，但我不会放弃，我决定寻找新的切入点。“刘舒畅是个乖巧、懂事的小朋友，他不和你们一起玩肯定有他的原因吧。但他决不是不会说话，请小朋友以后要团结，帮助有困难的小朋友。当你玩游戏时，可以邀请他一起参加，我相信他会很高兴加入的。”这是我对全班孩子说的话。我们要做的是帮助他，而不是让其他孩子伤害他。要让刘舒畅开口不是一天两天可以成功的，我觉得先要让他感觉到爱，让他知道老师和同学是爱他的。因此，我每天会多留意他一点，多去帮助他一点，多朝他微笑。一段时间下来，他与大家有了简单的交流。如问他问题时，他会点头或摇头，有时也会勉强回答一个“是”或“不是”。虽然这些在外人眼中不算什么，但我觉得这是个进步，只要我们继续坚持，总会有收获的。我的猜想的确没错，虽然只是一次，但给我的惊喜相当大。记得那是一节语文课《蚂蚁和蝈蝈》，我首先以一则谜语引出主题，当我说出谜面时，班上已有许多小朋友举手了，我扫了一眼，惊喜地发现：他的小手高高地举着，被我看到后，试图放下，“刘舒畅知道谜底，我们请他来说一说。”“蚂蚁！”多响亮、多好听的声音！我为他高兴、为他鼓掌，底下的掌声也响起来了。当他坐下的一刹那，我看到他那微微上扬的嘴角，他笑了！我也笑了！冰山终有融化的一天，难道孩子纯洁的心不会融化吗？

二、“老师是我们的妈妈”

此话出自本班孩子之口，童言稚语让人听着暖心、激动，我觉得很荣幸能拥有45位可爱的小精灵。马冰夜是位可爱、聪明的小女孩，事情的导火线是她，一天吃午饭时，她的鞋带掉下来了，想让我帮她系上，我刚巧从她身边经过，“妈妈……”我一愣：“你叫我什么？妈妈吗？”她意识到自己的口误，朝我笑笑，马上改口说：“老师……”由于当时她说话声音较大，其他小朋友听后，都开始闹起来，边笑边叫我妈妈。陈滢等几个较懂事的小朋友都争着说：“老师是我们的妈妈。”在孩子心中，关心、爱护他们的人就是他们的妈妈。在成人眼中，有时孩子的言行很可笑、不懂事，其实童心最纯洁，他们能真实地表达心中所思、所想。我也想对他们说一句：“小朋友，你们就是妈妈的好孩子。”

三、和孩子一起制造快乐

每天放学班上总有这两个小朋友的身影——刘籽言和赵添怡，因为他们的父母一般都较晚来接他们，而未被接走的那段时间便是他们的游戏时间，两人总会想出各种各样的游戏来娱乐自己。“‘拍三拍’这个游戏会玩吗？”我询问。“老师，你先说一下怎么玩的，我可能会玩的。”刘籽言高兴地说。我简单地讲述了一下游戏规则。两人一起说：“好，开始吧！”赵添怡自告奋勇先去拍。“123转头，你们怎么不动的啦？”她贼贼地笑着。我躲在赵添怡的身后，偷偷地移动，暗暗窃喜：你肯定发现不了吧。“老师，你动了。”哎，被她识破了，让人不得不佩服她的观察力。他俩都沉浸在游戏带来的喜悦中恋恋不舍地回家了。真没想到，“拍三拍”能让他们如此快乐，连我这样的成人，亦能真切体会那发现别人的惊喜和没被发现的得意，身心得到放松。最重要的是，孩子写在脸上的愉悦感染着我。

童心纯如花！当你以一颗平常心对待孩子时，你会多一份冷静，少一份急躁；多一份理智，少一份冲动；当你以一双慧眼对待孩子时，你会多一份敏锐，少一份单板；多一份适宜，少一份偏颇。看着孩子们背着书包昂首阔步走在校园的大道上，我感觉到阵阵春风吹散云雾，太阳露出了欣慰的笑脸，把温暖和光辉洒在那朵朵含苞欲放的花儿上，一刹那，花儿灿烂开放！

蓝色蛹·金色蝴蝶

——班级工作从“心”开始

陈琦

题记：梦想雄鹰的翅膀，梦想超越的辉煌，却发现我的孩子们在爱中早已振翅欲飞，在每一次雏鹰展翅的起飞里，我发现了那一双双天使的翅膀，听见了理想扣击天堂的回响！

苏联教育家苏霍姆林斯基曾经说过：没有爱就没有教育。爱学生是教师的天职，没有爱就没有责任感。班主任作为班级的组织者和管理者，应该有更广泛的爱、无私的爱、真诚的爱。关爱学生，尊重学生的人格，用爱心与学生产生情感的共鸣，心心相通，心灵交融，这样才能取得学生的信任，做好班级工作。一切最好的教育方法，一切最好的教育艺术，都产生于教师对学生无比热爱的炽热心灵中。爱是班主任教书育人的动力基础，实践证明，贯穿班主任工作的主旋律便是“爱”。

蓝色——流动的忧郁，我想我是迷路了

产后四个月，带着些许担忧和期待，我回到了工作岗位，回到了熟悉又陌生的一年级并担任班主任。看着家里嗷嗷待哺却拒绝奶粉的孩子和因腿伤躺在床上的母亲，我的内心在默默流泪——一年级班主任的工作意味着事必躬亲与更多的责任；而为人母，为人女的义务却在召唤着我回归家庭，以亲人为重。这种冲突的矛盾体，犹如城市里的道路迷迷转转，我总也找不到出口；班上那一张张天真的笑脸将我的内心割离成一张破碎的薄纸。

母亲肿胀的膝盖，伊宝哭泣的声音，孩子们天真的笑脸……在我眼前飞转，织成一张网，我想逃，无奈跑不出去。

我站在堤岸上看海，身上的职责如蓝色的波涛向我涌来。我深深理解堤岸的悲哀：想远远退开，却又动弹不得。蓝色的忧郁从我的眼睛里流出，流过我的脸庞。

蛹——自缚的悲哀

著名教育家斯普朗格曾说过：教育之为教育，正在于它是一个人人格心灵的“唤醒”，这是教育的核心所在。我们碰到的那些所谓的有个性的孩子，可能就是我们还没有找到好的教育契机和突破口，未曾唤醒学生的人格心灵。

家中的琐事使我无法全身心地投入班级工作。我拒绝了孩子们的亲近，我假装他们都是不爱我的。事实证明：一个缺乏爱与耐心的班主任，必然会招来班级矛盾！

开学一周问题来了，多多因为妈妈没有给她带水果，就在班上哭了起来，一大早本就在家中忙得焦头烂额的我，赶到学校看到这一幕很恼火，决定冷处理。她见我并没有买账，竟然任性地说：“我不上学了，我要离家出走！”说着就往校外走去。我一把拉住她：“你要去哪里？”多多嘟囔着嘴，好似受了天大的委屈，一言不发就往外跑，换作以前，我会轻声哄着她，过一会儿，她想明白了，会主动告诉我她如何不好，应该如何做得更好！可是，现在的我缺乏耐心，她越哭闹我脾气反而越大！我将她拉回教室，站在讲台前开始了一番“狂轰乱炸”：“多多，你看看你像什么样子？一不顺心就要离家出走，你这样的行为会让爸妈多伤心？在家爸妈会宠着你，在一（5）班的教室里，你看看谁会容忍你！你给我站在这里好好想想这样做对不对？”在我的吼声中，多多平静了下来。可我知道，她的平静之下是对我的恐惧，在之后的班级活动中，这个以前总爱缠着我的可爱丫头，疏离了我。班上看过我发火样子的孩子们，也和我玩上了“猫和老鼠”的游戏！

我知道，我疏远了孩子，疏远了爱。整个班级管理就犹如“握在指缝间的沙”，即使你握得再紧，沙也会慢慢流走。孩子们对于我更多的是服从，是惧怕。班级管理的混乱，让我的情绪低落到了极致，更让这份情绪蔓延到了家庭，伊宝的哭泣消磨着我的耐心，母亲的伤痛吞噬着我的内心，工作与家庭让我深深地感受到了挫败感，我无法找到一个平衡点，我觉得我是那个被抛弃的人。

这让我想起了一幅画：一个人站在广阔的芦苇丛中，没有云，没有风，没有走出去的方向，只有寂寞来来回回穿行的声音。

梦中，一只小小的蓝色蛹在轻轻哭泣。

金色——我爱上了这群小天使

教育应根植于爱，教育才会散发出智慧的光芒，班级管理更是如此。亲近这群可爱的孩子，走进他们纯净的世界，他们就像一群可爱的天使，在晨光中对我微笑，握住我的手，告诉我，爱可以让我们走得更近。

秋天的天气的确有点凉，尤其早晚还会感觉有些冷。早晨我忙得七手八脚，赶着去上班时走的比较仓促，没有穿外套，一出门就觉得冷冷的，但却来不及回去加一件衣服，想着进了教室就暖和了。刚走上讲台，从门口吹来一阵凉风，不禁打了个寒战，我条件反射地搓搓胳膊。下课时，小熊围着我欲言又止，我问怎么了？他跑过来小心翼翼地拉起了我的手，对我说："老师，你不是很冷吗？我帮你焐焐手你就不冷了！"我拉着他的小手说："老师的手大，你的小手是焐不热的！"他听完我的话后立刻掀开自己的衣服指着肚子说："老师，这里可以放下你的大手！我冻手的时候妈妈都是这样给我暖手的。"转过身去，我悄悄擦掉了眼泪。

亲爱的孩子，即使我拒绝走近你们，可你们仍在步步靠近我，用你们的行动一点点温暖着我伤痛的内心，用你们的微笑一步步瓦解了我冷漠的面具，更为我勾画出了教育幸福的模样。

看着孩子们一张张纯真的笑脸，听着他们一句句淳朴而温暖的话语，我被感动了，被我这些天使般的孩子们深深地感动了，我想说谢谢你们！孩子！谢谢你们让我收获了无数的爱，谢谢你们让我的生命又增加了几许厚重！

从他们明亮的眼睛里，我看见金灿灿的阳光一点点将海水忧郁的蓝色吞没。……

蝴蝶——破茧后的美丽

在班主任工作中，我深深地感受到了孩子们的美好，更深知自己的一言一行、一举一动都会对孩子们有着潜移默化的影响。教育的艺术在于“激励”与“唤醒”。一个眼神、一个微笑、一个示意、一个手势，都是对孩子们心灵的关注，我们给的一次赞许、一个鼓励，这些看似“无痕的”关注，在他们的心田里却能感受到被关注的幸福。让我们用爱心去唤醒孩子们美的心灵，让我们在心田里种植“关注”的种子，真正关注每一个孩子的发展。

子悦曾经是我们班一个特别不起眼的孩子，不淘气，学习一般。这是容易被我们忽略的孩子。然而，我发现她特别爱音乐、喜欢跳舞，对书法也很热爱，学东西比同龄孩子更能吃苦。通过深入了解，我发现这个孩子在艺术方面很有成就，获了很多奖。

这是一个未来的小艺术家啊，我特别惊喜，开始了我的造“星”计划。我要把这个不起眼的孩子打造成我们班的“榜样之星”，然后用这个闪光点去带动整个班级的发展。

每次值完餐后，我让她给我们班的“小猴子们”展示自己的书法作品，或者唱一段歌、跳一段舞，然后大张旗鼓地在班里表扬一番。我告诉其他同学，这才是我们应该做的事情，学自己所爱，并能为之坚持，不轻言放弃，不要总是疯玩傻闹。

我还找一切机会让她去参加比赛，并获得荣誉，增强自己的自信心，子悦一跃成为我们班的排头兵。班级里各项事务她都主动帮忙，也成了我的好助手、孩子们学习的好榜样。

紧接着，我又陆续推出了书法能手——刘润琦、吴舟然、徐宸煜；小钢琴家——薛屏如；绘画能手——宋雨桐、戴依璇；学习之星——姜宇轩、徐子涵；劳动小能手——田孜彤、刘夏青……班里的展板定期展示小明星们的特长。

久而久之，孩子们找到了自己的努力方向，找到了自己的兴趣点，班级正能量开始发挥作用。我的小天使们也开始渐现雏形：黑板报评比第一名、广播操比赛第一名、跳绳比赛第一名、拔河比赛第二名、踢毽子比赛第三名……在这群小雏鹰们的起飞中，我看到了一双双天使的翅膀，听见了理想扣击天堂的回响！

又一天下午，多多拿着个小橘子围着我转来转去，最后终于走到我面前说：“老师，给你吃橘子！”我笑着摸摸她的头说：“谢谢，老师不吃，你吃吧！”她没有就此“罢休”，而是撒娇地对我说：“不行，不行，就给你吃，你不吃我也不吃！”为了解围，我顺口说：“那好，要不你先吃，等你吃到剩最后一瓣时，再给老师留着好不好？”她听后乖乖地走开了。我原想孩子嘛，可能吃着吃着就忘了，可是，后来我发现我错了，过了一会，她又跑过来了，拿出一个橘瓣硬往我的嘴里塞，还说道：“老师，你告诉我们，小朋友说话要算话，今天你说话也要算话的……”然后很认真地看着我，等我把橘子吃完后，她偷偷地从身后拿出剩下的橘子，得意地对我说：“老师，你吃的是第一瓣……”

爱不仅拉近了我和孩子们的距离，让我看到教育幸福的模样，更让我体会到了教育幸福的味道，这份幸福感也浸染着我生活中的每一个角落：家中母亲的伤在一天天好转，就连小伊宝也会在我每日离家时，咿咿呀呀似在说着“再见”……生活在慢慢趋于平静，趋于幸福。其实我苦苦寻找的“出口”一直都在，只是需要用“爱”的眼睛去发现。

当我冷眼旁观时，生命是一只蓝色的蛹；当我与孩子们热情相拥时，生命是一只金色的蝴蝶。破茧而出的过程，是亲近孩子的过程，更是用心感受爱的过程。

用爱的眼睛看世界，我和我的孩子们也可以如此美丽！

六（5）班的“马小跳们”

李健荣

新学期报到日，我准时出现在六（5）班教室里，作为这个班的新班主任，心理上虽然做好了准备，但还是有些忐忑，因为在接下来的日子里，我要应对粉墨登场的“马小跳们”上演的一场又一场闹剧。

第一场行为习惯篇：“五指山”风波

尽管在开学第一天的晨会时间我就定下了严格的班规班条，但有的人对它就是熟视无睹，甚至想要吃第一只螃蟹了。倪亦豪，最豪气冲天的并不是他的长相和成绩，而是他的调皮劲儿。每天都喜欢去招惹别人，不是招惹女生，就是男生。这不，第二周的周二下午放学前，他的脸上赫然印着一个大大的“五指山”。我赶紧问明原因，原来是从早晨开始，他对班上一个男生开始动手，摸头摸脸。人家先是言语警告，他不听，继续骚扰别人。一直到下午的第二节课后，被骚扰的同学开始发作了，用手推搡他离开，推不开的情况下，直接用手打他的脸，所以倪亦豪的脸上印下了一个显眼的痕迹。可是他自己却无所谓，对我说：“老师，没事。我不怪他。”到了放学时间，我赶紧先把学生送出校门，然后回到办公室找倪亦豪妈妈的电话号码，发了一条信息，告诉她，她的儿子和同学发生过节，被人揍了。然后又联系前班主任王振元老师，请他帮我一起处理此事，最后通知打人学生家长，让他回去问清楚事情的细枝末节，并让孩子书面写下来。果然，我还没到家，一路上我的手机一直在响。进了家门，打开手机，就看到好几个未接电话。于是我回拨过去，倪亦豪的爸爸像疯子一样，质问我为什么他的儿子被人打了我不管？为什么我不直接开除打人的学生？并且不听我的任何解释，在电话里对我大声咆哮。早就听王老师介绍过班上特别的学生和无理的家长，我早有准备，站在他的立场，我决定把电话听完，等到他讲完了，我提醒他：“你的孩子回家是怎么对你说的？在学校问他时我有电话录音的，请让他诚实回答。”听到我这么说，他愣住了，嚣张的气焰不见了，但仍然胡搅蛮缠，质问我为什么不及时通知他到学校处理，我直截了当告诉他：“孩子之间出现矛盾，发生冲突，双方都有责任。一个巴掌拍不响。如果直接请家长去处理，估计双方家长护子心切，肯定会发生更为激励的矛盾。等大家都冷静下来，了解清楚事情的经过，再处理也是一个办法。”电话中，我希望他先问清楚事情的来龙去脉，并请他第二天来学校处理问题。在王老师的一再斡旋下，倪亦豪的妈妈决定第二天去学校。第二天，我又邀请数学老师一起处理这件事情。先谈行为习惯，再谈学习，最终，双方家长都能站在对方立场，握手言和，由打人的家长带孩子登门道歉，被打者深刻反思，如有再犯，请家长带回家教育。这场风波终于平息，它带给我深刻的反思：学生到了高年级仍然醉心于同学之间的打打闹闹，无心于自己的学习，和家长的管教方式、家庭成员之间的相处方式有着直接的联系。只顾着自己的感受、只想着自己利益的孩子到哪里都不会受到欢迎。

晨会课上，我也请全班学生进行评议、反思，大家对同学之间的相处之道有了深刻的认识，对同学之间的小打小闹不再认为是小事。有则改之无则加勉。从此，同学之间相处比较平和，没有再发生过类似的事件。

第二场卫生习惯篇：“你真的会扫地吗？”

接任六（5）班后，我就发现学生的卫生意识不强，卫生习惯也差。比如，值日生经常忘了扫地，孩子们吃的果皮纸屑也随手乱扔，抽屉里满满的垃圾，座位旁边的地上都有。我曾经多次在晨会上强调，也没有效果。我想，既然说得不行，那就做，我做给你看，我就不相信打动不了你。从那以后，只要我上早读课发现学生不扫地或地扫得不干净，我总会默默地拿起笤帚扫地。地上的果皮纸屑，我也总是不厌其烦地捡起来扔到垃圾桶里。次数多了，我竟然发现只要我一拿起扫把，不是值日生的学生也来跟我抢着扫地。不过，这是讨好老师的一类人。当我不在教室时就不是这么回事了。有一天，一位值日生迟到了，另一位值日生竟然只打扫完教室的一半地面。上课时她邀功似的跑来向我报告：“老师，某某同学来了不扫地，我扫了。”我环视了一下教室，笑吟吟地对她说：“嗯，你扫得还真干净。但是，如果把教室当作你的脸，你的左右手是你和同桌，有一天，你的左手受伤了，你是不是用你的右手只擦你的右边脸而不擦左边呀？”“不是。”她低下了头，满脸羞愧。渐渐地，我发现我没地扫了。因为即使值日生不来，其他的同学也会在上课之前帮他们完成任务。

我们班的保洁区在学校的大门口，紧挨着行政楼，进进出出的人比较多，也是学校的脸面。我一开学就安排了 9 个男生清扫保洁区。一连几天他们在保洁区就是打打闹闹，二十分钟都没办法结束任务。其他班早就开始早读了，我们班总是缺那几个人。课任老师不能及时进行早读，颇有微词。看来，我要亲自出马去指导打扫了。一连三天，我将自行车停进车棚，直接走到保洁区。分派一个学生负责一个花坛，用笤帚扫，将落叶扫堆到一起，再指派一位学生负责倾倒垃圾，谁先完成任务谁先回到班级，拖延时间的最后一个人会受到小小的惩罚。我又指定一个班委加入清扫的队伍，专门负责检查清扫的效果。由于指导及时，学生每天清扫的时间在减少，效率在提高。即使遇到雨天，落叶满地，二十分钟也能将保洁区打扫得干干净净。最后我连卫生区也不用去了，因为不管我在不在保洁区监督，我们班的保洁区都是干干净净的，一分不会扣，甚至得到了校长的表扬。当得知学校决定用我们班的孩子拍摄德育短片时，保洁的孩子兴奋极了。现在大家的卫生习惯已经养成，中午饭一吃完，餐盒和餐桶一抬走，学生马上拿出笤帚将教室里分餐地方的地面扫一遍，拖地的学生去拿拖把将地面拖干净。倒垃圾的学生立刻将垃圾桶里的垃圾打包好送到学校西边的大垃圾桶里。教室里又变得干干净净了。每天放学前总有两个负责教室卫生的学生替我检查大家的抽屉卫生和地面卫生，将桌凳摆放得整整齐齐。

我想：好的卫生习惯也会促进学生良好学习习惯的养成，岂不是一举两得吗？

第三场学习篇：你的作业及时交了吗？

班上有少数学生由于没有养成好的作业习惯，总是不写或拖延作业。开学初，我特地安排小组长收作业本时，对没写的和没带来的一律用小纸条记录下来交给我。起初，我每天总是收到好几张小纸条，不是张三没做就是李四写好了没带来。针对这种情况，我在班级群里和家长私聊，请家长帮我督促孩子认真完成作业。一开始比较奏效，但时间长了，家长也开始应付了，有的孩子就继续不做作业了。为此，我还特地请家长到学校来，将孩子接回家完成作业之后再送来。看到动真格的，懒惰的学生害怕了，每天的作业都能按时完成了。对徐冉、董彦序这两个孩子，家长管不了，我也不麻烦他们了，直接利用放学后的时间来补做，通知家长到学校来接。试了两次，那两个人再也不敢不完成作业了，大家都能把作业交上来了。这样良好的作业习惯也形成了。

作为一个班主任，班级的管理者，对学生的行为方式、卫生习惯和学习习惯的养成，需要长期的坚持。班级管理工作任重道远，我会针对班级实际情况，制定具体措施，顺利完成学校德育处布置的每一项任务，形成班级特色，使每一个“马小跳”得到真正长足的进步，成为真正快乐的“马小跳”一族！

弥足珍贵的 0.5 分

王振元

“阿豪，假如你下个星期测验能达到 80 分，王老师可以给你免写两次英语作业的机会。”下课时，我和阿豪进行了一次深刻的交流，说完之后，阿豪两眼发亮：“老师，是真的吗？”我斩钉截铁地点点头，因为免写两次英语作业可是破天荒第一次，一般情况下，对表现好的和进步的学生我实施的可是一次免写的政策。

接下来的课间，我再也没看见阿豪追逐打闹和满头大汗的样子，仔细一看，原来他在认真地向“师傅们”请教，那种不耐烦的情绪已荡然无存。我暗地里窃喜，因为我看到了鼓励的效果。在教育生涯中，我一直提倡鼓励，从不打击任何一个学生。在我的眼里，我就是上帝派下来的英语文化传播使者，而我的学生没有“优点”和“缺点”，只不过是具有不同的特质而已。

周一如期进行了测试，我首先改了一下阿豪的试卷，可惜的是只有 79.5 分，离我们约定的免写分数还差 0.5 分。但在我的眼里，我觉得阿豪已经很不简单了，他平时才考六十几分而已。我到底给不给他免写呢？我陷入了两难的抉择境地：给吧，我失信了；不给吧，又可能令他失望。这时，我想到了教学无“定法”，我何不来一次善意的“谎言”呢？我给他打了 80 分，多给他算 0.5 分。

上午，在评讲前，我特意大肆表扬了阿豪，并当着全班的面宣布阿豪免写两次英语作业。下面的同学叽叽喳喳地说开了，阿琦说：“阿豪真了不起，开创了英语作业免写两次的先河，从另一方面来说，我们以后也有机会免写两次了，不错，不错。”阿曹说：“阿豪以前成绩还没我好呢？但这次超过我了，我看到了他的成绩，更看到了他平时认真积累的过程。”阿豪在一片赞美声中，有点不好意思地微笑着。借此机会，我也给全班进行了一次思想教育：想进步，没人能阻拦得了你，除非你不想进步。下课前，我对同学们说：“假如试卷改得有出入，可以到我办公室去修正。”

到办公室后，有两位同学来进行了分数修正，但我没有看到阿豪的身影。难道他没发现？下午的时候，阿豪走进了办公室，他对我说：“老师，您多给我算 0.5 分，我应该是 79.5 分。”我一阵欣慰，我平时在教学的时候首先教育学生“诚”，阿豪的行为也证实了教育的无限魅力。我对阿豪说：“老师其实是知道这 0.5 分的，但是，今天你的行为不止这 0.5 分，诚实是用任何分数都换不来的，你应该得 100 分。老师本想是用 0.5 分来鼓励你，但是这 0.5 分让我更加地了解你，你是一个诚实的孩子，很棒！”阿豪说：“老师，我会把这 0.5 分给补上的，我以后会更加努力，把英语学得更好。”

0.5 分，分数虽小，但是价值无限，如何把缺的 0.5 分给补上去？我和阿豪有了新的约定。在以后的教学中，我发现阿豪真的变了，而且变得越来越主动了，我想他的学习会越来越有突破的。

学生被尊重和信任，师生之间互相尊重和信任，那很多事情都是很好解决的，尊重和信任往往能收到意想不到的效果。让我们把尊重和信任从心做起，从每一句话，每一个眼神，每一个动作做起。当我们尊重和信任学生的时候，学生便会以加倍的信任和尊重来回报我们。每个学生都是一个个鲜活的个体，具有这样或那样的“优缺点”，教师只有尊重他们，把“优缺点”看作不同的“特质”，不戴“有色眼镜”对待学生，不给学生分好差等级，这样，才能真正地成为一名合格的或者优秀的文化传播使者。

妙笔生花更生情

纪璐仙

在我眼里，每一个学生都是一本书，一本丰富多彩的书；一个天地，一个博大而神秘的天地。怎样翻阅这一本本书，怎样进入这一个个天地，去倾听他们的心声，去探测他们的内心活动，从而取得心灵上的沟通，得到较好的教育和教学效果呢?

《礼记》云："知其心，然后能救其失也。"说的是教育学生必先了解学生，走进学生的心灵。于是，我创设了《成长记录本》。我告诉学生，这是你们每周与纪老师沟通的桥梁：愉悦之事，让老师与你一起分享；烦恼之事，让老师与你一同分担；遇到困难，老师可以帮助你；产生误会，老师可以从中协调；好的建议，及时向老师反馈；度过的每一天，谈谈收获与不足……

从开学第一周起，孩子们的《成长记录本》就开始了它的历史使命，在这一张张方寸之间的纸面上，留下孩子成长的一个个足迹，书写着一颗颗稚嫩之心与我的真诚对话和交流……

一、翻开扉页，惊喜不断。

开学初，我就告诉孩子们这本记录本是属于每个人的"小说"，要求孩子们给自己的小说起个有诗意、有趣味的名字。你看，个性张扬的孩子们起的名字一个比一个精彩：《蝈蝈的回音壁》《快乐时光》《豆豆成长记》……

再来看看孩子们给自己小说写的序言，你不得不惊叹：每个孩子都是一个小诗人!

《木课桌的秘密》——杜御风

"小学生涯是我们一生最美丽的时光，珍惜现在的每一次酸甜苦辣。若干年后，再次回想起来，只有麦芽糖的一缕清香……让我们悄悄讲述木课桌上的秘密吧！"

《倾听》——朱璟瑶

“听，你听！风轻轻地来了，又轻轻地走了。时光就如同那流水一般，在无情的岁月中，让你遗忘着那些闪闪发光的‘宝藏’。倾听，倾听，让我们倾听，倾听汗水流淌的声音，倾听泪水滴落的声音……在倾听中见证我们的成长，把最纯洁、最美丽的童年留在我们的心底，没有华丽的语句，也没有动人的情节，只有那幼稚的笔墨与纯真的爱。青出于蓝而胜于蓝，冰取之于水而寒于水，我们的成长也许正是这样。快乐的，不快乐的，都是属于我们的美好的回忆。准备好了吗？让我们用文字展现出一场唯美的画面吧！”

这样的书名，这样的序言，再配上学生手绘的插图，我怀疑不是在改学生的作业，而是在读一本本校园小说。好喜欢、好感动，为他们的动情、用心而惊喜。

二、静心阅读，感动不已。

打开孩子们的成长记录本，静下心来读里面的文章，心中更是涌起阵阵感动，孩子们把自己的心里话一股脑儿倾诉出来，让我看到了一颗颗纯洁的童心。

有一天，班级又出现了不少常规的违纪事件，我一改往日严厉说教的态度，请犯错误的学生自己说说错在哪，今后应该如何……我的语气极其平和，话也不多，但学生却能深刻反省自我，并保证下次不犯。可能我的态度转变比较大，以致学生误以为我放弃了他们，第二天，小王同学在《成长记录本》上这样写道：

“纪老师，今天发生了很多让您痛心的事，对不起，我们知道错了。纪老师，希望您还是能像以前一样严厉地管我们，能让我们看到您的喜怒哀乐。纪老师要乐观！您是一位好老师，我们班所有懂事的有良心的同学都会帮助您教好这个班级的！”

多么懂事的孩子呀，我情不自禁拿起笔写上这样的话：“我非常感动你能这么说！我为我们班有你这样懂事的学生而感到骄傲和自豪！非常感谢你的宝贵支持！纪老师不悲观，纪老师很乐观，只是昨天换了一种可能是你们期望的教育方法，我觉得这种方法也挺好的！你说呢？”

第二天，他回复道：“对，同学们有的很喜欢这种管理方法，也有些人不太适应，相信过一段时间就会好的。请纪老师继续乐观下去，我们大家不会辜负您的！”

《成长记录本》不仅是老师鼓励学生的平台，也成了学生鼓舞老师的载体。

师生的妙笔真正成为了拉近师生之间距离的纽带，同时也给学生以思考的空间：使他们回想老师一贯的付出，回味老师平时对他们的教育，从而让学生懂得感恩。更为重要的是，学生通过老师态度一热一冷的变化，学会了自我教育。著名教育家苏霍姆林斯基说："只有能够激发学生去进行自我教育的教育，才是真正的教育。"我想，我尝试着做到了这一点。

在教育教学工作中，老师难免有失当、不周或者被学生误解的情况，通常，学生是不会、不便甚至也不敢当面直截了当向老师提出，然而，有了《成长记录本》这个好的媒介就不一样了。学生在日记中，可以畅所欲言，把自己对老师、同学、班级的所有想法毫无保留地全部倾诉出来。正因为，有了学生的信任，我才可以及早发现问题，改变教育方法，努力把问题解决在萌芽之中，使每个孩子都能健康快乐地成长。

三、**以笔交友，收获不少**。

欣妍是我班的副班长，是个懂事、正直的女生，然而她的学习成绩却一直不太理想，我苦于找不到帮助她的方法。偶然有一天，她在《成长记录本》上这样写道：

"纪老师，我想问您一个问题。一个好朋友曾经和我在一起玩得很开心，可是因为某些原因，她开始疏远我，但当别人说我坏话时，她又会站起来为我说话，可是她却不愿与我再做朋友了，这令我很烦恼。这是我的心事，我想与纪老师沟通，因为我信任您。"

作为孩子的大朋友，我真心引导："首先非常感谢你对我的信任！但你大可不必烦恼。有句话叫：'强扭的瓜不甜！'所以，你应当抱着一颗平常心来看待这个问题。'君子之交淡如水，小人之交甘若醴'，生活中'平平淡淡才是真'！要相信你终究会遇到你人生中的知音的，古人说：'莫愁前路无知己，天下谁人不识君'！所以你不必心急，该来的友情自然会来到，只要你保持一颗不卑不亢的平常心，与人和谐相处，一切就会水到渠成！另外，更重要的是，你必须马上把心思调整过来，用努力刻苦的学习，为自己赢得进步，赢得成绩，也就赢得了强大的自信心和与人交往从容的气度，你明白吗？"

第二天，她回复道："谢谢纪老师，谢谢您与我做心与心的交流，我感到很开心，很开心！"接下来的一个多月，欣妍每天都很乐观地与人交往，学习也分外努力，在期中考试中，她进步明显，成绩名列班级前茅。

青涩的少年向往着美好的友情，如何交友是他们心中的疑惑。我充分利用《成长记录本》，让它成为学生向老师打开内心世界的窗口，让老师切实地感受到学生的真情实感。作为孩子心中的良师益友，我尽力指导他们摆正交友的心态，学会正确交友的方法，处理好交友与学习的关系，让自己的童年生活更美好。

四、家长参与，效果不错。

因为孩子们的“小说”写得太精彩，就我一个读者实在可惜，再加上家长会上不少家长提出：现在的孩子太叛逆，太难教育，他们天天苦口婆心孩子也听不进去。我便给他们提出了自己教育女儿的一点小做法——我和孩子共同写日记，建议家长们在孩子的每篇日记下，也写上自己的感受、体会。通过这样的形式，一来增加了家长和孩子的真情沟通，为家长教育孩子提供了有效途径；二来通过家长的感受、体会，提升孩子认识世间万物的态度和价值观，让孩子作文水平在不知不觉中逐步提高。让我们来欣赏欣赏家长们在孩子们日记中留下的笔迹，感受家长携孩子一同成长的温馨吧！

家长会中，看着孩子们的出色表现，小戴的妈妈在孩子的日记中这样写道：“观看了你们全班今天中午拍的视频，看到你们一个个可爱的笑脸，听到你们一句句感恩的话，妈妈很感动：为你的懂事，为你所生活的温暖、阳光的六（2）班这个集体。孩子，珍惜现在的大好时光，拥抱生活、拥抱知识，在你成长的道路上，爸爸、妈妈会一直陪伴着你，让我们一起努力！”

读了小明的日记《我最喜欢的植物——仙人掌》后，她的妈妈颇有感触，结合孩子有点自卑的个性，在日记中悄悄告诉孩子：“坦然迎接生活中的风霜雨雪，从容面对生命中的喜怒哀乐，即便在困境中，也不断释放出自己的光和热，照亮自己，温暖别人，这样的人生才精彩！向仙人掌学习！”

班级开展“水果拼盘”活动后，小源在日记中写到小组合作的问题，他的妈妈及时引导：“有一个人，在我们成功的时候，他可以和我们一同分享快乐；在我们经历苦难的时候，他又像冬日的阳光一样给我们带来温暖，支撑着我们迎接挑战，这个人就是——朋友。学会和朋友好好相处吧！”

……

每周我批阅这一本本《成长记录本》，看到孩子们用稚嫩的笔迹写下的真诚话语，这种过程就仿佛是在真实倾听他们的娓娓诉说，就像进入一个个向我敞开着的心灵世界。当看到他们在某方面取得进步时，我会和他们一样高兴，写上：

“继续努力，争取更大的进步！”鼓励他们更上一层楼。当他们碰到困难，受到挫折时，我又为他们担忧，写上：“哪里摔倒，就在哪里爬起！”让他们重燃斗志。当他们在某方面取得成功而微笑时，我更感欣慰，又会写上：“谁笑到最后，谁才笑得最美！”激励他们戒骄戒躁，勇往直前……

苏霍姆林斯基说：“每个孩子都是独一无二的、完全不同的世界。”那么如何与各种各样的孩子进行沟通呢？

最简单的方法便是——用好我们手中的笔，让妙笔生花更生情！

那一刻怦然心动

高柏珍

在平时的教育教学中，和孩子在一起的点点滴滴，总有一些不经意的片段，恰恰是这些小小的片段凝结成了永恒的感动。

这学期学生已积累了不少新词，于是我决定给他们来个小小的测试——默写。前一天我就布置了复习新词的任务，第二天的课上，默写便正式开始了。不一会儿，“测试”完毕，一切似乎都进行得很顺利。

就在收听写本的时候，班上一同学突然冒出了一句：“有同学作弊！”原本很安静的课堂突然变得嘈杂起来，所有的目光都集中在了小银身上。她的脸涨得通红，再一看，她的手被另一个同学使劲地抓着。“老师，她的手心里写着一个词语‘辜负’！”那位抓她手的同学大喊道。一群爱起哄的男生更是丝毫不放过表现的机会：“小银作弊，小银作弊！”“我没有！”她据理力争，“默写的时候我没看！”“在事情没弄清楚前，我希望同学们不要妄下定论，我相信小银同学下课后会给我一个合理的解释的。”我边向小银使了个眼色边说道，同学们也慢慢静了下来。

下课后，我刚到办公室，小银便跟来了。“高老师，我……”她支吾着。我将她的听写本找了出来，迅速地批改了一下，一个错误都没有，字也写得相当工整。“把你的手摊开。”我轻轻地说道。一个已经模糊的词语出现在我的眼前。“高老师，我下次不会这样了。”她很快地承认了自己的错误。“谁都想得满分，可是满分并不能通过这样的方式得来。一分耕耘，一分收获，你没有付出劳动就想有收获，那么就算你得了 100 分，别的同学又怎会服气？如果 100 分对你真的这么重要，我可以每次都送你，可是这样对你有用吗？”一番谈话后，我又将“辜”的记忆方法向她讲解了一遍：古代的人很辛苦，我们要努力地感谢他们，不要让他们失望。她很快就记了下来，我又随机地抽其他词语，她的表现都非常好。“你的求胜心切，我能理解，可为了一个词语背了‘作弊’的黑锅，太不值得了，向同学们证明你的确是用了功的，行吗？”她咬了咬嘴唇，使劲地点了点头。

第二天的课堂上，我有意地来请同学用生字组词。前面的几位同学答得有些吃力。我看了看小银，她的眼里充满了自信。“小银，你来。”她的表现十分出色，回答得相当流利，我看到所有的同学都向她致以佩服的眼神。的确，满分实在是很诱人，它可以赢得老师的青睐，也可以获得同学们的赞赏，但通过这一件事，相信小银获得的将是更大的收获。她成功了！我让她坐下的那一刻，她的眼中泛出了喜悦的光芒。那一刻，我怦然心动。

感谢可爱的孩子们，感谢诚实的孩子们！你们的真诚、敢于承认错误，使我沐浴在一次次的感动中。

熊孩子们的“糊涂老班”

吴小秀

“我们带一个就够够的了，老师你要管49个孩子，其中辛苦可想而知。”

——家长感言

“太好了！终于不用看到那帮男生了！”

——前任班主任感言

好吧，如果这个还不够，那就再来一组班级日志感受一下。

2015年9月30日第五周周三阴雨转晴

包睿谦参加足球社团，调皮捣蛋，被教练劝退。

2015年10月23日第八周周五晴

汪延栋为小事爆发，喊得声嘶力竭，影响到其他学生的情绪。

2015年11月17日第十二周周二阴雨

朱子然呕吐（习惯性的），并拒绝去厕所。当第N次直接吐在教室地面上时，导致姜旭、李卓然、徐昊天被催吐，教室里乱成一锅粥。

2015年12月16日第十六周周三晴

罗振宸与李彭辰又开始联手欺负班上女生，并第N次丢失了田格本。罗妈妈大发雷霆，早读课进教室一通乱找未果，于是直接将罗振宸“拎”回去了。一连两天责其闭门思过。

这就是三（3）班的熊孩子，令人心力交瘁的熊孩子！而我，就是那个“糊涂老班”——熊孩子们的班主任。

当然，曾经的我也如救火队长一样奔波“事故现场”，曾经也如倪萍大姐一样唠唠叨叨苦口婆心，曾经也如愤怒使者般电闪雷鸣大雨倾盆，可最终结果——

嗓子哑了，心情坏了。熊孩子并没有因为你发火，你请家长，你辛苦等等而收敛自己的手脚，相反，我感觉他们因备受“关注”而雀跃兴奋，调皮指数直接暴升。当第二个“小蜜蜂”（教师用扩音器）宣布罢工时，我开始彻底醒悟。当初，我可不是为了生气来当班主任的，面对熊孩子的没心没肺，我可不能只会痛心伤肺啊！

OK，我也来个“难得糊涂”吧！针对熊孩子行为的“糊涂”攻略应时而生。

“赵允颉，你哭会儿先！”

赵允颉，三（3）班出了名的“哭包包”。这孩子平时挺懂事的，小嘴巴特甜，可自尊心强，不能被别人说一句，随便开个玩笑都不行，否则就会哭哭啼啼，没完没了，为此我没少伤过脑筋。

这天又来事了，为别人给他起外号这点芝麻事儿涕泪俱下，“噔噔噔”跑我这儿哭诉。瞧他委屈的样子，眼泪“吧嗒吧嗒”往下掉。以前吧，我必定问个前因后果，然后劝说半天，最后相互道歉皆大欢喜。这次，我决定——“晾一晾”。

“哦！允颉啊，你看这样好吧，老师有急事要去教务处一趟。你哭会儿先，等我回来哈！”然后，我就脚底抹油，溜了。

转了一大圈，我不慌不忙地走进教室。不出所料，赵允颉已经雨过天晴阳光灿烂了，正和李彭辰谈笑风生呢。我走过去，拍拍他的肩膀，他冲我龇牙一笑。我心里在乐：“邓爷爷的‘搁置争议’这招果然有用啊！孩子们之间哪有什么大事儿，根本不需要再扩大。”

对着镜子练“挤眉弄眼”

课间十分钟，孩子们都去撒欢了，我还在教室里专心致志地改作业。自然，这也给孩子们投诉提供了“便利”。你瞧，孙李俊楠和谢文希气冲冲地跑过来了！

“老师，你得管管那帮男生，老抢占女生的地盘！”孙李俊楠说话像机关枪一样“噼噼啪啪”。

我歪过头来，笑一笑，说：“你们可以一起玩啊！比如教他们跳皮筋什么的。”

谢文希揉揉眼睛：“可是，李彭辰和焦懿博朝我们做鬼脸，气死人了！”

我只好假装生气的样子，请那两个人过来。李彭辰见多识广，一脸不在乎，焦懿博倒是紧张兮兮。我漫不经心地问："做什么鬼脸呀？晒一个瞧瞧！"俩熊孩子原本抱着必"挨批"的心理，万万没料到我竟不按套路出牌，一时愣住了。我又重复了一遍，他们才不好意思地开始表演：一个吐吐舌头，另一个翻了翻白眼。我"扑哧"一下笑了："哟，一点都不帅！回去对着镜子好好练练啊，一定要酷酷的！"我顺手摆了一个 pose，周围的孩子都逗笑了，纯真的味道洋溢在空气中。

"争吵"可以拍下来欣赏

赵允颉和王嫣然天生是冤家，每天吵一遍，喊声惊天动地，然后各回各座位埋头痛哭。为了他俩能和平相处，座位只好调开，隔得远远的。可惜，上课不见下课见啊，一丢丢事儿都能整成悲剧，屡教不改。某一天，我灵机一动，借着班上准备校园电视台节目的机会，安排他俩合作演一个小品：《争吵的故事》（剧情安排两个场景，其一：为小事争吵不休，同学反目；其二：剧情反转，同学间宽以待人，和睦相处）。孩子们天生爱表演爱显摆，因此完全没有看出我暗藏的"心机"，也忘记了彼此曾水火不相容，每天热血沸腾找地儿排练，特认真特上心。拍摄的过程是痛苦的，因为是第一次，已经记不得多少回"NG"了，然而最终成果却是显著的。投放到大屏幕上观看时，孩子们激动不已又若有所思。从此，那一对冤家再也不闹了，反而经常在一起琢磨续集该怎么拍。我呢，必须躲一边偷着乐啊！

写写"熊言熊语"也不错

彭行翰、罗振宸号称班上的"熊大""熊二"，屁股坐不住板凳，课堂上窃窃私语，爱惹事儿，不是两人扭打在一起，就是怂恿别人扭打在一起。所有老师看到他俩，脑袋立马生疼。胡老师说："你俩要拎出去呀，整个世界都清净了。""俩熊"自幼儿园开始就经受各种"考验"，早已把"个人脸面"置之度外，老师们那点儿招数也早已入不了"熊眼"，油盐不进。这天科学课，彭行翰与罗振宸合伙，拿着一只不知从哪儿捡来的圆规扎同学玩，轻轻扎一下，然后看别人痛的样子，这俩坏家伙便“嘿嘿”直乐。结果得意忘形用力过猛，直接将张映涵的胳膊扎出一颗血珠。

等我满脑门生烟赶到教室时，他俩已经熟门熟路站到黑板面前了，垂着脑袋，偶尔相视会意一笑。我那个气啊，老半天脸色铁青，我忍了又忍，直到拿定了主意。我让班长去总务处领取一沓方格纸，然后心平气和地喊他们过来，说：“今天发生了什么事情？为什么会伤害到同学？我需要弄明白，然后酌情处理。先认真写下来，前因后果，动作、语言、心理什么的一个不能少。400字，写不完放学留下来接着！”

这俩孩子彻底傻了，估计刚才光寻思着轮到抄哪篇课文了或者待会儿家长来了怎么糊弄等等，根本没想到居然会让写作文，这对他们来说简直要命了。我心想：“今天非治好你们不可！”

那天，我请家长在门卫等，自己在教室一直陪他们到19:30，直到全部完成为止。次日，利用晨会课让他俩上台读读自己的“熊言熊语”，同学们笑得东倒西歪。破天荒，罗振宸与彭行翰很低调地度过了一天。接下来的日子不出意外有反复，没事，“兵来将挡水来土掩”嘛。当班长淡定地领来了第三沓方格纸时，这两个人终于发现事情不好玩了，代价实在太大，只好逐渐管住自己的嘴管住自己的手脚。我的收获不小哇，除了厚厚一摞“熊孩子故事”稿子外，期末语文成绩一个93，另一个90，对于看拼音写词语过关都费劲的俩人来说，很不错了吧！转换一下思路，无须肝火，问题却更容易解决，何乐而不为呢？

“王楚颉，要以学业为重啊！”

王楚颉挂在嘴边的话：“老师，包睿谦老打我，我都没理他！”事情的真相是他主动招惹人家。他话特多，任课老师对他的印象惊人一致，那就是无论何时看到王楚颉，他的嘴巴都在动个不停。有次胡老师来跟我说：“王楚颉讲了一节课的话，前后同学都招惹遍了。”片刻，王楚颉居然来哭诉了：“老师，我觉得嘴巴有点疼。”我没法发火了，还得拼命忍住笑。伸手摸摸他的脑袋，我说：“要注意保护嘴巴啊！可别再讲话了。”

复习阶段特别紧张，王楚颉也没闲着，他也忘记了嘴巴疼的“原因”了。一天，张王乐忍无可忍，把他拽出教室，直接推在地上，于是，熊孩子把满腹委屈带到了我这儿。我语重心长地对他说：“小颉，张王乐的成绩比你好，对不对？”王楚颉腮帮挂着泪花点头。“你应该把愤怒化为力量啊！争取期末考试中把他甩后面好不好？”临走，我尽量模仿电影中大侠的样子，郑重地拍拍他肩膀：“王楚颉，要以学业为重啊！个人恩怨，就把它放在一边吧！”

王楚颉小小的身影消失在眼前，我知道，这个话多自尊心却很强的孩子一定知道什么是正确的选择了。

…………

从二月到六月，从烦躁到从容，孩子们一点一点改变着行为，我一点一点收获着成功。当我终于能微笑着欣赏他们，倾听每一种声音，我知道，自己走过了最难的那一段路。感谢坚持！我乐意成为“糊涂老班”，细数雨滴、静待花开。

成长是漫长又优雅的事情，或许我们真的不需要那样焦虑，反而要多些“糊涂”多些智慧多些幽默。面对三年级阶段的孩子，不妨在心里鼓励自己：慢慢来，慢慢来！

一把钥匙开一把锁

王小燕

学校给每个学生制作了校牌。刚发下来时，他们很是新鲜，动不动就拿在手上玩弄，甚至是乱挂，有的还挂到了耳朵上。我一再强调：校牌得按要求佩戴好，不能做他用。可是今天，我又发现一个学生竟然又随手将校牌挂在了耳朵上。我生气地走过去，把他校牌没收了，并对他说："你自己换另一块校牌戴，要是你表现好，我就还给你。"他似乎没想到我会这样，小脸通红，眼泪在眼眶里打转。当时我也没有多想，转身回了办公室。

放学后，我接到了他妈妈的电话。从他妈妈那我了解到，由于家中老人住院，妈妈需在医院照顾老人，最近几天他一直由爸爸带着。妈妈说另一块校牌找不到了，问我能不能把校牌还给他，还说到校牌被没收了，他很着急。听他妈妈这么一说，我便答应了。放下手中的电话，我想了想，决定打个电话给他。我从他妈妈那知道了他爸爸的号码，我便打了电话。他接了电话后，我对他说："你知道老师为什么收你的校牌吗？"他说："知道。"我说："校牌就跟红领巾一样，戴的时候要戴好。老师之前说过的，不要随便玩弄校牌，你为什么听不进去。是你自己不对吗？"他只说:"是的。"我说:"你以后会正确戴校牌吗？还乱戴吗？"他说："不乱戴了。"我接着说："那老师明天把它还给你，你以后要佩戴好。"他说："知道了。"

我之所以要打电话给他，是因为考虑到孩子的心理。和他相处了将近两年，对他有了一定了解。刚上学时，他妈妈就对我说他孩子说话较迟，不喜欢和人沟通，胆子较小，请我多关照。在后来与他的相处中，我发现除了他妈妈说的那些以外，在遇到问题时，他不会想办法解决，只是在一旁流眼泪。每当看到这种情况，我都不忍心说他，只是耐着性子问他发生了什么事。我怕万一说了他，他心里会害怕、紧张，怕他对上学感到恐惧。虽说他现在是二年级学生，也比以前进步了些，但有时遇到问题还是会哭。所以这次我收了他的校牌，听他妈妈说他很着急，我就想打电话给他，想让他消除些紧张，晚上能睡得安稳。也许是我多想了，只希望孩子不要多虑。

“人非圣贤，孰能无过？”每个人都有可能犯错误，更不用说我们的学生了。所以，对于教师来说，对学生进行批评教育是经常的事。而我觉得我们批评孩子时很重要的一点是不能伤及孩子的心灵。

那我们在批评时就要考虑到孩子的性格。就拿玩弄校牌的他来说，他平时话不多，容易紧张，如果对他严厉地批评，他可能会受不了。也许回到家就会为校牌而苦恼，再加上妈妈不在家，他会更难受。正是想到这些，我给他打了电话，让他心安些，也给他提了些意见。第二天，他上学时，还是主动走到我面前跟我问了好。从他脸上，我感觉到他不那么焦虑了，因为他知道我今天会把校牌还给他。苏联著名教育家苏霍姆林斯基指出：“批评的艺术在于严厉与善良的圆满结合，学生应该在教师的批评中感受到的不仅是合乎情理的严厉，而且是对他充满人情味的关切。”我想说的是，我们在批评孩子时，也要多多考虑孩子。

著名教育家陈鹤琴说：“无论什么人，受激励而改过，是很容易的；受责骂而改过，是不大容易的，而小孩子尤其喜欢听好话，不喜欢听恶言。”因此，在学生犯错误时，我们要晓之以理，动之以情。这样既保护了学生的自尊心，又让学生看到了前途和希望。我想对于低年级的孩子来说，当他们犯错时，我们更需要爱心和耐心，我们要更多地给他们鼓励。

著名教育家马卡连柯说过，“批评不仅仅是一种手段，更应是一种艺术，一种智慧。”批评是一种艺术，要真正掌握批评的艺术，这就要求教育者善于掌握好“火候”，因人、因事而异，做到“一把钥匙开一把锁”，使批评真正达到“润物细无声”的效果。

以生为镜，和孩子共同成长

韩利

古人云：以铜为镜，可以正衣冠；以史为镜，可以知兴替；以人为镜，可以知得失。今天，我要说，以生为镜，和孩子共同成长！常人听了一定会觉得很好笑。以生为镜，你还当老师干吗？不急，让我们一起来听几个真实的故事吧：

故事一：

在生活中，大会小会时，我们不难发现，每次会场结束，都会有很多椅子胡乱摆放着，地面上多多少少地散落着一些纸屑。这时，我就会想到我的那个孩子，那面文明的镜子。

那是一节上午的音乐课，按照惯例，我先请男同学出教室排队，女同学则留下先排好教室的凳子。不一会儿，同学们都出来了，正准备关门时，发现教室里还有一个身影在走动，第一反应就是有人在教室里玩，没出来。顿时，火上心头，大步走进教室，我愣住了，原来是苗苗在捡垃圾。我看见她手上抓了好几片塑料鞋套的薄膜。“苗苗，别人都出来了，你怎么还在教室呀？”我的语气立马柔和了许多。“老师，你让我们女生留下来整理，可好多人看到这么大的垃圾都不捡，所以我就帮她们捡了。”

多么朴实而简单的话语，没有人让她继续留下来，可她却留下来了，而且做了连我们大人都很难做到的事。

故事二：

每当孩子们在班上吵闹的时候，不难听到很多老师抱怨：吵死了，喉咙喊破了他们也不听……这时我就会想到我的那群二年级的八九岁孩子们，那些关怀的镜子。

由于重感冒，我的喉咙已经严重沙哑。这可怎么办呀？我怀着沉重的心情来到班上，一到班上，我就对孩子们说：“孩子们，发现老师今天有什么变化吗？”“老师今天嗓子哑了。”“对，老师嗓子严重沙哑，今天我尽量不说话，你们看老师的手势，咱们做到文明、安静上课，好吗？”“好！”小家伙们声音一个比一个响亮。其实我心里想：嘴上说得好，一会肯定叽叽喳喳！结果我错了，我是以小人之心度君子之腹了。这节课出奇地安静，就连班上那几个最爱讲悄悄话的也表现得那么好，大家听着我的琴声，听一句唱一句，听得是那样认真，唱得是那样得好听。

故事三：

这是一节公开课，有好多老师来听课，小家伙们也很兴奋，表现得特积极。可当当却很例外，平时当当在班上可是活跃分子，爱举手，声音响亮。今天他不但一节课都没举手，反而在那扭来扭去，脸上做着别扭的表情。一下课，我就把当当留了下来。

“当当，你知道今天是什么课吗？”

“知道，今天是公开课。”

“那你觉得你表现怎样？”我的声音高了许多。

“老师，我想好好表现的，可是我没办法，我全身都痒。”边说身上边抽动着，双手抓着自己的双臂。

我掀开他的小衣袖，天哪，全是红色的饼块，再看看背上，也是一大片一大片的。

“当当，你这好像是荨麻疹！你什么时候开始身上痒的？”

“上节课快下课的时候。”

“那你怎么不跟老师说呢？”

“我想今天是公开课，不能不来，那样不好，想下课再跟您说，对不起，老师，我上课的时候实在太痒了，没忍住，还是抓了。”

我的眼眶唰的一下就湿润了。我赶紧打了电话给当当的妈妈，让她带孩子去就医。一节课说长不长，说短也不短，四十分钟，当当愣是忍住了，一个二年级的孩子，为了不影响老师的正常教学，他用自己的毅力愣是忍住了身体上的不适，这是多么令人钦佩的呀！当当就是一面镜子，一面坚强为他人着想的镜子。

……

从此，我踏上了向孩子们学习的道路。孩子们叽叽喳喳时，我不再去怪他们，我会反思，一定是我说得还不够精彩；孩子们没听明白时，我一定会耐心地再讲再讲；看到孩子们课堂上一张张兴奋的小脸时，我心中总会充满了成就感。

我越来越喜欢这群孩子们了，我为他们买了很多奖品。只要是课堂上积极认真的孩子，课后都会得到一枚小印章，积满十颗小印章就可以来领取他们的小奖品。慢慢地，我发现我和孩子们的距离更近了，孩子们和我也更亲近了。每周二课间值日的时候，总会有一些孩子围到我身边，叽叽喳喳像一只只小喜鹊，可我一点也不烦，反而更觉得热闹。

孩子们就像是一面面小镜子，他们让我正衣冠，正得失，更正成长。教育是平凡而又实在的，它不需要华丽的外表，不需要华丽的语言，需要的是心与心的交换，心与心的感动和心与心的指引。十一年前我上好一堂课，可能更多的是为了赢得同行的肯定，同行的称赞；而今天，我上好每一堂课可能更多的是让孩子们在课堂上愉快地学习。也许，我的课堂还不是那么精彩，也许我的语言还不那么优美，但是为了我的这群可爱的孩子们，我会努力，努力和他们一起成长！

有一种幸福，你未曾体会

方莉

当某个调皮鬼用脏兮兮的小手递给你一个红红的苹果，那一刻，你一定很幸福；某天，你在一堆作业本里发现一张写着“老师辛苦了”的小纸条，那一瞬，你一定很幸福……身为老师，你一定有过各种各样的“小确幸”，但是有一种幸福，你可能真的未曾体会过。

2017 年 12 月 13 日，我的 QQ 里突然跳出一个头像：“是方老师吗？”得到了肯定的回答后，对方便没了消息。正暗自纳闷的时候，对方发过来一条长长的信息，大意是：自己的孩子曾经是我们崇明小学的学生，现在上初中。最近因为看了一位网红从高空坠落而亡的视频产生了睡眠问题，感觉自己要死掉了，必须由家长陪同才能入睡。同时不知道什么原因总是会胃疼，还会突然间晕倒。去医院检查了，医生说没有任何问题，表示有可能是心理问题导致的躯体化。这两天，孩子还要求家长请假，说不能去上学，会晕倒。家长立刻就想到了孩子曾经就读的崇明小学有位心理老师，所以辗转数人要到了我的 QQ，想带孩子过来看看。

老实说，我的先生正在援疆，家里就我和儿子两个人。白天上班，晚上要做做家务、陪陪儿子，实在很难有时间再分配给其他人。但是，这个孩子我却应允下来了。第一，他曾经是我们崇明园里的孩子，虽然现在已经升入初中，但是当他们遇到心理问题的时候，还会主动向自己的母校寻求专业的帮助，这是一件多么美好的事情！第二，这个孩子目前已经在家休息，无法上课，帮助他回到学校、走进课堂迫在眉睫。第三，这个孩子刚上初中，他为什么会出现这样的问题？面对问题我们的孩子需要什么样的心理建设来应对？也许从他的身上能找到一些答案，为我们今后做小升初的心理健康教育积累资料。综合几方面的因素，我将首次咨询定在了周五晚上，也就是 12 月 15 日。

15 日晚上，孩子在妈妈的陪伴下来到了咨询室。妈妈很热情地跟我打了招呼，对我利用休息时间来帮助她的孩子表示了感谢和歉意。孩子呢，缩在厚厚的羽绒服里，帽子几乎遮住了整张脸。坐在沙发上，整个人感觉十分疲惫无力，问他问题不是回答“不知道”就是不作声。我仔细地询问了孩子目前的生活、学习情况，对孩子的胃疼进行了鉴别，了解突然晕倒所处的时间线，初步判断引发这个孩子心理问题的因素包括：家庭成员生重病，生活节奏被打乱；自我要求高，学习压力大；在新的班级里没有发展出新的朋友圈，缺少同伴支持。在某天，老师当着全班同学的面批评这个孩子，并罚他站到过道里，他感觉十分“丢人”，潜意识里便用晕倒来面对这件事。当老师对他下次考试提出要求时，他的压力骤生，产生了胃疼的感觉。对于我的判断，家长和孩子都表示了认可。

考虑到孩子已经无法去上学，请了好几天假，所以我们讨论将改善睡眠、回到学校上课作为主要的工作目标。孩子其实很有悟性，当我们寻找到问题的原因时，他明显地松了口气，参与谈话的积极性也上来了。这个孩子的睡眠问题确实是由视频引起，但是重要家庭成员身患重病这件事的影响也不容小觑。心理学中有句名言：除去器质性病变，任何失眠都是情绪性的。根据他的描述，我发现他其实是在对家庭成员的健康表示担心，但是内敛的个性让他无法表达，或者说不会表达。这一方面，我请孩子的妈妈对家庭成员的患病和治疗情况做了一些简单的介绍，打消孩子心头的疑虑。这个部分的家庭作业就是让孩子在睡觉时体会自己内心的想法，顺着想法走，看看最后能走到哪里，不强求自己入眠。同时我打破了咨询一周一次的基本设置，将第二次咨询定在周日，目的就是希望孩子能在周一有力量走进学校，开始学习。

周日晚上，刚和孩子打照面，就感觉到孩子身上发生了很大的变化：整个人显得很有精神，能主动和我问好，脸上也有了笑容。孩子的妈妈很开心地告诉我，这两天孩子的睡眠问题没有了，还能看会儿书、写会儿作业了。孩子自己也和我分享了他的一些感受和想法。与此同时，他也表达出了对去学校上课的担忧。确实，对于初中生来说，学习的压力肯定会比小学阶段要大，初中老师的教育理念、行事风格和小学老师相比也会有所不同。导致这个孩子各种反应最直接的一件事就是上课被老师罚站，担心被老师再次当众批评也是很重要的一点。我们无法去改变老师，但是我们可以帮助孩子去看到其他可能性。我先询问了老师平时是怎样批评教育学生的，孩子立刻意识到老师并不是针对他一个人，而是对所有的同学都一样；接着我们又讨论了关于排名的问题，其实老师定的目标并不是很高，孩子是完全有能力达到的，之所以感到困难是因为孩子把后果想得很严重——在办公室里，当着很多老师和同学的面被老师批评，很没有面子。我肯定了孩子自尊心强、追求卓越的心态，也委婉地提醒他：某一次考试失败并不意味着永远的失败，从失败中吸取教训，才能走得更稳、更快。最后，我们开始模拟周一上学的片段，孩子的表现非常好，在快结束的时候，他突然要求赶快结束，因为还有英语作业没有写完。我问他要不要请妈妈跟老师说明一下情况，来不及就不写了。但是他很坚定地对我说，现在才八点，肯定来得及写完。看着孩子消失在夜色中的背影，我隐约感到他应该是不会再来了。

周四，我还是给孩子的妈妈打了一个电话，她非常开心地告诉我，孩子本周状况非常好，不需要再来了。放下电话，我的脑海里闪过了孩子从第一次来到这里，直至离开的每个变化，回想着在漆黑的夜色里，我们在温暖的咨询室里互相交谈、驱除心灵雾霾的点点滴滴，体会到其他老师可能不曾有过的一种幸福感，那就是：当孩子们毕业之后，当他们遇到心灵难题的时候，我和我的温暖小屋，就在这里，等着他们，帮助他们，给他们继续前行的力量！

赠予我柔软，赐予我力量

艾旭

不知不觉，接手三（4）班已是第三个年头了，这在我的教学史上是头一回。因为低段循环，我从未管理一个班超过三年，开学时，家长很是高兴，但我却后背汗涔涔，我想起了张晓风女士的话：“今天，我交给你一个孩子；明天，你将还我一个怎样的少年？”

因为太熟了，所以班级管理也会有“失灵”的时候，这时的我会满心疲惫，但渐渐地，在与孩子的磨合、相处中我却汲取到了前进的力量，孩子，谢谢你们！

“失败”的力量

上周五，学校举行了一场让咱们班孩子难以忘怀的拔河比赛。上台之前，孩子们个个信心满满，摩拳擦掌，等着大干一场。他们没想到的是，第一场比赛我们就输了！孩子们迅速调整好了情绪，换了场地继续拔，可是没想到的是，第二场又输了。孩子们蒙圈了，当我告诉大家我们输了的消息后，孩子们哭了，有的红了眼圈，相顾无言，有的梨花带雨，有的号啕大哭……“走吧！回教室！”孩子们难以置信：“老师，我们真的没有上场机会了吗？”“是的！”有孩子迅速调整好了心情：“老师，我想写一篇作文！”我下巴差点都要惊得掉了下来，这还是我那些一谈写作就愁眉苦脸的孩子吗？

第三节课，我终究是满足了孩子们的心愿，这篇作文，用了一节课的时间，大部分孩子都写到了三百字，有的孩子甚至洋洋洒洒写到了第三页……他们都在作文中写道：“相信我们下次会赢的！”孩子，我分明看到了古今大文豪辛苦创作文学作品的情形，他们不是因为成功，而是失败啊！你们让我看到了，失败也是另一种强大的力量！

难忘的“原谅”

章梓萌，一个平日里闷不吭声的孩子，有时甚至还会有不写作业的情况发生，可以说在班上是一个“不讨喜”的孩子。胡乐，语言表达能力强，学习成绩好，只是有些强势。这两个孩子是非常好的朋友。一天放学了，两个孩子在争抢东西的过程中，胡乐无意之中拽了章梓萌一下，章梓萌的头被课桌角重重磕了一下，出了点血。两个家长晚上闹了点不愉快，胡乐妈妈让孩子不要与章梓萌交朋友了。第二天，我调解两个孩子的纠纷，问她们：“还想做好朋友吗？”两孩子一个忍着眼泪，一个重重地点了点头。

几个星期后的一个星期一，胡乐去鼓号队训练了，她的凳子被打扫卫生的同学搬走了。细心的章梓萌问我：“老师，胡乐没有凳子了，这前面的凳子我可以搬过去吗？”当时的我，内心突然变得柔软起来，我就这样看着这额头上还带着疤痕的孩子，把凳子从前面搬到后面，足足像是看了“一世纪那么久”。我有些惭愧，相比较我却总是揪着他们过去的错误不放，这样的大度真是值得我这个成人去好好学习的！我亲爱的孩子，你虽然没有优异的成绩，但你却拥有一颗金子般的心！

灿烂的“阳光”

班里一位名叫张钟诚的孩子，暑假摔伤了手臂，很是严重，还伤到了神经。屈指算来，应该有三个多月没有见着他了，甚为想念呢。但班上图书角的书放在那儿，时时刻刻都在提醒着我们，这个可爱的孩子正在上海进行康复训练呢。开学初，他就把好多书搬到了学校，供同学们阅读，有多少人能做到这样呢。

前一段时间，在孩子妈妈的微信朋友圈中，我看到了这孩子的照片，那是个晴朗的好天气，吝啬了好久的太阳终于赏给了我们灿烂的笑脸，风雨过后就会有彩虹。而这个孩子坐在轮椅上，那笑容分明比阳光还要灿烂。此时此刻，这孩子刚做完手术后不久，在脚上取了十几厘米的神经接到手臂上。9 月份，张钟诚也来上了十几天学，虽然手很是不方便，但却坚持着要把字写好，把作业按时完成，还拿到我这里来批。上课时，那对知识如饥似渴的小眼神真是非常打动人！

一次的班会课上，我发动全班孩子写了一封信给张钟诚小朋友，他们在信中写道：“张钟诚，你是好样的，要好好配合医生治疗，我们都在等着你回来！”是啊，我们虽然不能见面，但是我们的心声都是一样的！

就是这些可敬可爱的孩子，他们柔软的举动击中了我的内心，赐予我勇敢前行的力量！

走在时间前面的孩子

费云芬

一学期又在匆匆忙忙中接近尾声，回顾这学期的校园生活，我最大的感动来自我的一个学生，他的名字叫章杰！

章杰的名字因为跟办公室一位老师的名字读音一样，但姓和名的写法都不一样，性别也不一样，所以在讲到同音字的时候，我常常用他的名字举例。这事让他很不高兴，因为他是个内向的孩子，不喜欢被别人谈笑，这孩子是不是有点严肃？

记得一年级开学第一次报名那天，章杰和他父亲是第一个来的，他爸爸憨憨的，除了说自己孩子调皮，请老师多加管教外，就一直坐在教室的某个角落笑眯眯地看两位老师忙碌着。章杰小朋友好像有些怕人，不敢到老师跟前，在教室外远远地看着，或者跟其他小朋友玩闹。

说实话，整个一年级，我对章杰的印象不深，只有他妈妈记的《阅读记录本》给我留下了些印象。那时，别人家一天就是读一个故事，他们家已经开始读《青蛙弗洛格》和《贝贝熊系列》了，而且妈妈很仔细地记录孩子每天读了几遍。因为老师说过，好的绘本是需要反复读的。所以妈妈把好的绘本买来了，不仅让孩子读起来，还坚持要求多读几遍。

转眼到了二年级开学，第一次抽背《日有所诵》，章杰就背得比较熟，老师照例给他发“诵读小明星”小奖状。为了鼓励辛勤付出的孩子，即使背得不熟，只要家长证明孩子暑假在家坚持日有所诵了，我都给他们发了小奖状。开学第一周，我发了近三十张“诵读小明星”的奖状，并且用一个月的时间带着孩子们复习了《日有所诵 2· 上卷》。

九月底，能熟练背诵《日有所诵 2· 上卷》的只有章杰等几个孩子。因为十月底，学校安排我们班上“崇明演播大厅”（国旗下讲话，因为每次都很隆重，故享有此美誉），如果只展示《日有所诵》的内容，感觉有些单薄，于是我又带着孩子们一起复习了《趣味对联》，并领着孩子们诵读《三字经》。“十一”长假后，我第一次在班上抽背《三字经》。这时才发现，孩子们每天是坚持背，但是一天两三句，根本还没背几页。这么长的经典，按照这样的进度，一个学期恐怕是背不完的。于是，我在班上宣布，从今天起，一天你能背几页就背几页，至少一天要背一小段，前十名背完的，到老师这来领“诵读小明星”的奖状。孩子们的“念经”积极性好像被激发了，每天早上来大声读书的孩子也多起来了，经常被表扬的孩子中就有章杰。

半个月后的一天，章杰突然跑到我面前说：“老师，《三字经》我背完了。”

“真的啊？这么厉害？今天早读课背给我们听啊！”

早读课，章杰就站到了台前。他有点紧张，眼睛看着地面，声音不是很响亮。有时会断一下，老师及时提醒后，他就接着往下背。

他背书的时候，教室里静悄悄的，大家都凝神注视着他……

背完了，孩子们给他热烈的掌声，老师给他颁发小奖状！

从此，章杰变了，好像爱上背书了。别的孩子还在《三字经》中艰难跋涉的时候，他已经开始背《百家姓》了。大部分孩子从《三字经》中走出来的时候，章杰已经能在全班孩子面前展示《百家姓》了。孩子们好容易结结巴巴背完《三字经》的时候，章杰告诉老师，《古诗文诵读》诵读中的加星篇目背完了。没过几天，又说《古诗文诵读》整本书背完了。

就这样，因为有了章杰创造的奇迹，我看到了孩子的潜能，也让我们班孩子真真切切地感受到经典的魅力，他们也从章杰的行动中汲取到奋进的力量。最终，我们班大部分孩子都能完整背诵《三字经》《百家姓》了。

我跟孩子们说，将来，你无论去哪个国家留学，只要你会背诵《三字经》，会背诵《百家姓》，你的那些外国同学一定会给你竖大拇指，他们一定很佩服你，佩服我们的中国文化！只有我们中国的语言有这么鲜明的节奏，只有我们中国的语言能用简短的文字，表达丰富的中国文化。

孩子们静静地听着，背诵《古诗文诵读》的热情好像高涨起来了。现在想想，如果没有章杰这样的孩子，我也会觉得让孩子读经诵典是件很枯燥，很困难的事情，也许我不会提倡所有的孩子去体验这个过程，感受这种文化。

最后在我们班的经典诵读展示中，每个孩子轮流站起来响亮地介绍自己姓什么，一起自豪地诵读《百家姓》时，我感觉我们的孩子就像一家人，快乐、和谐、自信地展示每个孩子的风采，这种感觉真是妙不可言！我为每一个努力过的孩子感到骄傲！也悄悄向章杰投去感谢的目光！感谢这个走在时间前面的孩子，带给我们希望之光，领着孩子们从艰涩走向熟练，体验挑战自己，战胜自己的快感！

如果一个孩子在一方面找到自信的话，他很快就变得更有活力。下半学期，章杰在课堂上也有很大的变化。他喜欢举手发言了，他发言的声音更响亮了。每节课他都很专注地聆听着，大胆地表现自己。只要老师给孩子发言，朗读的机会，他从不放过。即使老师有时候不喊他，他也不介意，很执着地举着手，追随着老师的目光；有时干脆等到下课，来到老师的跟前交流。

有几次碰到章杰的妈妈，我说，你家小伙子不错，背书背得快，也喜欢阅读，唯一不足的是字写得不好看。短时间内恐怕改不过来。

话说不到一个月的时间，章杰的字开始“改头换面”了，如果不去翻封面看名字，我是猜不出这些刚劲有力，工工整整的作业是章杰写出来的，真是看了还想再看。

后来在跟他爸爸的闲聊中，得知妈妈在家抓他写字了，说章杰最听他妈妈的话。我知道，每位家长都爱自己的孩子；我也知道，每位家长都最了解自己的孩子。只要家长有心去发现孩子的所长，只要家长有心帮助孩子去克服自身的弱点，我们的每一个孩子都会像章杰一样变得自信，慢慢优秀起来！

做一只“懒蚂蚁”

王振元

“王老师，我们组的高子涵英语作业又没做。”一大早课代表就向我报告。说起高子涵这位同学，她很有特点：家庭作业完成得马马虎虎，但每次考试都名列前茅，好几次语数英总分在班上名列榜首。尤其考查到那些灵活的题目时，更加如鱼得水。她看书看得多而杂，是一个名副其实的“书虫”。针对她的家庭作业，我每次都是让她补做一下，从来不批评她，因为我深知她就是一只“懒蚂蚁”。

日本北海道大学进化生物研究小组对三个分别由30只蚂蚁组成的黑蚁群的活动进行研究观察。结果发现，大部分蚂蚁都很勤快地寻找、搬运食物，少数蚂蚁却整日无所事事、东张西望，人们把少数蚂蚁叫作“懒蚂蚁”。有趣的是，当生物学家在这些“懒蚂蚁”身上做上标记，并且断绝蚁群的食物来源时，那些平时工作很勤快的蚂蚁表现得一筹莫展，而“懒蚂蚁”们则“挺身而出”，带领众蚂蚁向它们早已侦察到的新的食物源转移。原来“懒蚂蚁”们把大部分时间都花在了“侦察”和“研究”上了。它们能观察到组织的薄弱之处，同时保持对新的食物的探索状态，从而保证群体不断得到新的食物来源。此现象被称为“懒蚂蚁效应”。

在蚁群中，“懒蚂蚁”很重要。在学校中，有一部分学生看起来学习不怎么上心，但对学习的兴趣和激情很高，懂得科学的学习方法和技能，学习既轻松又高效，他们就是学习的“懒蚂蚁”；在学校中，也有一部分教师留心研究教育细节和现象，对教育规律具有前瞻性，具有“小心眼”和“远视眼”特性，作业不多，课堂高效，教学效果上乘，他们不仅教书而且育人，深受学生的喜爱，他们就是令人敬佩的“懒蚂蚁”。

教师一直被誉为人类灵魂的工程师，具有蜡烛精神：燃烧自己、照亮别人。因此很多教师在这种高尚思想裹挟下，出现了感人泪下的举动：带病上班；拄拐上班；甚至在生命的最后一刻还在讲台上传道授业，这些都是勤快且热爱教育的表现。可事实是，老师并不是越忙越有成绩，有时也需要“懒”一些，留点时间思考教育规律，并形成自己独特的教育艺术，那样的话工作可能更有效。

我认识的一位语文老师 W 就是一个全校闻名的“懒人”，他的班级管理都是让学生代劳，在他教四年级的时候，学校管理者找他谈了一次心，意思是让他勤快一些，不能什么都让学生做，自己做甩手掌柜。但他左耳进、右耳出，依旧我行我素地实施他的那一套。有一次，在班队活动评比中，他的班队活动夺得第一名，听课的老师纷纷竖起大拇指说：“这节课太棒了，学生的表现接近完美。”当问及他的经验时，他淡淡地说：“我懒一些，学生就勤快一些；我负责指导，学生负责运作；我到幕后，学生走到前台；我是配角，学生是主角。”多么精辟的总结啊！W 老师就是一只“懒蚂蚁”，他深谙科学的教育规律，充分发挥了学生的主观能动性，在备受质疑的时候，不改初心，坚持自己的原则，是一只聪明且原则性强的“懒蚂蚁”。

我认识的另一位语文老师 Y，是一位特立独行的人。第二天就要期末考试了，其他班都在教室认真地组织复习语文知识，但是他大手一挥：“同学们，下面两节语文课我们到操场上去打篮球！”同学们听了后欢声雀跃，快速地排好队向操场走去，经过别的班教室时，同学们都向他们投来了羡慕的目光。偌大的操场上就只有他一个班在玩耍运动。我也很纳闷，有一次我就问他：“Y 老师，你让学生到操场去玩，要是考试考不好怎么办？”他笑着说：“不可能的，无论怎么考，我们班都不会差的，因为我和他们有约定。考不好就没有下次……”原来如此，他紧紧抓住了学生的心，与学生同学、同进步。学生对他崇拜且信任，所以课堂效率极高。在期末考试中，他班上的语文成绩在年级中一枝独秀，他也是一只“懒蚂蚁”，不过这种“懒”，学生喜欢，同行敬重。

作为教育工作者的我，其实也是一只“懒蚂蚁”，对于教案上的教学反思我一般寥寥几句，真情实感而已，不像有的老师每篇教后记都像一篇论文似的。我除了教育教学外，还进行了大量的阅读，以提升自己的文化修养。除了阅读外，我还进行创新探索，探索轻负担、高效能的学习方法，以提升学生的综合素养，让他们爱上学习，和学习谈一场轰轰烈烈的爱情！此外，我善于从教育细节和现象入手，探寻一定的教育规律，这些都形成了一定的文字，每周都撰写教育教学随笔和专业论文，发表了 400 余篇论文和随笔。这些举措都为我的教育教学提供了科学的方法，使学生学得轻松、学得快乐且学得有效。

总之，教育教学是师与生共同提升的途径之一。“忙”不能作为爱岗敬业等师德评判的唯一标准，“忙”也不一定有成果。作为教育工作者，我更提倡教师应该做只“懒蚂蚁”——在成就学生的同时，也发展着自己。师生在这种教育活动中的状态最好是愉悦的、优哉游哉的！

做个幸福的“牧羊人”

杨阳

我们是一些每天和孩子们在一起的人，就像一个牧羊人，每天和羊儿们在一起。一个像像样样的牧羊人，他把那群群的羊儿带到草滩上，让它们在山坡上追逐着，然后吹起了牧羊笛。他是想让诗一样的心情掠过草滩，温柔地盖在羊儿们的身上。我们是一些像像样样的为童年做事的人。我们还站在讲台前，指着很远处的草滩和山坡对孩子们说，你们以后的日子，以后的幸福是在那儿，他们就撒开腿往那个方向奔了……

——梅子涵在中国儿童阅读论坛开幕式致辞摘录

这是著名儿童作家梅子涵教授在第三届中国儿童阅读论坛开幕式致辞时说的一段话。

作为班主任，赵治花、巫丽娟、唐嘉璐老师的脸上始终洋溢着灿烂的微笑，正犹如“牧羊人”每天看着羊儿们在草滩上享受美味时流露出的笑容。在崇明小学文昌校区的校园里，常常看到几位老师与孩子们在一起游戏，一起看书，一起就餐的身影。她们深情地爱抚着每一位学生，循循善诱地教导着每一位学生，让每一位学生懂得真、善、美的意义。

做一个勤快的牧羊人

每天清晨，赵治花老师总是提前半小时进教室。打开窗、整理教室、写好早读提示……等孩子们吃完早饭，走进教室，她会对每一个孩子说一句问候的话，有时候会是一个深情的拥抱，让孩子们一天都有好心情。

当有人问起：“赵老师，你每天做那么多的事，有很多是学校没有要求的，你不觉得累吗？”她总是笑着回答：“与孩子们在一起很幸福，多做点也不会觉得累。”很多工作已经成了她的一种习惯，不做反而觉得很不安。

教书育人，踏踏实实。作为低段学生的班主任，孩子的行为习惯养成是赵老师工作的重点。开学初她与孩子们一起制定班级的奋斗目标，实行班干部轮流管理制，让班中每一位学生都有机会成为班干部参与班级的管理。每周一的“大抽奖”和每月的“心愿瓶漂流”都是孩子们最喜欢的事情，各种奖励机制的形成更促使了班中学生良好习惯的养成。

生活中，她是学生们的妈妈，课堂上她又是学生们的大朋友。每一堂语文课她都会精心准备，再忙、再累都会将课件做得漂漂亮亮。不管何时，只要一走进课堂，赵老师就会精神饱满，绘声绘色地讲述着一篇篇精美的文章，一个个动人的故事，课堂活跃的气氛，常常让学生情不自禁地说：“怎么这么快就下课了？”“真想下节课仍然是语文课。”

班级成了她与孩子们共同的家。在这个家里让我们再一次感受到了：勤劳才能“致富”！

做一个细心的牧羊人

关注每一处环境布置，用墙面说话，让教室成为立体书。走进崇明小学文昌校区巫丽娟老师的班级，映入眼帘的便是琳琅满目的学生作品。教室的每一个角落都有精心布置的痕迹。“我的作品”“我的植物”“我爱我家”“我真棒”“我爱阅读”“我的心愿瓶”……每一个板块都渗透着巫老师的智慧，每一个板块都像一本立体的书，记录着每一个孩子的成长足迹。用心的巫老师，通过自己的双手将班级变得温馨、舒适，给孩子创设了一个舒心的学习环境。

呵护每一颗幼小心灵，天下最美是童心。巫老师总希望孩子们能将这份纯真保持得久一些。她常利用爱心小纸条留言、小礼物奖励、日记大交流、童诗欣赏、优点分享等形式，努力呵护孩子们闪闪的童心。她说她的教育追求是：“我以我心付童心！”

在学校里，她是班中孩子们的妈妈，看到学生的衣服领子没翻好，她会轻轻地帮他打理整齐；看到学生的脸脏了，她会默默地帮他洗脸，并给他涂上润肤露；看到学生流着鼻涕，她会递上餐巾纸，难怪总有学生常会将她叫成“妈妈”。

班级是学生们的家。在这个家里让我们再一次感受到了：有妈的孩子像块宝！

做一个尽想好事的牧羊人

因为勤快，因为细心，唐嘉璐老师便成了一位忙碌的牧羊人！有时候她也会担心，太过勤劳、太过细心的牧羊人慢慢会养了一群“懒羊羊”！但是她总会笑笑说：“我会尽想好事，如果好事成真那就会更幸福了。”想想要是所有的学生都能听话，都能按照老师们的“吆喝”前行，那该多好。“尽想好事”这话不太好听，不管怎样，有点好事想总比没有的好。唐老师常说心中有梦才会有前行的目标，才会有前行的动力。

在唐老师看来，教育本身就是一门艺术，但是她说，她不想做雕刻家，只想做个欣赏家。在她的眼里每个学生都是一件值得欣赏的“艺术品。”学生想成为什么样的人，完全取决于学生自己的选择，老师是无法改变他们的，只有学生自己能改变自己。作为班主任要做的事是放大他们美好的一面，积极上进的一面。当他们受到污染时，为他们除去污渍。鼓励他们积极地面对人生，对自己负责，做自己命运的雕刻家。

有的放矢，追寻幸福。羊群中往往有个身强力壮、“资历”较深的领头羊，它会带着羊群撒蹄奔跑。唐老师觉得班干部就应该是这样的“领头羊”，大胆放手让他们去做，让他们带着其她的羊儿奔跑。

羊群中难免有几只调皮羊，唐老师的方法便是：驯养。她很喜欢《小王子》一书中这段话：狐狸第一次遇见小王子的时候，就告诉他，“要是你驯养了我，我的生活就会变得充满阳光……金黄色的麦子，会让我想起你。我会喜爱风儿吹拂麦浪的声音。”什么是驯养？驯养是建立感情联系。驯养是需要耐心的。其实，调皮的孩子就像那只等待小王子驯养的狐狸，而班主任呢？需要用耐心和爱心来驯养他们，让他们感受到快乐和幸福。

作为牧羊人，有时候完全可以放养整群羊，而且完全可以放心，在聪明勇敢的喜羊羊背后还有发明家慢羊羊村长，大智若愚、喜欢睡觉的懒羊羊，力大如牛的沸羊羊，漂亮亲切的美羊羊和一大帮羊羊族群。

所以，这些细心、富有爱心的老师们充分信任每一个学生，真正放手让他们自立自强。

像梅教授说的那样：努力“做一个像像样样的牧羊人”，吹起牧羊笛，引领孩子们在知识铺就的草滩和山坡上寻找梦想——那便是幸福的“牧羊人”！

后记　做好学生发展的点灯人

作为教育工作者，我们都知道教育是一个长期的系统工程。俗话说，十年树木，百年树人。人的成长不是一蹴而就的，而是不断地变化生成着。作为教师，不能“一叶障目”地看待学生，不能只顾眼前而忽略了学生的未来发展，更不能以单一的成绩来“贴标签”把学生分成优良中差等级。做好学生发展的点灯人，尽一切可能帮助他们树立学习和生活自信，使学生以阳光心态迎接各种挑战。

首先，教师心中要心存“没有不好，只有不同”的教育愿景。教师应该是理想主义者。由于家庭环境、生活环境等不同的因素，造就了不同个性的孩子，他们有不同的智力接受水平、不同的喜怒哀乐、不同的世界认识观。这就需要教师要具有博大的胸怀，悦纳性格各异的他们。不能根据个人的喜好区别对待孩子，要“目中有人”、心里装着学生，相信他们都会朝着自己最美好的方向前进着。即使有的孩子没能一时达到老师的要求，要耐心、不急躁，给予他们足够的时间，学会等待，为他们的点滴进步呐喊助威。现在班上有一位同学叫徐冉，他的写字速度和他的名字很匹配：非常得慢！每次练习的时候，他就会担心自己时间不够，练习写不完。但我们语数英三位老师一直没有放弃他，不断地给他鼓劲，只要他取得一点点进步就表扬他。虽然一年过去了，他的书写速度仍然没有提升多少，但我们始终坚信他会越来越快的。假以时日，再辅以坚持练习，我们相信他终会写得更快些！我们愿意陪伴着他一起进步、一起成长！

其次，教师眼光要深邃和长远。有的老师会批评学习弱势的学生，比如：你理解能力怎么这么差啊！看来学习也没什么希望了等等！其实这就是给学生“贴标签定义”，切不可取！我以前在五、六年级教的一个男生，长得比较胖，也非常懒。他经常和老师打游击，比如布置了三项作业，他就完成两项。在教他的两年里，他经常会出现此类情况。一开始也批评他，但起效不大。因此我以后就不批评他了，只是喊一个同学监督他补起来。有一天，我走在大街上，他主动和我打招呼。他兴奋地告诉我："王老师，这次初三期末考试我得了全年级总分第一名。"我由衷地替他感到高兴，并勉励他继续努力、再创辉煌！一个作业经常偷懒少做的同学、一个成绩在小学的时候处于中等偏下的同学，到初中突然开窍，跃居榜首。我觉得一点都不奇怪，因为他的思维是活跃的、让他补的作业也是在短时间内高效地完成，只是当时可能心智还没有发育成熟，才出现和他年龄相仿的举止表现。因此，教师要看远点、不要做井底之蛙。在任教的过程中，不伤害孩子的自尊，提升学生的自信，让他们在你任教的阶段热爱学习生活，教师完成本阶段所要履行的职责即可。

最后，做好学生发展的点灯人，要关注到学生的独特气质培养。新时代的教师要不断地学习，更新知识体系和认知世界。我们要思考这样的问题：在变革的时代浪潮中，我们怎样做教师？我们该怎样培养学生？学生的成长需要哪些知识、课程和技能？未来的世界是缤纷多彩的，比如现在是大数据时代，假如老师还用十几年前的知识来教授学生，就落伍了。学生的气质就是一所学校的气质，从学生言行举止中也能窥探出学校的气质，气质从何而来？除了德、智、体、美、劳等能力的培养外，我觉得就是学校的课程。作为一名小学英语教师，我提出"文化英语"的教学主张，通过各类英语活动来培养学生的英语气质。开展学生英语作文（现场英语作文）研究、单词串串烧（出示五个单词，让学生写一篇作文，作文必须要包括这五个单词）、正反方辩论（如使用手机是好还是坏？）、英语绘本制作、英语单词画、英语卡通画、英语思维导图、英语戏剧创作等等活动。后来我和本校英语教师一起成立了 Kalwang Club 英语写作俱乐部、Karlwang Club 英语小记者团，一起探寻学校的英语发展密码，让学生轻松学习、学有所乐！

点灯人，首先要具备点灯的技能，这就需要我们不断地学习、不断地创新、不断地更新教育教学理念，以正确先进的理念指导实践。做好学生发展的点灯人，用自己渊博的知识和先进的学校课程点亮孩子前行的方向，引领他们发现美好、发现属于他们自己的诗和远方，直至抵达那美好的远方！

（王振元,《教师月刊》2018"年度教师"，江苏省句容市崇明小学教师。）